講談社文庫

新装版

雲の階段(上)

渡辺淳一

講談社

目次

《下巻》

新装版　雲の階段（上）

紺碧

「アクロ、アクロ」

大きな声が廊下の先できこえる。その声をきくと、職員達はまたヒゲが呼んでいると思う。

ヒゲというのは、この診療所の村木所長のことである。鼻の下に大きな八の字のカイゼル髭《ひげ》を生やしているので、職員達は陰でそう呼んでいる。

所長は髭もさることながら声も大きい。五十五歳にもなれば、もう少し落着いた声を出しそうなものだが、声の大きいのは生来のものらしい。

廊下で呼びとめられた男は振返り、すぐ所長の立っている診察室の前に戻ってきた。

「昼からアッペだからな、頼むぞ」

所長にいわれて、アクロと呼ばれた男は大きくうなずいた。

この男の本名は相川《あいかわ》三郎という。アクロというのは所長が勝手につけた綽名《あだな》である。

語源は末端肥大症のアクロメガリーからきている。もっとも三郎の身長は百七十センチで男としてはさほど大きいほうではない。

だが少し注意してみると、全身に較《くら》べて手足がいくぶん大きく見える。実際、指を拡《ひろ》げてみると、診療所で彼にかなう者はいない。それに足もサイズが二十六と、身長に較べていささか大きい。さらに顔はもともと面長《おもなが》なのだが、顎《あご》が少し出ているように見える。横から見ると、いわゆる三日月型に近い。

初め、所長は三郎を見たとき、しみじみ眺めてから、「君は糖尿病はないか」ときいた。もちろん三郎はそんな病気にかかったことはない。首を横に振ると、所長は「ちょっと見せてくれ」と、三郎の手と足を見た。

所長が三郎に関心を抱いたのは、若いとき、末端肥大症の研究発表をしたことがあるからである。所長はさほど勉強したわけではないが、末端肥大症に関してだけはいささか知っていると自負《じふ》している。

この病気は名前のとおり、体の末梢《まっしょう》が大きくなる病気である。原因は脳下垂体《のうかすいたい》からの成長ホルモンが、余計に分泌《ぶんぴつ》されるためだといわれている。

これが成長期以前におきると、どんどん大きくなって、いわゆる巨人症になってしまう。相撲やプロレスの選手などには、この種の病気の人がいるともいわれている。

もし成長期を過ぎてからこの病気が起きた場合は、手足とか顔などの先端だけが大きくなる。これが所長の得意なアクロメガリーである。

三郎の場合、はっきりアクロメガリーと診断がついたわけではない。正常の人でも、やや手足が大きかったり、顔が馬のように長い人は結構いる。その人達がすべて末端肥大症というわけではない。

疑問があれば、血液のなかの成長ホルモンの量を調べてみるとはっきりする。肥大症の人は、その量が増えているし、分泌が多すぎて糖尿病とか心臓病などを併発する。

所長が初め、三郎に糖尿病のことをきいたのはそのためである。

もちろん、三郎にはそんな異常はないし、アクロメガリーでもなかった。ただ体に較べて手足がやや大きいというだけである。

大体、人間は奇形に近い部分が一ヵ所ぐらいあるものだ。

その理屈でいうと、所長は「下垂体性こびと症」になってしまうかもしれない。

ともかくアクロというのは、さほど悪い綽名《あだな》でもない。第一、アクロメガリーという、なにやら難しそうな横文字の略で、いわくあり気にきこえる。

さらに手足が他人より大きい、ということは欠点ともいえない。もっとも足のほうは「馬鹿の大足」というが、男ならさして問題にならない。どっしり、足が地についていていい、という人もいる。

手が大きいのは断然、有利である。指が長く細い人に器用な人が多いが、三郎もプラモデルを組立てたり、細工したりするのが上手である。メカにも電気にも強いので、診療所のちょっとした壊れものは、みんな一人で直してしまう。

おまけに指が長いので、ピッチャーをやらせるとなかなかうまい。カーブやシンカーも威力がある。

さらには勝負ごとにも便利である。ことに麻雀《マージャン》などで積み込みなどやるとき、長い指の人のほうが有利である。

もっとも三郎は生真面目《きまじめ》な男だから、そんなことはしない。ただ一度、やる気になればできます、といって配牌《はいぱい》と同時に役満の手を披露したことがあった。それ以来、誰も彼と賭《か》けてはやらなくなったのである。

とにかく万事に器用である。それに研究熱心である。なんでも考えるのが好きな性格らしい。

彼がこの診療所に勤めたのは三年前だった。高校を出てぶらぶらしていたのが、診療所で職員を募集しているのを知って応募してきた。

この診療所は、伊豆《いず》の南の小島にあるので、就職希望者は少ない。地名こそ東京都だが、東京から二百キロ以上も離れていて、直行船でも七時間はかかる。土地の若者は中学を出ると、ほとんど東京へ出てしまう。

それを逆に、三郎は東京からやってきたのである。履歴書によると、東京の下町の高校を出てから、しばらく新宿や渋谷でバーテンをやっていたことになっている。麻雀はそのころ覚えたものらしい。

形だけの筆記試験の成績は抜群だったし、会ってみると、水商売にいたとは思えない真面目そうな男である。

面接した事務長が、「なぜ、離島に勤めようと思ったのか」ときくと、「ただ、なんとなく、きてみたくなったからです」と、答えた。

大体、この男はあまり興奮したり、気負《きお》いこむというところがなかった。「採用が決ったらどうするか」ときいても、「暢《の》んびりやろうと思っています」と答えただけだった。

島にきたときはもちろん単身であった。診療所の職員が迎えに出ると、ショルダーバッグに推理小説を数冊と下着を詰めてきただけだった。

この診療所は、医師はヒゲの村木所長一人である。一時は内科の医師と、月に二度、東京の大学から産婦人科の医師もきていたが、いずれも一年で辞めてしまった。

東京から船で七時間というのでは、かなりの好条件を出しても、医者のほうで敬遠してしまう。

ヒゲの所長の専門は外科だが、一人ではそんなことをいっていられない。島では内科から小児科、ときには産婦人科まで診なければならない。もっとも診るといっても、簡単な応急処置をするだけで、手に負えないのは東京か、船で二時間の隣りの島へ送ってしまう。

この所長の下に、事務長と事務員が二人、薬剤師が一人、それに看護婦が五人いる。他に賄婦《まかないふ》が二人、用務員二人が職員のすべてである。このうち、事務員の一人はエックス線技師も兼ねている。

診療所では初め、三郎を事務見習としてつかうつもりだった。丁度《ちょうど》、女の事務員が結婚して一人欠員ができていたからである。

だが、所長は以前から専属の検査技師が欲しいと思っていた。

医師一人のちっぽけな診療所でも、血液や小水の検査ぐらいはできなければ困る。いままでは、それを看護婦にやらせていたが、あまり信用できない。看護婦は熱心ではないし、そんなことは私達の仕事ではありません、と面白くなさそうな顔をする。

診療所にきて一年間、三郎は事務の見習をしていたが、もの知りで器用なのがわかってきた。頭もいいし、よく気もきく。

そこで所長と事務長が相談して、三郎を検査技師として訓練することにした。

そのことに三郎も異論はなかった。

「臨床検査法提要」という本を与えて教えると、のみ込みは早い。

元来が器用なので、耳朶《みみたぶ》から血液を採ったり、顕微鏡での血球の数え方もすぐ覚える。

一年ほど経《た》ったところで、三郎は事務をやめて臨床検査専門になり、ついでに他の事務員が片手間にやっていたエックス線撮影もやれるようになった。

いわば臨床検査技師とエックス線技師を兼ねることになったのである。

これで診療所はいくらか病院らしくなったが、正確にいうと、これは法律違反である。

検査技師もエックス線技師も、しかるべき学校を出て、国家試験に合格した者でなければやってはいけない。都会の病院では、各々に有資格者がいて専属にやっている。

だが、離島の診療所ではそんなことをいっていられない。専属の技師は呼んだところでこないし、たとえきてもらっても、それほど患者はいないのだから退屈するだけである。

島の診療所では、三郎クラスで充分である。

それに実際やらせてみると、専門の技師と変らない。むしろ器用な三郎のほうが上手だともいえる。

ともかく最終責任は所長がもつ、ということにすれば問題はない。医師なら、検査技師もエックス線技師も兼ねてやっても違法にはならないのである。

所長は次第に三郎が気に入ってきた。検査の第一歩から教えたので、いわば直弟子《じきでし》である。それに理解が早いし、素直である。

なにかといえば、「アクロ、アクロ」と呼んで任せる。

二年も経《た》つと血液、小水の検査だけでなく、肝臓から腎臓《じんぞう》の検査までやらせるようになった。

「うちの臨床検査は、中央の病院に負けはしない」所長はそんなことまでいいだし、ついには手術の手伝いまでやらせるようになった。

もっとも、手術を職員に手伝わせるのは、いまに始まったことではない。いままでも看護婦に糸を縫《ぬ》わせたり、創口《きずぐち》を開かせていたことはあった。ときには鉗子《かんし》で血管を挟ませたこともある。

もともと診療所では大きな手術はあまりない。せいぜい虫垂炎とか、簡単な骨折の手術くらいだが、それでも医師一人では出来ないものが多い。誰か助手が必要である。

これに看護婦をつかうのは、都会の個人病院などでもよくある。執刀者以外なら医者でなくても間に合う。

だが看護婦は女だけに力不足である。それになにかのとき、どうしても動きが鈍い。職業柄、血には慣れているといっても、手術に向いているとはいえない。どうせ医師以外のものに手伝わせるなら、男のほうがいい。

ヒゲの所長は考えて、三郎を助手にした。手術のとき、自分と同じ術衣をきせて手伝わせる。

さすがに三郎はきびきびしていて勘もいい。それに男だと怒りやすい。「あ、駄目だ、もう少し強く」などといっても、すぐそのとおりする。看護婦のようにすねたり、投げだしたりしない。

いまや三郎は診療所ではなくてはならない存在である。検査技師、兼エックス線技師、そして外科医も兼ねている。

もっとも、それでも三郎の公的な立場は事務見習である。その名で、給料は高校出の地方公務員の給料に準じている。

診療所では賄婦《まかないふ》と、用務員についで、安い月給である。

それでも三郎は不満一ついわない。実際それは不満をいっても仕方のないことで、違法なことをやっているのだから、それで給料を請求するわけにはいかない。

それより、三郎は検査をしたり、手術を手伝えること自体が楽しい。事務なら机に向かって診療報酬の点数を計算したり、現金収入を数えるだけだが、手術を手伝うのは変化がある。

給料は少なくても、三郎はいまの仕事に満足している。

「今日はお前がアッペをやってみるか」

いきなり呼ばれて所長にいわれて、三郎は目を瞬かせた。

「中学生の男の子だ」

今日の患者は十三歳の少年であった。

昨日からお腹が痛くて、午前中に学校からまっすぐ来て、所長はすぐ虫垂炎と診断した。そのまま少年は病室に休み、母親が呼び出されて手術と決った。

「丁度、二日目で摘《と》りごろだ」

急性虫垂炎は発病して二日目くらいが、炎症をおこして最も大きくなっている。この状態をあれと同様、エレクチオ（膨起）と呼ぶ。

虫垂突起は盲腸部の先にあるが、エレクチオした状態だと、外にとび出ていて見付けやすい。したがって摘るのも簡単だし、あとの経過もいい。

この時期を過ぎると化膿《かのう》し、やがて破れてしまう。こうなると、まわりの組織と癒《ゆ》着《ちゃく》し、腹膜炎をおこして難かしくなる。

といって、あまり初期では虫垂が小さくて、見付けるのに苦労することが多い。

「しかし、大丈夫でしょうか」

「なに、かまわん。俺《おれ》が横についていてやる」

所長はいとも簡単にいう。そういわれると三郎もやってみたい気もする。いままでずっと所長の助手ばかりであった。

メスを入れ、腹膜を開き、盲腸部を採る。やがて虫垂を摘り出し、根元で切りとって切断面をまわりからすぼめる形で引き寄せる。それら一連の操作は何度も見て、充分すぎるほど覚えている。

これまでも見ながら、自分でもできるような気がしていた。

だが、いざ実際に「やれ」といわれると緊張する。

「お前が、アッペぐらいできるようになっていないと、俺も暢《の》んびりこの島にいられないからな」

「どうしてですか」

「この島には外科医は俺だけだ。島の人はアッペになれば俺に切ってもらえばいい。だが、もし俺がアッペになったら切ってくれる人がいない」

「…………」

「この島に医者がきたがらないのは、遠いからだけではない。それより自分が病気になったとき助けてくれる医者がいない、それが怖くてこないんだ」

たしかに、この島は海が荒れたら完全な孤島になる。

「でも、僕は医者じゃありませんから」

「だからこっそりやればいいんだ」

ヒゲの所長は励ますように三郎の肩をぽんと叩《たた》いた。


少年の手術は午後二時からはじまった。

スタッフは所長と三郎、それに器械出しは婦長が担当した。

この「器械出し」という役目は、手術器具の渡し役である。術者の要求に応じて、メスやコッヘルを素早く渡す。このタイミングが合わないと手術がスムースにすすまない。

大体、術者は手術の創口にばかり視線がいっていて、器具のほうはあまり見ていない。「メス」といっても、器械出しのほうに出てくるのは手だけである。その手に器械出しはメスの背を下に、先端を自分のほうに向けた形で渡す。万一、これを逆に渡すと、術者の掌《てのひら》を切ることになる。これで怪我をした外科医もいる。

コッヘルやペアンなども、握るほうを先にして渡す。ベテランの看護婦になると、この渡すタイミングが見事である。術者が「メス」というと同時に、手にぴたりとメスが渡される。このとき、器具が術者のゴム手袋に当って「ぴしっ」と音がする。これが手術場の緊張感を引きたてて心地よい。

器械出しを長年やっていると、手術の手筈《てはず》はほとんど覚えているので、次に術者がなにを要求するかわかっている。予《あらか》じめわかっていなければ、このようにスムースに器械を渡すことはできない。

婦長はこの診療所に勤めて二十年になる。もともとこの島の人で、高校を終えてから東京の高等看護婦養成所にゆき、卒業後東京の病院で二年ほど勤めてから、この島に戻ってきた。

島の小学校の先生と結婚したのだが、四年前に夫を病気で失ってから、ずっと一人でいる。もう四十半ばだが、診療所では高看の資格をもっているただ一人の看護婦である。

他の四人はいずれも、中学か高校を出ただけの見習である。

島を出て、都会で看護婦の資格をとると、絶対といっていいほど島へは戻ってこない。いまのままでは診療所の看護婦不足は永遠に解消されない。

たまりかねた事務長は、最近、卒業したら島へ帰ってくる、という条件づきで奨学金を出すことを提案したが、村の財政難でまだ陽《ひ》の目を見ていない。

婦長は正看で東京の総合病院にもいたことがあるということで、この診療所では貴重な存在である。彼女が陰で「副院長」と呼ばれているのも、ここでは所長に次いで、実力があるからでもある。

この婦長の器械出しの他に、手術になるといま一人、「雑役係《ざつえき》り」というのが必要になる。この係りは、手術衣を着ていない。普段の白衣にマスクだけつけて、外まわりの仕事をする。

たとえば、術中に患者の血圧を測ったり、点滴の具合を見たり、医師の指示で注射をうったりする。その他、麻酔のときに、動く患者をおさえたり、血のついたガーゼを回収したり、その他、もろもろの仕事をするので、この名前がある。

今日の雑役係りには四人の見習のなかでは、経験の最も深い、鈴木明子が当っている。彼女はこの病院に勤めて三年目で、見習としては最も古い。

このまま診療所にいても仕方がないので、東京のほうの準看養成所にゆきたい、というのを、もう一年だけといって、ひきとめたのである。

あとの村瀬洋子と川合智恵子は、手術中も外来に残っている。

診療所は原則として、外来患者は午前中に診ることになっているので、午後は比較的暇である。したがって手術や検査は主に午後にやる。それでも、ときどき患者がくる。主にガーゼ交換とか、薬をもらうといった簡単な患者だが、それに応対しなければならない。

さらに診療所には、病室が四つあり、十人の入院患者がいる。もっとも入院といっても、大半が老人で、血圧が高いとか、糖尿病、リウマチといったあまり変化のない患者ばかりである。若くて働きざかりというのは、三号室に入院している右足を骨折した、雑貨店の主人くらいのものである。

これらの入院患者の世話までやると、やはり二人の看護婦くらいは必要である。

かくして、婦長以下五人の看護婦というのは、診療所を維持していくに、必要最低数で、これ以上は一名も減らすわけにいかない。

いまや、看護婦の定着と、補充が、事務長の主要な仕事の一つにもなっている。

無影灯に照らし出された手術台の上で、少年は下腹部を見せて横たわっている。あらかじめ低比重液による腰椎麻酔《ようついますい》をされているので、頭を低くして、お腹のほうが少し高くなっている。

消毒のあと、ハイポ・アルコール液で拭《ふ》かれた少年の腹は、白く細っそりとしている。

所長はその白い腹の右下部分にメスの背を走らせた。すぐ爪先《つめさき》で引っ掻《か》いたような赤い痕《あと》が、浮かび上る。

「ほら」

所長がメスを三郎にさし出した。三郎が戸惑っていると、院長が赤いメスの痕を示れ。

「このとおりに……」

やれ、ということだが所長はあまり具体的にいわない。はっきりいって少年にきかれるとまずいからだ。

三郎はそろそろとメスを手にとった。

「しっかり張って」

所長が指で、少年の腹の皮膚を引いて左右に張らせた。

三郎はゆっくり赤い痕の上端にメスの先を当てた。

「待て」

所長は皮膚を張っていた手を緩《ゆる》めると、三郎からメスをとりあげた。

「こう……」

人差し指をメスの背に当て、拇指《おやゆび》と他の三本の指で両側をささえる、メスの正しい持ち方を教えてから、また三郎に渡す。

「そのまま、ぐいと」

いわれて三郎はメスを皮膚におし込んだ。どうなってもいい、どうせ所長がいるのだ、そんな少し開きなおった気持でメスをさし込み、そのまま一気に走らせる。

かなり大胆に切ったつもりだが、創痕《そうこん》は浅く、左右に波打っている。それでも、一部深く切りこんだところから、早くも血が滲《にじ》んでくる。

「もっと……」

いわれて、三郎は浅い部分をもう一度、切りなおす。

いままで、見ているときは、簡単に思ったが、いざ切ってみると意外に難しい。

なによりも面食らうのは、皮膚は思ったよりやわらかく、底が頼りないことである。俎《まないた》の上の魚を切るようなわけにいかない。全長五センチくらいの創痕から、一斉に血がでている。

慌《あわ》てて三郎はメスを少年の腹の上におき、ガーゼで創口を拭いた。いままで所長が執刀者で三郎が助手であった。その癖が出たのである。

所長は苦笑してメスを持つと皮下の組織を分けた。若いだけに、少年の皮下には脂肪はほとんどない。淡紅色の筋肉があって、すぐ腹膜が出る。

「俺《おれ》がつまむ」

所長はそういうとピンセットで腹膜をつまみあげた。それから「切れ」というように、顎《あご》をしゃくった。

三郎は慌てて婦長から尖刀《せんとう》を受けとった。

「軽く」

いわれて、三郎はメスの先を、腹膜の先端に当てる。とんとんと、一、二度、軽く当てるような仕草をして、メスを入れる。それも所長のやり方を見て覚えたものである。

やがてぷつんと糸が切れるように腹膜の一端が開く。小さな切り口だが、その下にはすでに腸がうごめいているのが見える。

「よし、鋏《はさみ》だ」

所長の指示に従って、三郎は鋏を受けとる。それを小窓のような切り口から上下に走らせ、さらに大きく腹膜を開く。

三郎の全身は汗ばんでいた。無影灯を直接浴びる額には、いくつもの汗のかたまりが浮き出ている。

「ちょっと待って下さい」

三郎は雑役の看護婦を呼んで、額の汗を拭《ふ》いてもらった。

それを待って、所長は大きなピンセットを二本差し出した。それで腸をつまみながら、虫垂突起を探す。

「この筋をたどっていく」

所長が大腸の横についている白い筋を示した。それを追っていくと、必ず盲腸部にゆき当る。それが虫垂突起を見付けるこつである。

三郎は長いピンセットで腸をたぐりながら、白い紐《ひも》を追っていく。

いつも、所長は二、三回、腸をたぐりよせただけで、虫垂を見つけ出す。たまに難渋《なんじゅう》するときでも一分とかからない。

だが、これもいざやってみると難しい。第一、ピンセットで腸をつかもうとするとすぐ落ちてしまう。腸はぬるぬるしてつかみ難い。

「もっと強く」

所長がいうが、強くはさむと千切れそうな気がする。しかし三郎が思う以上に、腸は丈夫なものらしい。実際、ピンセットで強くはさんだくらいで千切れるようでは大変である。

「もっと先だろう」

いわれて三郎はさらにたぐっていく。また額に汗が滲《にじ》んできて落ちそうだ。腹膜のなかに汗を垂らしては一大事である。拭いてもらいたいと思うが、先程拭いてもらって五分と経《た》っていない。笑われるのではないか、そう思っていると、雑役係りの鈴木明子が声をかけた。

「汗を拭きます」

「済みません」

三郎は顔だけうしろにまわす。明子は三郎に親切である。暇なときは、検査室にきて手伝ってくれたりする。

明子に拭いてもらって、三郎は改めて腸をつまむ。もう一度白い紐《ひも》を見付けて、そこからたぐっていく。

相変らず腸はぬるぬるしている。ピンセットの金属の先では頼りない。いっそ、腹のなかに手をさし込みたくなる。

追っても虫垂はなかなか出てこない。長々と蛇のようにくねった管ばかりが続く。どこにあるのか、もしかしてこの少年は虫垂がないのではないか。前に所長に、移動性盲腸で虫垂が左にいっていた例をきいたことがあった。右側ばかり探したので容易に見付からなかったというが、それと同じケースではないかと思う。

もう探し始めて二、三分は経《た》っている。また額に汗が滲《にじ》んできた。

所長は三郎にまかせたまま暢気《のんき》に鼻歌を歌っている。いささか音程が狂っているが、最近若い歌手が歌っている艶歌《えんか》である。このところ、所長は飲むとこの歌ばかり歌っている。

突然、少年が喚《わめ》いた。

「どうしたの」

雑役係りの明子が馳《か》け寄った。

「苦しいの？」

少年は答えず、上体を反《そ》らせた。それにつれてお腹が揺れ、同時に、ピンセットから腸がこぼれ落ちた。

「力を抜いて、吐いてもいいのよ」

明子がいっている。

所長は相変らず鼻歌を歌っている。手術中に吐気を催す者は沢山いる。この程度は所長にとっては珍しくないのかもしれない。

だが三郎は鼻歌どころではない。全身が汗びっしょりで、膝頭《ひざがしら》ががたがた震えてくる。これではとても探し出せない。

「替って下さい」と頼もうとしたとき、婦長がいった。

「先生……」

所長は歌をやめて婦長のほうを振り返った。

「早くやって下さい」

「やってるじゃないか」

婦長はゆっくりと首を左右に振った。マスクの上の大きな目が、しっかりと所長を睨《にら》んでいる。

少年がまた喚《わめ》き、少し吐いたらしい。

婦長の鋭い目が三郎を見て、すぐ所長のほうに移った。三郎からピンセットをとりあげて、自分でやりなさい、という意味らしい。

「かまわんよ」

「いけません」

所長も婦長にはいささか弱い。一つ溜息《ためいき》をつくと、仕方なさそうに三郎からピンセットをとりあげた。

少年の虫垂突起が見つかったのは、それから三十秒とかからなかった。

三郎が何度も探した部分の、すぐ裏から、所長は手品のように赤く膨《ふく》れあがった虫垂突起を見つけ出してきた。

「若いのは、やっぱり元気がいいねえ」

所長はそんなことをいいながら、膨起《エレクチオ》した虫垂を切った。

「もう、すぐ終りますからね」

明子が少年にいっている。少年は所長がやり出してから急に大人しくなっていた。

「よし、縫合《ほうごう》」

虫垂を摘《と》ったあとを合わせ、腹膜を閉じ、皮膚を縫って手術は終る。それは、何度もやっているので早い。

「オーケー、いつものとおりでな」

所長はそういうと、さっさとマスクと帽子をはずし、手術室を出ていった。

そのあと、創口にガーゼを当て、腹帯を巻き、運搬車で患者を病室へ運んでいく。

そこまではいつも三郎の仕事である。

「もう、大丈夫だぞ」

三郎が自分にいいきかせて創口にガーゼを当てていると、婦長がいった。

「ちょっと、こちらへ」

呼ばれて、三郎が手術室横の準備室にいくと、婦長はコップの水を一口飲んでからいった。

「あなた、今日のようなことをしてはいけませんよ」

「僕は別に……」

三郎は、自分から望んでメスを持ったわけではない。

「所長がなんといおうと、断るべきです。あなたは、お医者さんじゃないんですよ、あなたのやったことは違法ですよ」

「それは知っています」

「あなたのおかげで、あの子がどれぐらい苦しんだかわかりますか」

「済みません」

三郎は素直に頭を下げた。

「医者でもないのに、立場を考えなさい」

婦長はそういうと、くるりと背を向けて部屋を出ていった。

一人で考えてみると、婦長のいうことは無理もなかった。医者の資格もないものが、手術をするのは違法である。それで、もし事故でもおきたら事件になる。だが三郎は好んでやったわけではない。所長に「やれ」といわれたからやっただけである。

もっとも、三郎に、やってみたい気持があったことはたしかである。何例かの手術を手伝っているうちに、一度くらいメスをもってみたい、とは思っていた。婦長はそれを「断るべきだ」という。たしかに図々《ずうずう》しかったかもしれない。事務見習の分際をこえたことではあった。

だがそれにしても、婦長のいい方は少しひどすぎやしないか。やらせた所長には黙っていて、三郎だけ叱《しか》るのは片手落ちというものである。

大体、婦長は三郎に冷たい。なにかというとケチをつける。この前、静脈からの採血のとき、二度も失敗したことを患者からきいて、「検査員が、あんな下手では困るわね」ときこえよがしにいった。手術のあと、三郎が巻いた包帯なども「ゆるい」といって、取り換えたりする。

ことごとに三郎に当ってくる。それは看護婦達も知っていて、明子は「お婆ちゃんのいうことなど、気にしないほうがいいわ」と慰めてくれる。

三郎も気にしないつもりだが、現実に何度か重なると、いささか憂鬱《ゆううつ》になる。いつも意地悪な姑《しゅうと》に監視されているような気になる。

それにしても婦長はどうして、三郎にだけ冷たいのか。

以前はそうではなかった。三郎がこの診療所にきたころは親切だった。請求点数を書きこむのに、手術の内容などがわからないときは、懇切《こんせつ》に説明してくれたし、夕食を一人で炊事場で食べていると、おかずをもってきてくれたりした。婦長の家にも二度ほど遊びに行ったことがある。

それが二年経《た》って、臨床検査を任せられるようになってから、次第に雲行きが変ってきた。

それでも、初めのころは検血や検尿のやり方などを教えてくれた。「あなたは頭がいいから、すぐ覚えるわ」などとお世辞をいわれたこともあった。

だが、検査の仕事をひととおり覚えて、一人前になったころから、婦長の風当りが急に強くなってきた。

「資格もないのに生意気だ」「高校を出ただけなのに威張《いば》っている」と婦長がいっている、という噂《うわさ》が入ってきた。

正式の資格がないことはたしかだが、三郎はとくに自分が生意気だとは思っていない。はたからそう見えるのかと思うが、他の看護婦達は、そんなことはないという。

「婦長さんは、あなたが臨床検査やエックス線撮影などを覚えたのを、やっかんでいるのよ」

明子がいったが、それも妙な理屈だった。臨床検査は、三郎がやるまでは婦長が主にやっていたが、忙しくてできないというので替ったのである。喜ぶことはあったにしても、それに文句をつけられる理由はない。

「でも、あなたがなんでもできるようになったから面白くないのよ」

明子のいうこともわからないわけではない。

だが、それにしても、婦長の態度の変り方は極端である。はっきり変った、と思ったのは二年前の夏からである。それまで、独身の三郎に、野菜が不足するからといって野菜サラダをもってきてくれたり、汚れた下着を出しなさいといって、洗濯までしてくれたのが、急になにもしてくれなくなった。

三郎に思い当るのはその夏に、婦長の家に遊びにこい、といわれたのを断ったことくらいである。

島にきてから、三郎は診療所から三百メートル離れた自転車屋の二階に間借りをしていた。古い家だが八畳一間で、東京の狭い部屋に慣れた三郎には充分の広さだった。

婦長はそこから山添いにフリージヤの花畑を登った高台の一軒家に住んでいた。そこからは見晴しがよく、船着場をとおして海が見えた。

婦長はこの家の庭で、看護婦達を集めてバーベキューパーティをやった。三郎はそれに一度出て、一度は一人で遊びに行った。それが翌日にはもうみなに知れ渡っていた。

狭い町なので、誰がいつどこに行ったか、すぐわかってしまう。三郎が一人でいったのは、検査の標本のつくり方をきいたら、「家にいらっしゃい」といわれたので、行ったまでのことである。

婦長は夕食をご馳走してくれて、親切に教えてくれた。それで帰ってきただけだが、「婦長と三郎は怪しい」という噂《うわさ》を流した者がいる。

「旦那《だんな》に死なれて、婦長は淋《さび》しがってるからな」そんなことをいう男もいた。

「注意したほうがいいわ」

明子にいわれて、その次、婦長に誘われたのを断った。

まさか、婦長が三郎におかしな気持をもっていたとは思わないが、それが冷たくなったきっかけのような気もする。

さらに、そのころから三郎は明子と親しくなっていた。ときたま、村に一軒あるレストランに行ったり、コーヒーを飲むくらいだが、それが婦長の耳に入ったのかもしれない。

自惚《うぬぼ》れるわけではないが、そんなことで婦長は冷淡になったのかもしれない。

原因はともかく、このままではまずい。婦長に睨《にら》まれてはやりにくい。看護婦と違って、直接の診療所に勤めている以上、仕事の上ではなにかとつながっている。それに相手は副院長と上司でないとはいえ、綽名《あだな》があるほどの実力者である。いつか、時期を見て婦長とのあいだを改善すべきである。

だが、いまさら婦長にお世辞をつかったり、頭を下げていく気にはなれない。実際にこちらで悪いことをしたわけでないから、謝る必要もない。

ただ一つ、三郎に弱いところは、資格のないことである。「検査技師でもないのに」「医者でもないのに」といわれたら一言もない。

そこをつかれると三郎は頭を下げるだけである。婦長はそれを承知で、三郎を虐《いじ》めにかかっているのかもしれない。

少年の虫垂炎の手術があった翌日、今度は少年の兄が虫垂炎になった。

兄弟二人が続けて虫垂炎になったことで、母親は、「伝染したのでしょうか」ときいた。

原則として虫垂炎が伝染することはない。虫垂炎は細菌が感染してなるたぐいの病気ではない。だが双生児や兄弟で、よく同時にかかる場合がある。その原因は正確にはわからないが、たまたま同じような体調のとき、同じようなものを食べる、ということと関り合いがあるのかもしれない。

こうした例は夫婦などでも、稀《まれ》にみられる。

「同じ体つきだから、病気まで似たのかもしらんな。でも一緒にやっちまったほうが、あんたも楽だろう」

所長は妙な理屈をつけて慰めた。

手術は、すぐその日の午後からおこなわれることになった。

「アクロ、もう一度やってみるか」

白血球の数を報告にいくと、所長は愛妻がつくってくれた弁当を食べながらいった。所長は外見は口髭《くちひげ》など生やし、精悍《せいかん》そうに見えるが、家では大変な恐妻家である。五十をすぎてもいまだに弁当持参で、所員達はそれを「愛妻弁当」と冷やかしている。

「いえ、駄目です」

メスを持つことは前回でこりている。

「折角《せっかく》やらしてやろう、といっているのに馬鹿な奴《やつ》だ」

「先生のご好意はありがたいのですが、またこの前のように患者に迷惑をかけるといけませんから」

「あの程度はどうってことはない。俺《おれ》が初めにアッペをやったときには、探すのに三十分かかった。あまり長くて、途中で麻酔が切れて大変だった」

「でも、僕は医者じゃありませんし……」

「医者でも医者でなくても同じだ。医学部なぞつまらない理屈ばかり教えて、卒業してもなにも出来やしねえ。変な若造の医者より、お前のほうがよっぽどできる」

「そんなことありません」

「いや本当だ。若い医者をよんでも、金ばかりとってなんの足しにもならん。だからこちらで断ってるんだ」

所長は医者を求めて何度か東京の大学に頼みに行っている。その度に、島は遠い、という理由で断られている。

「このごろの若い医者は、都会で遊ぶことばかり考えている」と、行く度に所長は憤《ふん》慨《がい》して帰ってくるが、その腹いせもあるらしい。

「大学など出なくても、立派な医者になれるってことを見せてやる」

所長の意欲はいいが、その実験台にされる三郎はいささか迷惑である。臨床検査から手術まで教えてもらえるのはありがたいが、こちらは肝腎《かんじん》の資格がない。教《おそ》われば教わるほど法を犯すことになる。

「お前ほど器用ならすぐ上手《うま》くなる。まずやってみることだ」

「…………」

「外科医はまず度胸だ。それから経験、屁理屈《へりくつ》はいらん」

長く外科医をやっていると自然にそうなるのか、所長は「まず切ってみよう」というタイプである。考えることより、メスを持つことが先にくる。見ていて勇ましいが、少し不安なところもある。

「じゃあ、いいな」

「待って下さい」

三郎は慌《あわ》てて手で制した。

「もちろん、僕はなんでもやらせていただけるのはありがたいし、先生には感謝しています。でも、昨日、婦長にいわれまして」

「婆《ばば》あがなんといった」

所長は患者の前では、婦長と呼んでいるが、それ以外では「婆あ」と呼ぶ。婦長も負けていないで「爺《じじ》い」とやり返す。

「医者でもないのに手術をやるのはまずい。所長にいわれても、断固断るべきだと……」

「あいつがそんなことをいったのか」

突然、所長は笑い出した。ゲラゲラと、髭《ひげ》も丸い上体も一緒に揺れる。

「あいつも、いよいよヒステリーになったな。誰か、いい男を当てがわんといかんなあ」

所長は窓を見て考えこんだ。所長室の窓からは明るい午後の海が見渡せる。右手の松の先に伊豆七島通いの定期船が走っている。

「フェリー会社の岡本はどうかな、あいつは五十二で年恰好《としかっこう》はいいんだが、中学校しか出てないからな。あの婆あは学歴にうるさいから駄目かな」

そんなことより、三郎は午後からの手術のことが気になる。またメスを持って、へんに婦長にいびられるのはご免である。

「とにかく、そういうわけですので手術のほうは……」

「馬鹿もん」

突然、所長が拳《こぶし》でテーブルを叩《たた》いた。

「男がやりたいと思ったことは、やるんじゃ」

「でも……」

「でももへちまもない。俺《おれ》がやれといっているんだからやれ」

「はいっ！」

思わず三郎は気をつけの姿勢をとった。

「なんでも、やっておいて損はない」

それはたしかに所長のいうとおりだが、婦長の顔を思い出すと怖気《おじけ》づく。

「もし、また婦長さんに叱《しか》られたら、なんといったらいいでしょう」

「島のためだといえ」

「島ですか……」

「島の人達を守るために、手術をやるんだと」

「でも僕は……」

「お前はたしかに医者ではない。だがこの島には医者がいない。俺以外は誰も手術ができん。もしこの俺が病気にでもなって倒れたらどうするか」

「………」

「しばらく経《た》てば替りの医者がくるかもしれん。だが当分はこない。そのあいだ誰が診て、誰が手術をするのか」

三郎は瞬きもせず、所長の顔を見ていた。

「医者であろうとなかろうと、誰か医者のかわりを出来るものがおらんと困る。お前はそのときのために練習しておくんだ、わかったか」

「わかりました」

所長は一つ溜息《ためいき》をつき、それから急に優しい声でいった。

「本当いうと、俺はもう疲れたんだ。二十年間、島で一人で頑張ってきたが、もう休みたくなった。他の若いのに譲って休みたい。だが若い医者は都会にへばりついて、こない。こうなってはお前にやらせるより仕方がない。違反でもなんでも、それしか方法はないのだ」

今度の手術も午後一時半からはじまった。

もっとも、手術開始時間というのは、メスが患者の皮膚に直接くわえられた時間のことだから、実際の消毒や麻酔はそれ以前におこなわれることになる。

当然のことながら、助手や看護婦は執刀者より早目にいって、手術の準備をする。大学病院や綜合《そうごう》病院などでは、教授や医長が手術室に入ってきたときには、準備万端整って、メスを持って切ればいいだけになっている。診療所でも、所長はみなより一足遅れてくる。

一時少し過ぎて、三郎が手術室にいくと、明子がすでにきてガーゼや腹帯の準備をしていた。彼女は今日も雑役係りを務めるらしい。

「婦長は?」

「もう見えるはずよ」

三郎は下着の上にビニールの前掛けをかけた姿で、手を洗いはじめた。手の消毒を終ると、その上に消毒済みの手術衣を着せてもらう。

「また婦長に文句をいわれるから、やりたくないんだけど、所長がやれというのでね」

「そんなの平気よ。所長さんが、いいというのだから、堂々とやればいいわ」

明子がいったとき、婦長が入ってきた。小肥りの体に白衣を着、頭に白いターバンを巻いて、白い雪だるまのようである。

「お早うございます」

朝でもないのに、三郎はそういって頭を下げた。が婦長はなにもいわず、横の蛇口に並んで手を洗いはじめた。

昨日のことをまだ怒っているらしい。

なんとか機嫌をなおしてもらいたいが、うまい言葉が出てこない。

そのまま二人並んで手を洗っていると、運搬車で患者が運ばれてきた。

昨日の患者の兄というだけに顔はよく似ている。二つ違いの十五歳だというが、体は大分がっしりしている。病室ですでに鎮痛剤をうたれているせいか、目がとろんとしている。

「所長が少し遅れるので、先に麻酔をしておいてくださいって」

患者に付添ってきた看護婦が、三郎の横にきていった。

「俺《おれ》に？」

「そうです」

瞬間、三郎は婦長の視線が自分に向けられているのを感じた。だが婦長はなにもいわない。

そのまま三郎は手を洗い終って、手術衣を着せてもらった。手は消毒済みなので、明子が着せてくれる。三郎が腕をとおした白衣のうしろを引き、紐《ひも》で締めてくれる。

少年はタオルケットをかぶせられたまま、不安そうに天井を見ている。

これまで、三郎は腰椎麻酔《ようついますい》を二度ほどやったことがある。患者の背を海老《えび》のように曲げて、腰の骨と骨とのあいだに穿刺針《せんししん》をさす。一度目は失敗だったが、二度目は比較的簡単に入った。もっとも、二度とも所長が横にいて、針の方向やすすめ方を教えてくれた。大体、要領はわかったつもりだが、一人でうまくできるかどうかわからない。

いずれにせよ、器械出しの婦長が手伝ってくれないことにはできない。だが今日の婦長はいつもより念入りに手を洗っているのか、なかなか手洗い場を離れようとしない。その間、三郎と明子も黙って待っている。

ようやく婦長は洗い終ると、手術衣を着て、器械台の前にきた。そこで、台の上の器具を整理しはじめたが、相変らず一言もいわない。

「よろしいですか」

ころあいを見計らって三郎がきいた。

「どうぞ」

相変らず婦長は返事をせず、勝手にやれ、といわんばかりの態度である。

「さあ、麻酔をしますからね、そのまま横になって、両手でしっかり脚をかかえこむのよ」

明子が少年に態位をとらせる。

少年は怖ろしそうにあたりを見廻《みまわ》したが、すぐいわれたとおり丸くなる。子供だけに少年の体はよく曲る。膝《ひざ》を折り、両脚をかかえこんで、背中の部分が無影灯の下に突き出された。三郎はその突出部をヨーチンとハイポ液で消毒してから、婦長にいった。

「ルンバール針を下さい」

「局所麻酔をしたのですか？」

腰椎麻酔《ようついますい》用のルンバール針を入れる前に、あらかじめ局所に麻酔をする。緊張のあまり三郎はそれを忘れていた。

「局所麻酔を……」

改めていいなおすと、すぐきき返してきた。

「何プロのをつかうのですか」

局所麻酔には〇・五プロとか、一プロとか、いろいろの濃度のものがあるらしい。

こういう場合、何プロのをつかうべきか、三郎は知らない。

だが所長がやるときには、婦長はいちいちそんなことをきかない。きまっているのを黙って渡す。今日にかぎって尋ねるのは、婦長の意地悪に違いない。

「あの、いつものやつを……」

「〇・五プロです。それぐらい覚えていて下さい」

「済みません」

三郎が謝ると、婦長が三郎の手に注射筒をぴたりと渡す。意気の合った術者と器械出しは、器具の受け渡しの度に、「ぴしっ」と快適な音をたてる。それが手術のリズムをつくり出す。

だが、いまの音は、呼吸の合った音とはほど遠い。不快を思いきり三郎の掌《てのひら》に叩《たた》きつけたといった感じである。

三郎はそれを受けとって、ルンバール針を穿《さ》す予定の箇所に、あらかじめ局所麻酔をする。一円玉ほどの小さな範囲で足りる。

それから、いよいよ腰椎《ようつい》に針をさす。

「ルンバール針を下さい」

もう一度、三郎が婦長に頼む。婦長は相変らず無言のまま、十センチほどのルンバール針を渡す。

うまく入りますように……。

針先を見ながら三郎は祈る。

背中の皮膚の表面から腰椎の脊髄膜《せきずいまく》までは、成人男子で五・五センチ前後である。少年は子供だからそれより、一センチ以上短い。針は背骨の配列の形にそって、やや上方に向けて刺す。脊髄膜に入ると、瞬間軽い抵抗があり、すぐ針のなかの穴をとおして、脊髄液が流れてくる。

それらは臨床検査の、「腰椎穿刺《せんし》」の項目に書いてあって、三郎は一度読んだことがある。

「さあ、もっと丸くなって、いま、先生の圧《お》しているところを、うしろに出すようにするのよ」

明子がしっかりと少年の体をおさえる。三郎は自分が「先生」といわれたことに照れてしまう。

気をとり直し一つ大きく息をつき、それから骨と骨のあいだをたしかめてから針先を皮膚に当てる。婦長も明子も、息をつめて見ているのがわかる。

場所も方向も大丈夫だ、もう一度確認してから針の根元を押す。

らかじめ皮膚の表面を麻酔してあるので、少年はほとんど痛がらない。それよりのか、肩が小刻《こきざ》みに揺れている。

「じっとして、動いちゃ駄目よ」

明子が少年にいう。

そのまま三郎は針を押していく。じき四センチは入り、さらに押して四・五センチの目盛りが消える。だが針の根元からは脊髄液が出てこない。さらに一センチ押すがやはり液は出ない。

三郎は少し針を引きなおす。途中で方向が狂ったのかもしれない。一旦《いったん》戻してもう一度刺《さ》してみる。再び四センチのところまで針が入っていく。だがやはり液は出ない。

「おかしい……」

入らないときは、一度距離を離して見なおしたほうがいい、と所長に教わったのを思い出し、手術台から一歩退《さが》ってたしかめる。

たしかに針が少し右の方へ傾いている。入っている位置はいいが途中で針路が狂ったようである。三郎はもう一度、先まで抜いて刺しなおしてみる。

慎重に五センチのところまで針がすすむ。だが今度も液はでてこない。

脊髄液がないわけはない。もう一度刺しなおそうとしたとき、少年が背中を動かした。

「駄目よ動いちゃ、先生がやりにくいでしょう」

明子が少年を叱《しか》りつける。恐怖と緊張で少年の背中一杯に汗が滲《にじ》んでいる。

だが、ここで止めるわけにいかない。三郎は再度挑戦する。また四センチを過ぎ、五センチまで入る。だがやはり液は出てこない。

「どうして入らないのか……」

三郎はもう一度、針の方向を見た。

瞬間、婦長の舌打ちがきこえた。それから婦長のサンダルが、小刻みにタイルの床をうっている音がする。

腰椎麻酔《ようついますい》に時間をとりすぎると、患者は疲れてくるし、看護婦達は苛立《いらだ》ってくる。新米の医者ほど時間がかかる。だが舌打ちして、サンダルを鳴らすとはなにごとか。手術場でなければ三郎は怒鳴《どな》りつけたいところである。

こちらだって一生懸命やっているのだ。だが、とにかく針が入らないことには仕方がない。

「落着くのだ」三郎は自分にいいきかせる。それからもう一度距離を離し、場所を確認して針をさす。

ゆっくりとやや上方へ向けて、まっすぐ、四センチの目盛が消えて、四・五センチまでてきた。瞬間、軽い手応《てごた》えがあった。それと同時に根元から透明な脊髄液が流れ出た。

「よし」

三郎はうなずくと針の根元をとめ、一つ大きく息をした。

「入った、どうだ」婦長にいってやりたい気持だったが、婦長は知らぬ気に横を向いている。

「入ったから注射液を下さい」

「どちらにしますか」

「えっ……」

「低比重にしますか、高比重にしますか」

どういう意味か三郎にはわからない。こういうときも、所長は「注射」というだけだった。そういえば婦長は注射器に麻酔液を渡してよこす。それをルンバール針に接続して圧《お》し込めばいいだけだった。

「ご存じないんですか」

婦長は急に丁重な言葉でいった。

「ここでつかっているのは低比重です。液が軽くて上にあがるから、麻酔をしたあと足を上にあげるのです」

「…………」

「それも知らないのですね」

三郎はなにもいえない。とにかく表面的な技術だけで、基礎的な勉強をしていないのだからわからないのも無理はない。

婦長とて、たいして知っているとは思えないが、相手は看護学校を出た人である。

「済みません」

もう一度、三郎は頭を下げて麻酔液を受取った。


ようやく麻酔を終り、患者を仰向けにして消毒をしたとき、所長が入ってきた。

相変らずせかせかと忙しそうである。

「なんだ、もう始めているかと思ったのに」

「腰椎麻酔《ようついますい》に手間取ったのです」

婦長が横から答えた。

「しかし入ったんだろう」

「はい」

「じゃあ、始めよう。アクロ、もう一度やってみるか」

所長が三郎にメスを渡した。三郎はちらと婦長のほうを見てメスを受けとった。

昨日、教えられたように皮膚を切り、腹膜を開く。二度目なので、腹膜を切るとき、少し戸惑ったがあとは順調だった。

「腸ピンを下さい」

所長がいるせいか、婦長はもう意地悪をしない。いわれたとおり道具を渡してくれる。

今度は昨日より、いくらか大胆に腸をつかめる。大腸の横に走る白い紐《ひも》を追っていく。麻酔がよく効いているのか、少年は大人しい。

やがて一メートル近く、腸をたぐり寄せたとき、靴下の先のような形をした盲腸部がでてきた。それを持上げると先端に人さし指大ほどの突起がとび出してきた。

「これですね」

「そうだ、なかなか生きがいいや」

所長がいうとおり、虫垂突起は赤く腫脹《しゅちょう》して、膨起《エレクチオ》している。

「ついに見付けたな」

「ありがとうございます」

嬉しくて、三郎は思わず頭を下げた。

「先をペアンでつまんで」

見付けた以上、もう逃がさない。切りとるのは何度も見て、覚えている。

「ペアン」

婦長にいう言葉も威勢《いせい》がよくなる。

「コッヘル」

さらに命令すると、途端《とたん》に婦長がいった。

「つかった器械は返して下さい」

いわれてみるとたしかに、ピンセット、ペアン、コッヘルと、つかった器械が沢山創《きず》のまわりにおいてある。手術に熱中して器械を返すのを忘れていたのである。

「お腹は器械台ではありませんから、注意して下さい」

いうことが、いちいち憎らしい。だが三郎はいまは怒る気もない。

念願の虫垂を自力で発見して、切り摘《と》ったのだ。それに腰椎麻酔《ようついますい》も一人でやった。

これでなんとか出来そうである。

「ありがとうございました」

手術が終ってから、三郎は所長と婦長に深く頭を下げた。

「少し自信がついたろう」

所長がいったが、婦長は背を向けてなにもいわない。

「所長、今日摘ったアッペをいただいていいですか」

「どうするのだ」

「記念に、フォルマリン液につけて、とっておくのです」

手術で摘出《てきしゅつ》したものを、勝手に私物化することはまずい。もっとも、それを禁止した法律となると正式にはないようだ。医師法にも、そのことを書いた条文は見当らない。

してみると、これは医師のあいだだけで、暗黙のうちに成りたっている、道義的なものなのか、いや、それほど大袈裟《おおげさ》なものではないのかもしれない。

現実に、手術で摘り出した胃や腸を欲しいと思う人はまずいないだろう。第一、そんなものもらっても置き場に困る。

ただ稀《まれ》に、中絶した婦人のなかに、堕《おろ》した胎児を欲しいという人がいるらしい。

自分が殺した子供をもらってどうするのか、箱にでも入れて毎日見ながら罪の償いをしようとでもいうのか。真意はわからないが、こういう場合も、医者は胎児を渡すことはできない。

「わたしのものを、なぜくれないの」

と喚《わめ》いた人もいるようだが、それはいっときの興奮がさせたことだろう。

いかに愛着があろうと、殺した胎児を保管しておくのは、やはりグロテスクだし、それに、胎児や臓器はすぐ腐敗してしまう。素人がそう簡単に保管できるものではない。

この点、石とか歯のようなものなら、比較的綺麗《きれい》だし、保管も簡単である。よく胆石や腎臓《じんぞう》結石の手術のあと、摘出された石を持っている人がいるが、あれは手術の記念と、今後の自戒のためという意味かもしれない。それに、こんな大きな石をとる手術をしたという、少し自慢したい気持もあるのかもしれない。

歯や石くらいならと、医者も簡単に渡してくれるが、体の臓器となるとそうはいかない。

原則として、それらは医師が確認したあと廃棄処分にする。これも単に捨てるわけでなく、できるだけ早い時期に適当なところで焼却して、人目につかないようにする。

しかし、ときに珍しい病気の場合とか、学問的に貴重なものは、フォルマリンか石炭酸液につけて保管する場合がある。このときは、とくに医師は患者にその旨《むね》を伝えない。実際いわれたところで、患者にとっては、自分の臓器がどこかに保管されている、と思うことは、あまり気持のいいことではないだろう。

こうしてみてくると、結局、手術によって摘《と》り出したものは、医者の良識に任されている、というのが現状のようである。

アクロの場合は、初めての手術で摘り出したものだから、記念に欲しいと思ったまでのことである。

医師にも、よくそんな気持を抱く者もいるが、わざわざもらうというのはまずいない。せいぜい見詰めて、しばらく感激に浸る、といった程度のものである。

だが三郎は所長の許しをえて、少年の虫垂部《アッペ》をもらってフォルマリン液に浸した。ビンは試薬が入っていたあとの空いたやつを利用した。もちろん、そのことは少年には告げていない。

少年のアッペはほぼ小指大ほどで、先端が赤く膨《ふく》らんでいた。それがフォルマリン液のなかで、少し頭を曲げて浮いていた。三郎はそれを自分の部屋の書棚の片隅においた。

「おい、アッペ君、それを摘ったのは俺《おれ》だぞ」

ときどき三郎は話しかけてみる。むろんアッペはなにも答えない。だが三郎は嬉《うれ》しかった。医者でないのに自力で摘出しただけに、その感動は普通の医者の比ではない。

手術では立派にアッペを摘れたが、それは手技を覚えただけである。その手術の裏付けとして、もっと基礎的な医学知識を身につけなければならない。

いまのままでは、たとえ手術はできても、婦長に馬鹿にされるのは目に見えている。

なにから勉強すればいいのか……。

一人前の医者になるためには、医学部の初めの二年間で、解剖、生理、薬理、生化学といった基礎医学を勉強するらしい。だが、そんなところからはじめたのではとても追いつかない。それに教科書もないし独学では無理だ。

「臨床を覚えるのが目的だから、臨床の本を読めばいい」と所長にいわれて、三郎は医局の戸棚にあった外科全書から読むことにした。

巻末を見ると、いまから三十年前に発行されたものでかなり古いが、所長によると、基本的なところはそう変っていないという。

まず第一巻の総論は、第一章が損傷、第二章外科的伝染病とわかれ、皮膚外科、血管外科、神経外科などの項目が続いている。

三郎はその第一章から読みはじめることにした。単に読んだだけでは忘れるので、重要と思われるところをメモするためにノートも用意した。

第一頁《ページ》にまず損傷の定義がある。

「損傷トハ外界ヨリスル各種ノ物理的及化学的刺戟《しげき》ニヨル身体障害ヲ云《い》フ。而シテ創傷ハ損傷ノ一部ニシテ単ニ外部ヨリスル器械的作用ニヨル皮膚其他ノ障害ヲ意味シ、損傷ノ中ニハ創傷ノミナラズ、挫傷《ざしょう》、火傷、凍傷、腐蝕《ふしょく》、レントゲン線損傷ナドソノ中ニ属シ、要スルニ損傷トハ創傷ニ比シテ広義ノモノナリ」

なにやらわかったようでわからない。きき慣れない単語がでてくるが、易しいことを無理に難しくいっているような気もする。要するに、創傷より損傷のほうが広い意味がある、ということだけはわかった。

「創傷トハ外力ニヨル身体傷害ニシテ皮膚又ハ同時ニ他ノ組織ガ連絡ヲ離断セラレ、又ハ此等組織ノ一部ニ欠損ヲ生ゼルモノヲ云フ」

ここでも、連絡ヲ離断セル、などと難しい言葉をつかっているが、これは要するに、皮膚が破けた傷のことをいうらしい。同じ傷でも、皮膚が破けているのといないのとでは違う。

三郎は半ば感心し、半ばあきれながらさらに読みすすむ。

創傷も原因によりさまざまな呼び方があることがわかる。

切創（Schnitt wunde）、刺創（Stich wunde）、咬創《こうそう》（Riss wunde）と、十種類ほど書いてある。

日本語を覚えながら、ついでにドイツ語も覚える。横文字を一言でも多く覚えて、婦長の前でいってやりたい。

とにかくわからなくても、一頁《ページ》ずつ読みすすんでいくより仕方がない。

大学の教養も、医学の基礎もとびこして臨床をやろうというのだから無理は承知である。はたしてどこまでやれるか、いまはただやるだけである。

勉強をはじめたのを知ってか、所長はますます、三郎に臨床をやらせてくれるようになった。

虫垂炎の手術のあと、診療所には足首を折った患者と、胃潰瘍《いかいよう》の患者がきた。骨折の患者はギプスを巻いただけだが、所長は途中で替って、「巻いてみろ」といった。

いままでもギプスを巻くのは何度も見ていたが、いざ巻いてみると、手から滑り落ちそうになる。強く巻きすぎると気泡とともにギプス粉が浮き出てくるし、ゆるく巻きすぎるとくずれてくる。それにギプス包帯をお湯に浸して取り出すこつが難しい。万事、見るとやるとは大違いである。

「よく撫《な》ぜる。撫ぜればよくなる。女もギプスも同じことだ」

所長はそんなことをいいながら暢《の》んびり見物しているが、そううまくはいかない。ギプスを巻くときは、婦長はあまり顔を出さない。手術ほど難しくないので、自分はいなくてもいいだろう、という考えかららしい。

患者の脚を持っているのは明子なので、三郎は気が楽だ。所長のいうとおり、表面を撫ぜてみると、ギプスはたしかによく伸びる。ぴたりと下にもついて固まりも早い。

巻かれている患者は、仰向けに寝て、脚を持上げられているので、誰が巻いているのか気付かないらしい。たとえ気付いたところで、所長も横にいるのだから文句をいわない。

「よし、あとは切っておけ」

巻き終えたギプスの先を、所長が赤い色鉛筆で印をつける。その部分をカットして足先を出しておかないと、ギプスのなかで血行障害がおきてもわからない。

「今日は足を下げちゃいかんぞ」

所長が患者にいってギプス室を出ていく。そのあとに一礼しながら、三郎は、足を下げると血が下り、足先がはれてギプスがきつくなるからだと考える。

いままでは、所長のいうことをただきいていればよかったが、これからは一つ一つ理由を考えなければならない。何故《なぜ》そうするのか、それを考えることによって、知識は増えていく。

胃潰瘍《いかいよう》の患者の手術のときも所長は上機嫌だった。

この診療所は島でただ一つの病院なので、結構患者は多い。大体、患者千人に医者一人くらいが適当な配置だといわれているが、この島の総人口は二千八百人である。もっとも島では、都会のようにすぐ病院に行かず、いまでも家庭薬のようなものを常備していて、それで間に合わせる人も多い。その点いくらかましともいえるが、それにしても老体の所長一人では大変である。

患者が多いから、当然手術も多い。虫垂炎の手術でも、平均すると、週に一人はある。それに腫《は》れものを摘《と》る切開や、切り傷の縫合《ほうごう》などまで含めると、かなりの数になる。

ただ都会に較《くら》べて比較的大きな怪我は少ない。所長流にいうと、「すべて小物」である。これはやはり、島では車も少なく暢《の》んびりしているうえに、老人が多いせいかもしれない。なにせ島には高校がなく、中学を卒業するとみな伊豆か静岡のほうへ移ってしまう。老人ばかりでは、派手な怪我は滅多にない。

もっとも胃潰瘍《いかいよう》とか癌《がん》の患者は結構いるが、大抵はそうとわかると、本土の病院へ行ってしまう。これが所長の口惜《くや》しいところで、「俺《おれ》のほうが、本土の医者よりはるかにうまいのに……」と残念がる。

島の人々は所長のいうことにうなずきながら、大きな手術となるとやはり島を出てしまう。髭《ひげ》の先生の腕のいいことはわかっているが、「診療所ではやはり設備が……」ということになる。

実際、ここでは全身麻酔の器械もないし、他に医者もいないので出来ない。以前、所長は器械を買い、若い医者を招《よ》んでやることを考えたが、役場で予算がないといわれてあきらめた。

「こんなところにいては、折角《せっかく》の俺《おれ》の腕が泣く」

所長はいつもそういって嘆いていた。そこに胃潰瘍を手術してくれという人が現れたのである。患者は長らく役場に用務員として勤めていた五十五歳の男性だった。五年前、所長に足の骨折をなおしてもらってから、熱烈な所長の信奉者になっていた。「手術をしたほうがいい」といわれると、彼は即座に、「それじゃお願いします」といったのである。

これには患者より所長のほうが感激した。

「俺に任せてくれるか」

所長は思わず患者の手を握った。

この診療所で胃の手術がおこなわれるのは一年ぶりである。その間、手術をしたほうがいいと思った患者が四、五名はいたが、みな本土の病院へ移ってしまった。彼等のためにも、腕のいいところを見せてやらねばならぬ。

所長は張り切った。

一般に長引く手術は全身麻酔にこしたことはないが、器械がないのだから仕方がない。腰椎麻酔《ようついますい》をやや多めにすれば可能である。実際、全身麻酔がいまほど一般的にならない前は、腰椎麻酔でやっていたのだから出来ないわけはない。

手術はもちろん所長が執刀し、婦長は器械出し、三郎は第一助手である。島の診療所とはいえ、手術器械だけは揃《そろ》っている。同じ腹を開くといっても、胃と虫垂の手術ではまるで違う。アッペのときは右の下腹部を三、四センチ切るだけだが、胃の場合は鳩尾《みずおち》から臍《へそ》の下まで一直線に切り下す。

腹膜を開くと、胃から小腸まで見渡せる。診断どおり、胃が鉤型《かぎがた》に曲って小腸へ移る、その部分に潰瘍《かいよう》があった。ほぼ拳大《こぶしだい》ほどの範囲にわたって粘膜が爛《ただ》れ、中央がえぐられたように崩れている。

所長はその両側を長い鉗子《かんし》ではさみ、切り摘っていく。胃の約三分の一が切り摘られ、その先端と腸を結びなおす。

「ここを、しっかり結ばなければ、あいだから食物が洩《も》れて大変なことになる」

所長は上機嫌で説明してくれる。

手術を手伝いながら三郎は改めて感動した。もちろん胃や潰瘍を初めて見た驚きもあったがそれ以上に、この大手術に自分が立合っている。しかも第一助手として胃をつかまえたり、糸を結んでいる、その事実にさらに感動した。

「俺でも役に立つ……」

三郎は初めて、自分が大切な仕事にくわわっているという実感を味わった。

それにしても、所長の手捌《てさば》きは鮮やかであった。さすが、「本土の医者などに負けはしない」と自慢するだけのことはある。

もっとも、他の医師の手術を見たことがないのだから本当のところはわからない。だが三郎に説明しながら悠々《ゆうゆう》とやって、一時間以内で終ったのだから腕が悪いわけはない。かなり自信があることはたしからしい。

「どうだ、面白かったか」

終って所長にきかれて、三郎は大きくうなずいた。

「凄《すご》く感動しました」

「お前も、いまにできるようになる」

「本当ですか」

声をはずませてから、三郎は自分が医師の免許を持っていないことに改めて気がついた。

しかし医師の免許がないからといって、いつまでもくよくよしているわけにいかない。他はいざしらず、この島にいるかぎり、免許のないことを気にすることはない。法に反しているとはいえ、島のためにやっているのだ、俺は島の人を救っているのだ。

三郎は絶えず自分にいいきかす。そういって自己暗示にかけなければ不安になってくる。

「誰かに密告されないでしょうか」

胃潰瘍《いかいよう》の手術のあと、三郎は心配になってきいたが、所長は平然としている。

「びくびくするな、俺がついとる」

所長にそういわれると、急に気が大きくなる。

「どんどんやれ、どんどん」


実際、所長はいろいろな手術を次々とやらせてくれた。

春から初夏にかけて、三ヵ月のあいだに三郎はアッペの手術を六人、ギプスを十人に巻いた。

この間、アッペの患者は全部で十一人だったから、ほぼその半数を三郎が自力でやったことになる。しかもギプスはほとんど三郎に任せられた。

さすがに、手術のときに文句をいう人はいないが、ギプスを巻いていると、二人の患者から苦情がでた。

一人は小学校の教師で、一人はフリージヤの栽培をやっている農家の主婦だった。教師のほうは、「所長さんがやってくれるのではないのかね」と、少し不満そうにいった。

「いま、所長は忙しいから」

明子がいうと、それ以上はなにもいわなかった。

もう一人の農家の主婦のほうは、「悪いけど、所長さんに巻いてもらいたいんだけどね」といった。

仕方なく三郎が伝えにいくと、所長はギプス室へきて、「母ちゃん、俺《おれ》のような年寄より、この若い先生のほうがうまいんだ。大丈夫だから安心しなさい」と主婦の肩をぽんと叩《たた》いた。

「そうですか、あんた若い先生ですか、済みませんでした」

主婦はギプスを巻かれたまま頭を下げた。

「医者でもないのに、あんなことをいって大丈夫ですか」

あとで三郎がいうと所長は、「かまうことはない。間違うなら間違わせときゃいいんだ」と暢気《のんき》なものである。

実際、患者のなかには、ときどき三郎を「先生」と呼ぶものがいた。廊下など歩いていると、「先生、今日は」などと声をかけられる。一瞬、三郎は誰のことかと思い、それから自分のことだと思って慌《あわ》てて頭を下げる。

古い患者は、三郎が医師でないことを知っているが、新しい患者が増えるにしたがって、そのあたりのことは曖昧《あいまい》になっていくようだ。

三郎が手がけたアッペの手術のうち、半分の三名は十五分くらいで終った。もちろんアッペもうまく見付けられたし、摘《と》り出したあとも上手に縫《ぬ》うことができた。

よく外科医のなかで、手術時間の短かさや、傷の小さいのを競ったりする者がいる。アッペでいえば、五分で終ったとか、三センチの傷ですました、といったことを自慢めかしていう。

だが、いくら小さい傷口で早くやったところで、失敗してはなにもならない。それに五分が十分に延びようと、三センチが四センチでもたいして変りはない。要は確実に、丁寧《ていねい》にやることである。

その点三郎は間違いない。もともと器用なうえに、慎重な性格である。アッペを切り摘るときも、位置を何度もたしかめるし、縫合《ほうごう》のあとも、緩《ゆる》んでいないかいちいち確認する。

初めは難しいと思ったが、慣れてくると意外に簡単である。俺でもできる、という自信がつくと、生来の器用さが生かされてくる。

もっともそうはいっても、まだ手術の例数は少ない。半数は順調にいったが、半数はいささか難航した。

そのうちの二例は、虫垂突起が見付からなくて二十分以上かかってしまった。腸を持ち上げたり、引っくり返しているうちにようやく見付けたが、一例は腸の内側のほうに曲っていたし、もう一例は移動性盲腸で、かなり左のほうに移っていた。難儀はしたが、おかげで盲腸の部分の様子はずいぶんわかった。

いま一例はすでに破れていて、一部がまわりの腸と癒着《ゆちゃく》していた。この例は所長に任せたが、癒着を離し、ドレーンを入れることを教わった。

全部で六例にすぎないが、これで大体、普通のアッペなら出来そうである。まず一人でどこでやらされても自信はある。

アッペ以外に、所長は外来の小さな手術もやらせてくれた。傷の縫合《ほうごう》やはれものの切開、瘭疽《ひょうそ》による抜爪《ばっそう》など、こういう手術はすぐ現実に役に立つ。

縫合や切開のときはあらかじめ局所麻酔をする。初め、所長は麻酔だけを三郎に命じた。すでに傷があるところに注射をするのだから患者は痛がる。それをなんとかなだめて注射をする。そのあと、所長が切開したり、縫合してみせる。何例か見ているうちに、「やってみろ」とメスを渡される。

切開でも、初めは怖くて一気にメスを押し込めない。だが何度かやっているうちに、こちらが怯《おび》えてそろそろやると、かえって痛がるし、患者が不安になることがわかった。いっそひと息に、ぐいとやったほうが早いし、患者の痛みも一瞬で済む。

皮膚の縫合は、皮膚の両端をきちんと合わせて縫うのがこつである。一部がずれていたり、まくれこんでいると、癒着が遅れるし、着いても傷痕《きずあと》が汚くなる。これを防ぐには、一針縫う度にきちんとピンセットで傷口を合わせなければいけない。

指先の手術のときは、根元のところで麻酔をする。そこの神経部分をまず痺《しび》れさせ、そこから先の神経を遮断《しゃだん》する。これには一パーセントか二パーセントの濃い麻酔液をつかう。

それらの一つ一つを、三郎はまず見て、ノートにとって覚える。それから所長に「やってみろ」といわれて、はじめて実地にこころみる。なにごとも、勉強の初めはまず見ることだが、そのためには絶えず、所長のそばにいなければならない。

幸い、手術や処置は、午後にすることが多い。三郎は朝、人より一時間早く病院にきて、前日出た入院患者の検査のほうをやってしまう。それから外来から送られてくる患者の検査をして、午後はなるたけあけて見にいくようにした。

暇さえあれば所長の横について、見たり手伝ったりしているので、患者のなかには、三郎が医学生だと思っている者もいるらしい。

「学生さん、もう少し包帯をいただけますか」などといってくる患者もいる。

当然のことながら、ここでも三郎がメスを持ったり注射器を持つと、露骨にいやな顔をする者がいる。

「所長さんにやってもらえるのでなければ帰ります」といって、帰ろうとする人もいる。

「たいして変らんのだが、それじゃ俺《おれ》がやろうか」所長はそんなことをいいながら、渋々メスをとる。

「しかし外科医というのは五十をこしては駄目だね、体力はなくなるし根気もなくなる。手術を大学の老いぼれ教授などにしてもらうのは大馬鹿だ。それより若くていきのいい助教授か講師のほうがいいんだ。お礼は安くて済むしそのころが一番脂《あぶら》がのっている。古くていいのは骨董《こっとう》と苔《こけ》くらいなものだ」などと冗談をいいながら切開する。

そして、「相川君、あとをやってくれ」というと、大抵の患者は黙ってしまう。おかげで患者のほうは、なんとか誤魔化《ごまか》せるが、問題はむしろ看護婦のほうである。

婦長は相変らず、御機嫌斜めで、三郎が外来に行くと、不快そうに顔をそむける。診察のときなど、患者のうしろに立っていると、「ちょっと、除《よ》けて頂戴《ちょうだい》」と、邪魔だといわんばかりの顔をする。

ときには、三郎が行くと見計らったように検査の仕事を出してよこす。婦長気にいりの看護婦も、少し冷たい顔をする。

それでも、婦長は一時のように面と向かって文句はいわなくなった。「あまり厳しいことをいうな」と、所長に注意をされたせいだろうが、同時に三郎の存在価値を少しずつ認めてきたらしい。

実際、三郎が外来にきて手伝うと手伝わないでは、仕事の終り方が違う。切開一つにしても、所長は患者と長々と喋《しゃべ》りながらやるし、糸の結び方もゆっくりしている。その点、三郎は無口で万事てきぱきしている。

若い看護婦は、むしろ三郎がやるほうを好む傾向がある。


実地とともに、医学書の勉強のほうも大分すすんできた。もっともすすんだといっても、まだ一冊目の総論を読んだだけだが、それでも外科学というものの輪郭がおぼろげながら、わかったような気がする。

初めは一頁《ページ》読むのにも辞書をひきながら、一時間も二時間もかかったが、いまはそんなことはない。読んでいるうちに少しずつ早くなり、一晩に五、六頁はすすむ。医学用語も大分覚えて、所長がカルテに書く字も半分はわかる。

少しながらわかってみると、カルテに書いてあるのは、たいしたことではないとわかってくる。文章というより単語の羅列《られつ》にすぎないようだ。

一頁読んでいくうちに、無数の疑問にゆき当る。臨床でも、考えてみるとわからないことが沢山ある。

幸い所長は質問されるのが嫌いではないらしい。

「身近で、わからないことからきけ」というので、毎日、体験した疑問からきいていく。

医学部の学生や若い医師なら、こんなことをきいて笑われないかと考えるかもしれないが、その点、三郎は気が楽である。もともと学校を出ていないのだからなにも知らなくても恥じるところはない。

質問は外来でもするが、主に外来の暇な午後を見計らって直接所長室にいく。ドアをノックして入ると、所長は「おう、きたか」とうなずく。余程、忙しくないかぎり相手になってくれる。

「今日はなんだ？」

「血圧を測ったとき、最高、最低といいますけど、あれはどういう意味ですか」

所長はしばらく考え込み、それから説明をはじめる。

「普通、血圧というのは動脈圧のことだ。この動脈圧は当然のことだが、心臓が縮んだり伸びたりする度に変る。最高血圧というのは、この心臓が最も収縮したときに血液を送り出す力をいう。健康な男子で平均は大体一二〇だ。この数字は一二〇ミリの水銀柱をおし上げる力に相当するという意味だ」

所長は途中から立ち上りうしろの黒板で説明をはじめる。三郎はそれを持参のノートに書きとる。

「これに対して最低血圧というのは、心臓が拡張したときに送り出す力で、平均九〇前後だ。この最高と最低血圧との差を脈圧という。この脈圧は普通四〇といわれているが、人によって違う。この差が少なくなり、最低が最高に近づくと、心臓が縮んだときと緩んだときと血を送る力に差がない。すなわち収縮力が不充分で、心臓の効率が悪いということになる」

所長の口調は自然に講義調になる。

もしかして所長は三郎に話すことで、学生に講義しているような気分になっているのかもしれない。

「俺《おれ》は優秀だったのだが、教授と喧嘩《けんか》したばかりに、こんな島へきてしまった。喧嘩さえしなかったら、いまごろ俺は大学教授になっていた」

常日頃、いっているだけに、所長は果たせなかった夢を、三郎に講義することで満たしているのかもしれない。

「他には？」

「アッペの手術のあと、ガスが出ると、〝もう大丈夫だ〟といいますけど、あれはどういうわけですか」

「それはいい質問だ」

所長は大きくうなずき、さらに説明を続ける。

「腸は放っておいても自分で動く、自動能力というものを持っておる。これは腹を開けると、腸がゆっくりとうねっているのを見てもわかるだろう。この働きがあるから、食べたものは胃から肛門《こうもん》のほうに運ばれていくし、五、六メートルもある長い腸がもつれもしないで腹におさまっておれる」

三郎はうなずきながら、開腹して見たときの腸の姿を思い出す。たしかに腸は蛇がとぐろを巻くように、動かないようでかすかに動いている。それは本人が動かそうとする、しないに関わりなく、自発的に動くものらしい。

「ところが腹を開けて、腸をいじると、必ずこの能力が落ちる。手術が長引いて、いじればいじるほど恢復《かいふく》が悪くなる。もし動かないまま、何日も経てば中毒をおこして命とりになる。ガスが出たというのは、この自動能力が恢復したということで、腸が正常に移ったということだ」

三郎は初めて、人体の精巧さを知り感心する。そして、いろいろな素人のいい伝えが、それなりに意味があることに気がつく。

「お前の質問も、だんだん専門的になってきた」

所長は満足そうにうなずき、「今度から、お前を〝先生〟と呼ばせようか」などと冗談めかしていった。

風　雲

五月の末から島は本土より一足早く雨期に入る。これから六月の末までが一年のうちで最も雨が多い。

もっとも、大海に浮かぶ小島だけに、雨期のあいだも風通しはよく、本土ほどのむし暑さは感じない。

それでも終日、雨に降りこまれると気が滅《め》入《い》ってくる。道路も家々の屋根も、フェニックスの葉も、雨にうたれているのを見ると、このまま、本土への道も閉ざされてしまうような不安にとらわれる。

三郎がこの島へきて、最も淋《さび》しかったのは初めての雨期のときだった。四月に来てまだ日が浅かったせいもあるが、何度も東京へ帰りたくなった。こんなところで暮していけるのか自信がなくなった。

その後仕事にも慣れ、知人が増えるにつれて落ち着いたが、それでも梅雨どきになるときまって淋しくなる。

本土なら立枯れの秋から冬が、もの悲しさを誘うが、島にははっきりした秋や冬はない。真冬でも緑は多いし、椿《つばき》も咲いている。むしろ梅雨どきのほうが気が滅入る。何年いても、島の雨は人の心を淋しくさせるのかもしれない。

だが今年の梅雨どきほど、三郎にとって憂鬱《ゆううつ》な期間はなかった。理由の一つはもちろん長雨だが、いま一つは診療所内の人間関係の難しさである。

島に来た当座は、病院の人達はみな親切だった。三郎が東京からわざわざ希望してきたときいたせいか、淋しくはないか、なにか不足なものはないかと、いろいろ気をつかってくれた。

だが、最近、その様子が少しずつ変ってきた。

三郎が所長に目をかけられ、医者の真似《まね》ごとをやるようになってから、職員達の三郎を見る目が冷たくなってきた。

もっとも面と向かって文句をいうわけではない。はっきり非難したのは婦長だけだが、職員達の態度にも、あまり面白く思っていないことが現れる。

たとえば薬剤師の高岡などは、白衣を着て手術場へ行こうとしていると、「大変ですなあ、忙しくて」と聞こえよがしにいう。言葉では同情しているようで、その実、皮肉っているのがわかる。

高岡は年齢も三郎より一廻《まわ》り上だし、薬剤師の免許を持っているだけに、三郎がメスを持って一人前の医者のようにふるまうのが面白くないらしい。

高岡ほどでなくても、事務の職員達も似たようないい方をする。この前までは自分達と同様ソロバン片手に、診療報酬の計算をしていた、いわば彼等と一緒に働いていた男が、いまは医者の真似ごとをして、患者に「先生」と呼ばれたりしている。

もっとも三郎の職名は、いまも事務員である。形の上では彼等の下だし、給料も少ない。それなのに、医者まがいのことをやって、所長に可愛《かわい》がられている。そんなところが彼等に不満を抱かせるらしい。

最近では事務室にいっても、きさくに話しかけてくれない。仕方なくこちらから話しかけても、簡単な受け答えだけで、あとはそっぽを向く。

係長の勝田などは、声をかけてもきこえないふりをする。

これでは事務室へ行く足も遠のき、するといっそう彼等と疎遠《そえん》になる。

実際、この一ヵ月は麻雀《マージャン》に誘われることもなかった。もっとも誘われても「先生」とか「さすがお医者さんは強いや」などと厭味《いやみ》をいわれるのでは後味が悪いだけである。

診療所の男性といえば、所長の他には事務の職員と薬剤師だけだから、彼等に冷たくされたのでは孤立したも同然である。

さらに看護婦も、婦長は相変らず不機嫌だし、婦長の息のかかった若い看護婦も、ときに反撥《はんぱつ》したりする。「わたし達は、医者でもない人の指示を受ける理由はないわ」と陰でいっているらしい。

だが三郎は特に医者ぶっているわけではない。医者の仕事をしていると、つい指示を出さざるをえないが、彼等はそれをすべて三郎の思い上りととる。

ともかくいまのところ安心して話をできるのは明子だけである。だがその明子も、このごろは医者の仕事をするのは少し控えたほうがいいという意見である。

理由は、いまのままでは、ますますみなに嫌われてしまうというのである。

小さな島で村八分されるくらい辛《つら》いことはない。二年前に製氷所の係員をしていた男が盗みをした疑いで村八分された。

「俺《おれ》はしない」と頑固にいい張り、警察も逮捕はしなかったが、村八分の辛さに耐えかねて島を出ていった。それの二の舞になっては大変だというのである。

「そんなふうにならないうちにやめたほうがいいわ」

だがそういわれると、かえって生来の負けん気が頭をもたげてくる。

「俺はすき好んでやっているんじゃないよ。所長にいわれて仕方なくやっているんだ」

「あなたはそうでも、まわりの人はそうは見ないわ。あなたが所長にとりいって、うまくやってるんだと思ってるわ」

「冗談じゃない、俺がいつ所長にとりいったことがある」

「ないわ。わたしはそれを知ってるけど、島の人はそうはとらないの。所長はもともと島の人ではないし、あなたが本土から来た人だからえこひいきしていると思ってしまうの。これは理屈ではなく、そう思うものなのよ」

理屈でないといわれると反駁《はんばく》のしようもない。だが、あらぬ疑いをかけられたのではたまらない。

「俺はこの島の人達のためにやっているのだ。所長だって、そういっているし、励ましてくれる」

「それも一つの理由かもしれないけど、でもそういって、所長は自分が怠けたいのでしょう」

「まさか……」

「だって、あなたが手術をしているあいだ、所長は患者さんと話したり、家に帰って昼寝をしているわ」

たしかにこの前の虫垂炎の手術のときも所長は家で昼寝していたらしい。

「でもとにかく一人の医者では危険なのだ。なにか起ったとき、替りにやる人がいなければ、困るのは島の人達だろう」

「たとえそうでも、あなたが憎まれ役をかってでる必要はないわ。一生懸命手術をしたって、お医者さんの給料をもらえるわけじゃなし……」

たしかにそれは明子のいうとおりである。いまの三郎は若い医者と変らぬ仕事をしているが、給料は準看の明子と差はない。ボーナスなど含めると、むしろ下である。

これがもし正式の医者なら、いまの四倍近くはもらう計算になるらしい。少なくとも三倍はゆうにこえる。そのことを思うと少し腹立たしくなる。

だが、こちらは正式の免許がないのだから仕方がない。法律に違反しているのだから少ないのは当然である。むしろ免許がないのに、医者と同じことをやらせてもらっていることに感謝すべきかもしれない。

机に坐《すわ》ってありきたりの書類を整備する単調な仕事をしないで済むだけでも、ましかもしれない。

それにいまの仕事は、誰がなんといおうと、島の人達にとって必要な仕事である。

明子は、所長が怠けるためだ、というが、それだけではない。万一のことを思えば、所長のいうとおり絶対に必要なはずである。

「でも、誰かに密告されたりしないかしら」

「どうして?」

「わからないけど、もしそうでもされたら大変だときいたものだから」

「そんなこと、誰がいったのだ」

「病院の人だけど、気にすることないわ」

明子は口を濁《にご》す。

「密告したい奴《やつ》がいれば、すればいいんだ」

口では強がってみせるが、内心はやはり怖い。


たしかに医師法では医師以外の者の医療行為を禁じている。気になって、三郎が六法全書を開けて調べたところによると、医師法第四章「業務」のところに次のような項目がある。

「医師以外の者の医業禁止」

第十七条　医師でなければ医業をなしてはならない。

「名称の使用制限」

第十八条　医師でなければ、医師又はこれに紛らわしい名称を用いてはならない。

さらに第六章の「罰則」には、十七条の規定に違反した者は、二年以下の懲役、又は二万円以下の罰金に処する、と記されている。この理屈からいえば、三郎は完全に医師法に違反しているうえ、警察に知れると懲役までくらうことになる。

明子が心配するのも無理はない。

だが現実に、この法律が厳格に守られているかとなると、いささか怪しいような気もする。たとえば、都会の病院でも、看護婦が創《きず》のガーゼ交換をしたり、注射をすることはよくある。食餌《しょくじ》制限や安静などについてもいろいろ指示をする。

これらは医業だから厳格にいうと、看護婦がやるのは医師法に違反していることになる。同時にそれを命令し、やらせている医師も違反していることになる。とにかく法に認められた行為でないことはたしかである。

さらに「業務」の一九条には、「診療に従事する医師は、診察治療の求があった場合には、正当な事由がなければ、これを拒んではならない」と記されている。

だが、休日や夜間診療を頼んで、拒否された例は無数にある。救急患者がたらい廻《まわ》しされた挙句《あげく》、死亡したという話もきいたことがある。

病院では、「夜間だから」とか、「ベッドがないから」などといっているが、それが正当な理由だろうか。人命に関わる問題に対して、正当な理由とはいいかねるような気もする。

とくに「療養方法等の指導義務」を規定した二三条には、「医師は、診療をしたときは、本人又はその保護者に対し、療養の方法その他保健の向上に必要な事項の指導をしなければならない」と書かれている。

だがこれまで病院に行って、医師から納得のいく説明を受けたことはない。

患者が「風邪ですか？」ときいても、医師は面倒くさそうにうなずくだけで、「なんの薬ですか？」ときいても、「黙って服《の》みなさい」といわれるだけである。

こちらが納得できるまで、適切に説明し、指導してくれる医者はまずいない。

となると、医者のほとんどは医師法に違反している、ということになる。

だが現実には、それらのことで罪に問われる医者はいない。

法はそうだが現実は違う。法規どおりにやっていてはなにもできないということなのか。

実際、夜間診療を拒否する度に、懲役になるのでは、医者のなり手はいなくなるかもしれない。

このあたりは、臨機応変に法を解釈せよ、ということなのかもしれない。

だが、この違反の理屈を敷衍《ふえん》すると、三郎の診療行為も違反とはいえないかもしれない。

現実に医者が足りない。一人では手術一つも満足にできない。そんなとき、医者の免許のない者に手伝わせたり、簡単な手術をやらせるのは当然ではないか。そのほうが、現実に役だつのなら許されるはずだ。

法律を読んだ結果、三郎はそう考える。

「でも、よくわからないけど、都会のお医者さんが、夜間診療を断るのと、あなたが虫垂炎《アッペ》の手術をするのとは、ちょっと違うような気もするわ」

明子が小首を傾《かし》げる。

たしかに、そういわれると弱い。一方は些細《ささい》な違反だが、一方はかなり大きな違反のような気もする。具体的にどれくらい違うかというとわからないが、常識的に判断すると、たしかに違うかもしれない。

「でも、僕は好んでやっているわけではないからね……」

少し卑怯《ひきょう》かもしれないが、三郎のいいわけは、いつもそこにゆきつく。

所長に「やれ」といわれたからやっているだけで、三郎が望んだことではない。事実、「僕のやっていることは違反ではありませんか？」ときいても、所長は「そんなこと、気にする必要はない」の一点ばりである。

所長は島に若い医者がこない腹いせのために、そういっているのかもしれないが、ともかく三郎の診療行為は、所長自身が認めていることである。所長が承知している以上、万一密告されたとしても心配する必要はない。

罪に問われるのは三郎だけでなく、責任者の所長も同罪のはずである。

「もし密告されたとしても、どうってことはないよ」

島には本町の他に二ヵ所に駐在所がある。だが署長も駐在も、みな所長の患者であり、友人である。

彼等は、所長一人では手不足なことも、三郎がときどき手術を手伝ったりしていることも知っている。いわばみなツーカーの仲である。

そんなところへ密告してきたからといって、署長が所長を逮捕するわけがない。

「まあ、仕方がないさ」というところでおさまるのがおちである。

それより問題なのは、「密告するぞ」と脅迫《きょうはく》じみたことを明子にまでちらつかせる、診療所職員達の態度のほうである。

島に雨が降り続ける。

大きなフェニックスの葉も、丸石を積み上げた石垣も、国道へ通じる道も雨に濡《ぬ》れている。

三郎が下宿している部屋は自転車店の二階である。その南向きの窓からは棕櫚《しゅろ》の茂みをとおして入江の海も見える。

その海も雨に濡れている。

日曜日の午後だが、町は雨のなかで静まりかえっている。一人で雨の海を見ていると、なぜともなく「城ケ島の雨」の歌が思い出される。

　雨は降る降る
城ケ島の磯《いそ》に

利休鼠《りきゅうねずみ》の雨が降る

利休鼠は緑色を帯びたねずみ色だというが、雨そのものには色はない。してみると、利休鼠というのは雨をとおして見る外景の印象なのかもしれない。たしかに緑の多い島が雨に濡《ぬ》れている色は、利休鼠かもしれない。緑が灰色に煙っている。それがいっそう淋《さび》しさを誘う。三郎はいま、自分がかなり感傷的になっているのに気付いていた。

歌を歌っていると自然に泣き出したい気持になってくる。ずいぶん遠くの島に来たものである。なぜこんなところに来たのかとも思う。だが同時にこれでいいのだとも思う。

もっとも三郎を感傷的にさせているのは、利休鼠の雨のせいだけでもない。このごろ一人前の医者らしくなって、かえってみなから敬遠されている。その淋しさがいつもより感情過多にさせているのかもしれない。

明子と初めて結ばれたのは、そんな日の午後だった。

それまで三郎は明子と二度ほど接吻《せっぷん》を交していた。一度は診療所が終ったあと、本町のレストランで食事をして、夜の海岸を歩いたときである。二度目はやはり日曜日に部屋に遊びにきたときだった。

初めのときはともかく、二度目のとき、明子は素直に許した。そのまま求めれば、体も許してくれたかもしれない。

だが、その直前で三郎は自分をおさえた。一人で島にいては、女性が欲しくなるのも無理はない。とくに三郎はいままで東京のどまんなかにいた。遊ぶ気になれば女性に不自由はしなかった。

だが島には風俗もない。それでも旅館のある本町には十人近い芸者がいたが、彼女等は芸を見せるというより娼婦《しょうふ》に近かった。

初めのうちは知らなかったが、途中から教えられて遊びに行った。意外なことに、彼女等のほとんどは島の人でなく、本土か、近くの島からやってきた人達だった。三郎が島に住んでいると知って、彼女達は親切だった。観光客相手より安く遊ばせてくれる。

だが、大半が三十をこえ、なかには五十近い人もいた。若くて美しい妓《こ》達はみな本土に行ってしまう。

いくら親切でも、こう年増《としま》ではたまらない。それに狭い島のなかだから町を歩いてもすぐ会う。「あら、先生」などと声をかけられては赤面する。

ともかく島は遊ぶには適さない。若者が島を出ていく理由の一つは、島ではそんな遊びをできないからかもしれない。島に住んでいる以上は、やはりきまった相手をもつか、きちんと結婚すべきである。

この点、明子は相手として申し分ない。まだ見習いだが高校を出ているし、気性もしっかりしている。

島の女性は東京の女性にくらべて控え目だが、意志は強そうだ。明子も診療所の人達に抗《あらが》って、三郎を支持してくれている。顔はとくに美人とはいえないが、十人並みだし、スタイルだってそう悪くはない。

それに三郎自身もあまり威張《いば》れたものではない。背はまずまずだがアクロといわれるとおり、手足がいささか長い感じでややバランスを欠いているし、医者の真似《まね》ごとこそしているが、高校しか出ていない。考えようによっては、三郎には出来すぎた相手かもしれない。

だが、三郎が躊躇《ちゅうちょ》したのは別の理由からである。

正直いって、明子と結ばれると、もうこの島から抜けられなくなりそうである。

もちろん三郎が島を出たければ、いますぐにでも診療所を辞めて帰ることができる。島の女性と結ばれたからといって、一生、島にいなければならないという理由はない。

だが何故《なぜ》ともなく、三郎は出られなくなりそうな気がする。それは理屈より、一つの勘である。

明子は表面は大人しそうだが意志は強そうである。一度この人と決めたら、一生従ってきて離れないような気がする。

それは嬉《うれ》しいが少し億劫《おっくう》な気もする。そんな不安が初めのうち、三郎を萎縮《いしゅく》させたともいえる。

だが今回はわけが違う。いまや三郎のまわりは四面楚歌《しめんそか》である。味方になってくれるのは、所長以外は明子だけである。本当に心をわって話せるのは、明子だけである。それに利休鼠《りきゅうねずみ》の雨がいっそう三郎を気弱にさせた。

三度目の接吻《せっぷん》のあと、三郎ははっきりと明子を求めた。

さすがに明子は抗《あらが》ったが、最後には許してくれた。

明子も長雨で心淋《さび》しくなっていたのかもしれない。

結ばれたあと、明子は泣きじゃくり、それからしっかりと三郎に抱きついてきた。

まだ少女の堅さの残る明子の体を抱きしめながら、三郎はもうこのまま島からは出られないかもしれないと思った。

梅雨が終ったのは、それから一週間あとの七月の初めであった。

梅雨明けとともに、島は観光シーズンに入る。七月から八月にかけて、島の人口は一気に三倍から四倍にはねあがる。それも船着場のある本町を中心に集中するので、そのあたりは都会のような賑《にぎ》やかさである。

全部で六軒しかないレストランと喫茶店は人で溢《あふ》れ、船着場からホテルのある道べりには急造の土産物店が並ぶ。観光業者にとっては、この二ヵ月が最大のかき入れどきである。

もっとも、島の人達のなかには観光客の受け入れに批判的な人もいた。

たしかに町は賑わうが、観光客の八割は学生だから、見た目ほど金は落ちない。多くは民宿か、テントを張って過すだけである。それより、若者が大挙おし寄せてくる結果の公害のほうが深刻である。日中、派手な海水着の若者が町に溢れ、深夜まで酒を飲み歩く。海岸では男女が抱き合い、喧嘩《けんか》も絶えない。

風紀上も町の美観からも感心しない。いっそ学生をしめ出したら、という意見もあるが、そうもいかない。全世帯の六割近くが民宿をやっているのだから、仕方がないという意見も多い。それに最近は少し観光客が減り気味である。原因は不況で財布の紐《ひも》が固くなったせいともいうが、同じ南国ムードを味わうなら、一歩足を延《の》ばして、グアムか小笠原あたりまで行こうという人が増えてきたらしい。一時の離島ブームも頭打ちらしい。

そうきくと、不安になるのが人情である。もっと積極的に宣伝すべきだ、という者もいる。

今年も梅雨明けとともに観光客の第一陣がやってきた。ほとんどが大学生である。観光シーズン入りとともに、最も忙しくなるのは警察と診療所である。島には二人の警官しかいないが、夏のシーズンだけ、本土からさらに五、六人の機動隊員が派遣されてくる。

それでも海岸のパトロールや、喧嘩の仲裁で手が一杯である。診療所も患者が増える。大体、夏は下痢や寝冷え、日射病と病人が増える季節だが、それに海で溺《おぼ》れたり怪我人も多くなる。

観光客は体の丈夫な若者が多いが、それでも無茶をするせいか、結構病人は多い。七月の一週目で、すでに外来患者は三割増しになり、二週目になると五割増しになった。

所長と一緒に、三郎は患者の処置に追われた。忙しくなってきては、医師免許のあるなしなどいっていられない。

三郎は朝から外来へ出て、所長と机一つはさんで、隣りの席に坐《すわ》って診察した。所長の横には婦長がつき、三郎の横には明子がつく。白衣を着て、回転椅子《いす》に坐っているので、誰が見ても医者だと思うらしい。

とくに本土から来た人は完全にそう思いこんでいるようだ。「先生」と呼び「診断書をもらえますか」などという。

三郎は免許がないので、診断書の必要な患者は所長にまわす。さらに初診や難しい患者も所長のほうにまわす。

三郎が扱うのは再診で、ガーゼ交換や、前回どおりの投薬でいいような患者だけである。それでもなかには、昨夜の症状を長々と喋《しやべ》ったり「あと何日くらいで治りますか」などときく者もいる。

大体、見当のつくものは答えるが、はっきりしないときは「もう少しです」とか「焦らないで通って下さい」などといってその場を切り抜ける。症状が変ったり、自分では難しいと思ったものは、その場でも所長のほうにまわす。

そのやり方でとくに問題になるようなことはおきない。大先生と新米先生と、コムビが合っているともいえる。

患者が増えてくると忙しくなるが、それだけ三郎の存在価値が見直されてくることにもなる。

日曜日の夜などは、浜で大学生同士が喧嘩《けんか》して怪我人が運ばれてきた。

当直の看護婦がすぐ所長に連絡したが、お酒を飲んで眠ってしまった、とかで起きないらしい。大体、所長は島の人には親切だが、遊びがてらにきた都会の人達には冷たいところがある。熱がある患者がきても風邪薬を与えるだけだし、お腹が痛いといっても、痛み止めを渡すだけで、ろくに診察もしない。

本土の人はどうせ一度診療所にくるだけで、すぐ帰ってしまう。それに田舎の診療所だと最初から馬鹿にしているところがある。そんな患者を真剣に診る気になれないのも、わかるような気がする。

所長が起きないと知って、看護婦は三郎に連絡してきた。

午前一時過ぎに診療所へ行ってみると、二十《はたち》くらいの若者が、頭と右手を血に染めてうずくまっている。ビールビンで殴られたとかで、創口《きずぐち》にビンの破片が光っている。血を見てか、患者も付き添ってきた者達も蒼《あお》ざめている。

横には駐在の巡査もいる。

彼等の見守るなかで、三郎は患者を仰向けに寝かせ、創のまわりを拭《ふ》いてから麻酔剤をうった。

頭や顔は、血管が多く、派手に血はでるがさほど心配なことはない。三郎はそれを知っているから驚かない。

まず創口からガラスの破片をとり、よく消毒してから縫合《ほうごう》する。

「いてて……」患者が喚《わめ》く度《たび》に、付いてきた仲間が不安そうに腰を浮かす。

そのなかで「ピンセット」とか「コッヘル」といって創を縫っていくのは、一種爽《そう》快《かい》な感じである。なにか自分が舞台の主役になったような小気味よさである。

縫い終り包帯を巻かれて、若者はすっかり大人しくなった。

「明日帰るのですが、大丈夫でしょうか」付添いの男がきくのに、三郎はゆっくりとうなずく。

「頭だからね、少し痛むだろうけど寝ていけば大丈夫だろう。化膿《かのう》止めと痛み止めをあげるから服《の》んだらいい」

「どれくらいで治るでしょうか」

「創が閉じるまで、やはり十日ぐらいはかかると思います。明日帰る前にもう一度、ガーゼ交換に来たほうがいいでしょう」

「ありがとうございました」

喧嘩の元気もどこへやら、若者達は丁寧《ていねい》に頭を下げていく。

誰も三郎をニセ医者だと思っている者はいないらしい。大学を出たての若い医者だと思っているのであろう。

「いやあ、先生、なかなか立派なものだ。所長さんが起きてこないというので、どうなることかと思いましたよ」

駐在はそういって、三郎の肩をぽんと叩《たた》く。

「手さばきも鮮かで上手ですなあ」

「そんなことはありません……」

「今夜は本当に助かりました。ありがとう」

駐在は三郎の手を握ると、敬礼をして去っていく。その後姿を見ながら三郎は奇妙な気持にとらわれる。

本来、ニセ医者を取り締らなければならないのは警官である。その警官が手を握っていく。

「変な話だ……」

三郎は半ば呆《あ》きれ、半ば可笑《おか》しくなって、一人で苦笑する。

七、八月と、島にあふれた観光客も、九月に入ると波が引くように去っていく。いっとき、若者達の騒々しさで辟易《へきえき》していた島の人達も、静けさが甦《よみが》えってきたことにほっとしながら、一方である淋《さび》しさも感じる。いままでうるさい存在だった若者達に、急に名残《なご》り惜しさを覚えたりする。

そんな島の人達の気持を察したように、八月の末か、九月に入ってから訪れてくる若者もいる。

いずれも夏休みに入る前に試験を終え、九月の半ばまで学校が休みの大学生達である。

「夏の盛りは混んで待遇が悪いから、九月に入ってからのほうがいいぜ」そんなことを伝えきいて、やってくるらしい。

たしかに九月に入ってからのほうが、同じ値段でいい部屋を借りられるし、食事もいくらかよくなる。客が少ないのだから、それだけサーヴィスがよくなるのは当然かもしれない。

だが九月に入ると波は荒くなるし、海水浴もあまり出来ない。行き帰りの船も揺れ、船酔いする人も多くなる。

この九月の初めの火曜日に、髭《ひげ》の所長は突然、本土へ向かった。所長の学生時代からの親友で、東京で開業していた医師が脳溢血で急死したからである。

その連絡を受けたのは月曜日の夜だったが、所長は直《ただ》ちに行く決心をして、翌日の朝の船に乗った。しかし朝といっても直行便は十一時発で、東京の竹芝《たけしば》桟橋には夕方の六時半に着く。その前に一ヵ所下田に寄るので、所長はそこで降りて伊豆急行で東京に向かうらしい。そのほうが二時間ほど早く東京に着けることになる。それでもお通夜に間に合うぎりぎりの時間らしい。

とにかく島から東京へ行くとなると大仕事である。出発の前、三郎は所長の家に呼ばれて、「あとを頼む」といわれた。

「普通ならともかく、あいつの葬式だけは行かねばならない。学生時代から世話になった男だからな」

髭の所長はいいながら涙ぐんだ。普段は勝手気儘《きまま》なことをいっているが、所長は意外に友情に厚い男なのかもしれない。

「今日が仮通夜で、明後日《あさって》が葬式らしい。それが済んだらすぐ帰ってくる」

「じゃあ三日間、休まれるわけですか？」

「三号の藤田は異常はないし、村山は明日ドレーンを抜けばいいだけだ。あとはとくに問題になるのはいないはずだ。とにかく、お前がいるから安心だ」

三郎は、折角《せっかく》東京にまで行くのですからごゆっくり、といいたいところだが、そうもいえない。留守のあいだ患者をすべて任せられるとなると不安になる。

「僕で大丈夫でしょうか」

「自分で、大丈夫か、ときく奴《やつ》がいるか。大丈夫に決っとる。お前に任せるように、婦長にもいっとくからしっかりやってくれ」

所長はそういうと、三郎の肩をとんと叩《たた》いた。


正直いって、最近三郎は所長の存在を少し甘く見ていた。

所長はたしかにベテランの医者だが、やっていることはたいしたことではない。難しい病気や怪我ならともかく、日常の風邪や切り傷の患者の処置など、自分でもできる。医者の仕事の内容を少し知って三郎は自信過剰になっていた。

だが現実に、所長が島からいなくなってみると、事情はいささか違った。

「いつ治るか」「まだ薬を飲んだほうがいいか」「塗り薬をつけたほうがいいか」それらすべての質問に自分で決めて答えなければならない。それもいままでは、見《み》よう見真似《まね》で決め、それで大した間違いもなくやってこれた。

だが、そのときは横にいつも所長がいた。横にいなくても、万一わからないことがあれば所長にきけばよかった。実際にきかなくても、いざとなれば、所長に任せればよかった。

しかし今度だけはそうはいかない。泣いても叫んでも三郎一人である。

いままで、なんでもできると思ったのは、所長という壁に守られてのことだったらしい。所長がいなくなり、守ってくれる壁が外されて、風がストレートに当ってくるようである。

「しっかりしなくちゃいかん」

三郎は何度も自分にいいきかせた。

初日はさほど難しい患者はこなかった。入院患者は落ちついていたし、通院患者は前のとおり処置をすればよかった。投薬も注射もほとんど前の処方に従った。

心配だった新患も、十人のうち三人は風邪で、二人は軽い腹痛だった。あとは腰や腕の神経痛とか血圧を測って欲しい、といった患者だった。

大体、三郎は外科より内科のほうが苦手である。外科も複雑な病気になると難しいが、切り傷とか打撲《だぼく》、腫《は》れものから虫垂炎くらいまでなら、なんとかこなすことができる。

打撲や打ち身なら冷やして安静にすればいいし、骨にヒビが入っているようならギプスを巻いておけばよい。切り傷や腫れものは縫合するか切開し、抗生物質の注射か投薬を与えておく。虫垂炎の場合も右の下腹を冷やし、抗生物質を与えて、痛みが消えないようなら手術をする。

外科系の病気は診断がはっきりしているから、治療法も自ずと決ってくる。

これに較べて内科系の病気は初めの診断自体が難しい。熱があって体が懈《だる》いといっても、風邪から癌《がん》までさまざまな病気が含まれている。

診察や検査で、それらの病気を一つずつ選別していかなければならない。

診断学の基礎知識のない三郎には、これが苦手である。単純な風邪なら解熱剤を与えておけばいいが、肺炎ならそれだけではなかなかおさまらない。放置しておくと呼吸困難になって死ぬこともある。それを見分けるには、聴診はもちろん胸のエックス線写真も読めなければならない。血沈や白血球の動向も見きわめなければならない。

診断さえ確定すれば治療は注射や投薬が主だから、さして技術はいらない。

この点、外科は診断より手術の技術やタイミングのほうが問題になってくる。いかに正確に診断したところで、手術のテクニックを知らなければなにもならない。

いまの三郎は学問より技術のほうが先行している。虫垂炎の病理や原因はよくわからなくても、手術はできる。実地は若い医者とくらべて見劣りしないが、理論のほうはいささか弱い。

正直いうと、初めに腰の痛みを訴えてきた患者と血圧を測って欲しいといってきた患者は、少し不安であった。

腰痛の患者には痛み止めを注射して、同じ薬を渡したが、単純な神経痛ではなさそうだった。足先が痺《しび》れ、歩くとふらつくところをみると、骨か脊髄《せきずい》が侵されている病気なのかもしれない。

血圧が高いという患者は測ってみるとたしかに高かったが、痩《や》せていて精気がなかった。手足に少しむくみがあり、その点から考えると腎臓《じんぞう》が悪いのかもしれなかった。

高血圧でも、単純な高血圧と腎臓が悪い結果の高血圧とでは治療法が変ってくる。腎臓が悪ければ、まずそちらの治療をしないことには血圧は下らない。今日のところは軽い降圧剤だけを出したが、それで充分かどうか疑問である。

所長がいれば廻《まわ》して治療方針を決めてもらえばよかったが、今日はすべて自分で決めなければならない。

「あまり無理をしないように……」そんな言葉で誤魔化《ごまか》す。あとは尿や血液の検査をする。その結果がでるまで、二、三日はかかる。

「三日後にまた来て下さい」そういって、当面は切り抜ける。

だが婦長は例によって意地悪だった。はっきりわかったのだけで二度、意地悪をされた。

一度目は古い肺結核の患者がきたときである。患者は六十歳の老人だったが、若いときに肺結核をやったことがあるが最近風邪気味で咳《せき》がでる。もしかして結核が再発したのではないか、というのである。三郎は胸のエックス線写真だけ撮って、三日後にでも来てもらおうと思ったが、患者は、いま結果をききたいといい出した。

三郎が困惑していると、婦長までが一緒になって、「早いほうがいいわね」という。三郎がレントゲンを読めないのを承知で、そんな厭《いや》がらせをする。

心臓病の人に心電図をとったときもそうだった。こちらも「結果は三日後に」というと、「明日ではわからないでしょうか」ときいた。すると横にいた婦長が、「所長先生は三日後でないと帰りませんから。それまで待って下さい」と、うしろで待っている患者にもきこえるようにいった。

事実だから仕方ないが、そんな大声でいわなくてもいいと思う。

だが外科のほうはほとんど失敗なく切り抜けられた。初めの二日間で虫垂炎が一人、切り傷の縫合が二人、切開と抜爪《ばっそう》がそれぞれ一例ずつあったが、みなうまくできた。こちらのほうは自信がある。

ともかく、婦長にいびられながらも二日間は大過なくすぎた。あと一日、のりきれば所長が帰ってくる。

だが三日目の昼過ぎ、急患がとびこんできた。

患者は二十二歳の女子学生で二日前から友達五人と島にきて民宿に泊っていたらしい。朝からレンタカーを借りて島めぐりをしていると突然腰痛を訴え出したという。診てみるとたしかにお腹を抱え、顔面は蒼白《そうはく》である。小柄な体を海老《えび》のように曲げ、喚《わめ》いている。

三郎はすぐ脈をとったが微弱で血圧もはっきりしない。普通の胃痙攣《けいれん》や胃炎の腹痛ではない。もちろん下痢でもない。

胃か腸か、内臓のいずれかに急激な変化が生じた、いわゆるショック状態ではないか……。

そこまでは見当がついたが、それから先がわからない。

しかし、ともかくなんとかしなければならない。

「ブスコパン」

三郎は一旦《いったん》、痛み止めの注射の名をいったがすぐ、その程度では止まりそうもないと考えて麻薬にした。

「オピスタン」

いってそっと婦長の顔をうかがうと、うんざりした顔である。

それを見て、三郎はすぐショック状態のときには麻薬を打ってはいけない、と書いてあったことを思い出した。どの本であったか、はっきりわからないが、たしか読んだような気がする。

「いや、その前に点滴をしよう」

即座に方針を変える。顔面が蒼白《そうはく》で、血圧が極端に低いということは、内臓の一部か大きな血管が破れて出血しているのかもしれない。

とするとまず点滴で、血管のなかに栄養液を送ることが先決である。いやそれ以上に、血液そのものを送ったほうがいいかもしれない。

「リンゲル液とブドウ糖液を二〇〇ずつ、それから輸血」いってからもう一度、婦長のほうを見ると、今度は素直にうなずいた。

「すぐ輸血をしたいのだけど、この人の血液型は？」

「たしかA型のはずです」

一緒についてきた女の子が答える。そのうしろにはボーイフレンドが三人、これも蒼白《あおじろ》い顔で突っ立っている。彼等から血をとれば、当座は間に合うかもしれない。

「よし、じゃあみなさんから血をもらっていいですね」

三郎はすぐ、血液型検査の試薬を看護婦にもってこさせた。

そのあいだも、患者は顔面に脂汗《あぶらあせ》を滲《にじ》ませ、苦しそうに喚《わめ》く。

「このまま死ぬかもしれない……」

そう思うと、急に膝《ひざ》が震え出す。

「落ちつくんだ。いまこの島には俺《おれ》しかいないのだ」

三郎は自分にいいきかす。

「とにかく病室に運んで……」

一旦《いったん》、点滴をはじめたところで病室に移す。ボーイフレンド達も不安そうにぞろぞろとあとを従《つ》いてくる。

「大丈夫でしょうか」

そのなかの一人が、三郎にきく。

「わかりません」

三郎は無愛想に答えた。

とにかく、こうなったら外来などやっている余裕はない。

外来は見習いの看護婦一人に任せて、みなが急患の処置に当る。こんな重態の患者を前にしては、婦長も意地悪をする気はないらしい。若い看護婦と一緒に輸血の準備をしている。

「所長はいつ帰るの？」

合い間をみて三郎は婦長にきいてみた。

「今夜、竹芝桟橋を出て、明日の朝九時に着きます」

「東京の居場所は？」

「Kホテルですけど、もう出たでしょう」

午後二時だった。いるかいないか、ともかく電話をしてきいてみるより仕方がない。

東京から島へ戻る船は竹芝桟橋を夜十一時に出る一便しかない。本土から帰ってくる人は、ほとんどこの船を利用することになる。

他に島から五十キロ北の親島までは、羽田から日に二便、十八人乗りのプロペラ機が飛んでくる。これを利用して親島から、定期船に乗り継いでくるという手段もある。

もっともこの場合は、親島からの最終の船が午後二時発なので、羽田を午前の便で発たないと間に合わないことになる。いまはすでに午後二時を過ぎているので、夜の船で来る以外、早く帰る方法はない。

ということは、明日の朝、東京からの船が着くまでは、島には医師の仕事をできるのは三郎一人しかいないということである。

「東京のホテルへ電話をかけてみましょうか」

婦長が不安そうにいう。いまさらホテルへ電話をかけたところで、所長がいるとは思えない。万一いたとしても明日の朝より早く帰ってくることはできないが、電話にでも出てくれたら、患者の容態を説明して、指示を仰ぐことくらいはできる。

「やってみて下さい」

三郎が頼むと、婦長は事務室へ馳《か》けていった。いまは厭《いや》がらせのために所長を呼びだすわけではないらしい。こんな重態の患者を前にしては争っているわけにもいかない。

三郎はそのまま病室に残って輸血の準備をした。患者の容態は相変らずよくない。脈搏《みゃくはく》は触れないし、腕に巻いたままの血圧計も測定不能である。

もとから小柄で色白の女性のようだが、それが蠟《ろう》のように白い。形のいい唇も蒼《あお》ざめ、血の色はない。余程大量の出血がおきたと考えられる。

だが外見からは血が出ているところはない。してみると体の内部、とくにお腹のなかが疑われる。実際、患者は腹部をおさえ、海老《えび》のように丸くなっている。

苦しがるのを我慢させて、お腹を診察してみると、下腹が異様に張り、波打っている。

たしかに腹腔内で重大な異変が起きたことは間違いない。いまは喚《わめ》く気力もないのか、ときどき首を振り、軽く欠伸《あくび》まで洩《も》らす。

「重態の患者が欠伸をしだすと危い」ときいたことがある。それは医学書からでなく、子供のころ祖母からきいたのである。

するとそろそろ駄目なのかな……。

これまで、三郎はまだ死んだ患者を扱ったことがない。診療所に寝たきりの老人は何人かいるが、脳溢血とかリウマチといった慢性の病気ばかりで、今度のように健康な人が、急激に悪化したのを見るのは初めてである。しかも相手は若い女性である。

この人が本当に死ぬのだろうか……三郎は突然怖ろしくなってきた。低く呻《うめ》き眉《まゆ》を顰《ひそ》める、その苦悶《くもん》の表情を見るだけで膝《ひざ》が震えてくる。

だが弱気を出してはいけない。

「いま、この島で医学の心得があるのは俺《おれ》しかいない。この女性を救うのは俺だけなのだ」三郎は自分にいいきかす。

点滴は順調に落ちはじめた。止血剤が入って赤味を帯びた液が、細い血管から吸われるように入っていく。

三郎は従《つ》いてきた学生達に、患者が前に腹痛や内臓の病気をしたことがないかきいてみた。

だが誰も知らないという。小柄だが元気で、風邪で二、三日休んだことがあるくらいらしい。なにが原因なのか、これでは雲を摑《つか》むようなものである。

明子が血液型を調べた結果を報告にきた。患者はA型で、藤本という男性と小畑という女性がA型であった。他はO型とB型である。

さし当り、A型の二人から二〇〇ccずつ血液をとることにした。それを点滴の合い間に送り込む。

血が出てショック状態になったのだから、血を送ってやればおさまる。単純な理屈だが、それで間違っていないと思う。とにかく、いまは所長に教《おそ》わったとおり、素直に考えていくだけだ。実際それ以上に考えようもない。

輸血を始めようとすると、婦長が戻ってきた。

「東京のホテルは、今朝早く発《た》ってもういないようです」

久し振りに東京に出たのだから、昼過ぎまでホテルに閉じこもっているわけもない。

「行先はわからないのですが、いま念のため、亡くなったお友達の家の電話番号を探してもらっています」

患者の手前もあってか、婦長は三郎に敬語をつかう。いままでは対等か、それ以下の言葉づかいであったのが、大分違う。

「わたしが入れます」

婦長は看護婦から採血した注射筒を受取り、自分から輸血をはじめた。

患者達のグループは船着場に近い民宿に泊っているらしい。女性は三人とも同じS大で、男性はみなK大だという。いずれも派手なビーチ・ウェアや外国製のサングラスを持って、裕福な家庭の子弟のようである。

患者の名前は田坂亜希子《あきこ》といって、二十二歳である。病人ではあるが、三人の女性のなかではプロポーションもよく、一番美人である。

男女三対三で、恋人同士なのかとも思うが、くわしいことはわからない。ただ一人、長身の藤本という男性だけは横につきっきりで、患者の顔の汗を拭《ふ》いてやったり、手を握ったりしている。

彼は血液型がA型で二〇〇ccを採ると決ったときも、自分から「三〇〇ccとって下さい」と申し出た。患者のほうはともかく、彼が恋していることはたしからしい。

点滴をはじめて三十分経《た》った。

患者は相変らず苦しそうに呻《うめ》いている。だがいっときのような欠伸《あくび》はせず、首を振り「水をちょうだい」とつぶやいた。

こういうとき、飲ましていいものかどうか。大抵はガーゼに水を浸して唇につけてやっているようである。

三郎はそのことを思い出して真似《まね》てみた。

大量出血で体内に水分が不足になったのか、患者はガーゼをしきりに吸う。点滴の効果もでてきたのか、唇にわずかに赤みがさしてきたようである。

おそるおそる三郎は脈に触れてみた。

弱いが、たしかに指先に打ち返す感触がある。続いて血圧を測ってみると、五〇の目盛りでかすかに音がし、四〇のポイントからははっきりと聴きとれる。

「よし……」

三郎がうなずくと、みなが一斉に顔を上げた。

「大丈夫ですか？」

「まだ、わかりませんが……」

そこで三郎は学生達を見廻《みまわ》した。

「狭いので、病室に入るのは二人までにして下さい」

病室は二人部屋を一人でつかっているから、多少余裕はあるが、五人も一緒に詰めかけられては息苦しくなる。三人がぞろぞろと廊下に出たところで、小肥りの女性がきいた。

「アコの寝間着や下着が民宿にあるのですけど、こちらに持ってきたほうがいいでしょうか？」

「あるなら、持ってきて下さい」

「このまま、入院することになるのでしょうか」

入院どころか、生死さえわからない。場合によっては夕方までもたないかもしれない。

「もちろん、落着くまでは動かせません」

「それで、なんの病気でしょうか」

そこをきかれると三郎は弱い。いやそれは三郎でなく、一人前の医者でもわからないかもしれない。

「お腹のなかで大出血でもおきて、ショック状態になったんじゃないかと思いますが、その原因はまだはっきりしません」

「じゃあ、大分入院していなければならないのですか？」

「症状さえ快《よ》くなれば、帰ってかまいませんが、いまの状態はかなりの重態です」

「助からないのですか？」

長身の学生が泣き出しそうな顔になった。

「とにかく、もう少し様子を見なければわかりません」

いまの三郎の役目は所長が帰るまで、なんとかもたせることである。

婦長が再び病室に戻ってきたのは、それから十分あとだった。

「いまようやく連絡がつきました。所長さんが電話に出ています」

「どこにいたの？」

「やっぱりお友達の家でした。最後のお参りをして、出かける寸前でした」

三郎は小走りに事務室へ行くと、はずれたままになっている受話器をとった。

「もしもし」

「アクロか、急患だって？」

所長の声をきいた途端、三郎は張りつめていた気持が一気に緩《ゆる》んで、その場にしゃがみこんだ。

「なんだ、どうした」

三郎はそこで一つ息を呑《の》んでからいった。

「まっ青《さお》で、血圧もゼロで、喚《わめ》いて……」

「もう少し落ちついて話せ」

「済みません」

三郎は改めて、患者の病状とこれまでの処置を説明した。

「その患者は前になにか病気をしたり、異常はなかったのか」

「別になにもなかったといっていますが」

「本人に直接きいたのか？」

「いえ、友達です」

「なぜ、本人にきかないのだ」

「でも、苦しんで、話せる状態ではないものですから」

「その仲間に恋人らしいのはいないのか？」

「はっきりしませんが、一人、しきりに世話をやく男がいますが、恋人かどうかはわかりません」

そんなことがどうして関係があるのか、不思議に思っていると、所長は少し間をおいてからいった。

「痛くなるまではまったく元気だったのだな」

「レンタカーを借りて、島めぐりをやっていたそうです」

「いまは血圧は五〇はあるのだな」

「さっき測ったら、そうでした」

「よし、そのまま点滴を続けろ。輸血もできるだけ多いほうがいい。薬局にA型の保存血が一本あるはずだから、それをつかえ。そして血圧が一〇〇まで上ったら開腹しろ」

「開腹ですか……」

「できるだけ早いほうがいい。子宮外妊娠だ」

「ニンシン？」

「多分、子宮外妊娠で卵管が破裂したんだ」

「しかし、独身の学生ですよ……」

「独身でも学生でも、女なら妊娠する。すぐ開くのだ」

「でも、僕は……」

「大丈夫だ。腹を切るのは胃の手術のときのように、下腹の中央に一直線でいい。開いたらすぐ下に血のかたまりにつつまれた胎児があるから、まずそれを取り出し、あとは卵管を結紮《けっさつ》すればいい。卵管は見たことがあるか」

「ありません」

「前の方に黄色っぽい色をした膀胱《ぼうこう》がある。子宮はそのうしろにある。子宮の両側に紐《ひも》のように伸びているやつだからすぐわかる。そこに手をさしこんで胎盤をとる。赤くて、ぬるぬるとやわらかいがそれさえ摘《と》り出せば、血は自然に止る」

「………」

「手術のあいだ、点滴と輸血はどんどん続けろ。腹を開くと一気に血圧が下るから急いでやるのだ」

「でも……」

「わからなければ、どこでも出血しているところを縫えばいい。がんじがらめに無茶苦茶でいい。とにかく縫って血を止めるのだ。それさえやれば命は助かる。わかったな」

「…………」

「わかったら返事をしろ」

「僕の力では……」

「ぐずぐずいわずにやれ。すぐやらなければ、その学生は死ぬ。放っといて死なすくらいなら、やったほうがいい」

「あのう、ヘリコプターかなにかで、本土へ運んでもらうわけにはいかないでしょうか」

「そんなものに乗せたら、途中で死んでしまう」

「じゃあ、先生が乗ってくるわけにはいきませんか」

「いまからでは間に合わん。とにかくやるんだ。いま出かけようと思ったが、船の時間までここにいることにする。途中でわからなくなったら、またここへ電話をよこせ」

「手術中にですか」

「そうだ。腹のなかなど多少菌が入ってもいい、とにかく血を止めるのだ。わかったな」

「はい」

受話器をおいたとき、三郎の掌《てのひら》は汗ばみ、足元は小刻みに震えた。

所長との電話が終ると、三郎はすぐ病室へ行かず、一旦《いったん》検査室へ向った。ここは三郎の部屋だし、他人が入ってくる心配もない。そこで一人になって自分にきいてみる。

「本当にお前はできるのか……」

所長はすぐ手術をしろといった。子宮外妊娠だから、開腹して胎児もろとも胎盤を摘《と》り出せという。

「お腹を切ることはできる、しかし……」

そこから先はまったく自信がない。胃や腸なら見たことがあるが、子宮はまだ見たことがない。

「もし、失敗《しくじ》ったら……」

あの女性は死ぬ。いまは苦しんでいるが、美人だしスタイルもいい。多分、いい家の娘なのだろう。普段ならとても近づけそうもない女子大生である。所長は、手を拱《こま》ねいて死ぬのを待つより、やったほうがいいという。

「でも、お腹を開けたまま死んだら……」

それを考えると膝《ひざ》が震えてくる。手術中に死んだ人など、まだ見たことがない。

「俺《おれ》は医者の免許がない……」

もし死んだら、無資格の医者が殺したことになる。それが表沙汰《おもてざた》になったら問題ではないか。

「所長はそこまで考えていっているのだろうか。ここはやっぱりやめるべきではないか」

だが、このままではあの女《ひと》は確実に死ぬ。

「危険でも、やるべきではないか……」

さまざまな考えが浮んでは消える。思い、悩み、堂々めぐりする。

「どうしたらいいのか……」

早く決めなければ駄目だ。やるならやるですぐ患者に告げて、手術の準備をしなければならない。

「どうするのだ。おい、どうするのだ」

三郎は自分で自分を責める。

「わからない。母さん、どうしたらいいの……」

困ったときの癖で母を呼んでみる。だがもちろん返事はない。窓の向うに花壇が見える。極楽鳥花《ごくらくちょうか》やハイビスカスが咲いている。そこにどうしたわけか、白い紙が一枚風に吹かれて運ばれてきている。

「これから十秒数えるうちに、紙が移動したら、やろうか」

突然、そんな思いが頭を過《よぎ》る。

「一、二、三……」

五まで数えたときドアが開く音がした。

「どこにいるのかと思ったら、ここにいたの？」

振り返ると明子だった。

「どうしたの、暢《の》んびり外なんか見て」

「いま所長に電話できいたら、子宮外妊娠だからすぐ手術をやれ、といわれた」

「子宮外妊娠？」

「しかし俺《おれ》はできない。やったことも見たこともない」

「でも、やらなければ駄目なのでしょう」

「所長は、放っておいたら死ぬといっている」

「じゃあ、やるべきよ。やって助けるのよ」

「しかし、出来ないんだ」

「出来なくても、黙って見ているよりはいいでしょう。この島で、あなたがやらなければ誰もできないのよ」

「もし失敗したら……」

「そのときはそのときよ。とにかく若い学生がいま死にかけているのよ。その人を救えるのはあなたしかいないのよ」

「やろうか……」

「そうよ、そうこなくちゃ、わたしすぐ準備をします」

明子が馳けていく。窓を見ると、花壇の上にあった紙片はすでに消えていた。

患者の状態は相変らずよくない。補液にくわえて、輸血が始まっていたが、脈は微弱で血圧は三〇あたりで、辛《かろ》うじてきこえる程度である。顔は血の気がなく、唇も死人のように蒼い。呻《うめ》き声はいくらか低くなったが、それは痛みが落着いたためというより、呻く気力がなくなった結果のようである。

三郎はまず病室の外に婦長を連れ出し、手術をすることを告げた。

「そのほうがいいと思います」

意外に婦長は簡単にうなずいた。

「僕は子宮外妊娠の手術なんて、見たこともないんですが、婦長さんは知ってますか」

「大分前に一度見たことがありますけど、もちろん看護婦として立合っただけだから」

「まったく自信がないんです。よろしく頼みます」

三郎はいまは素直に頭を下げることができる。

婦長に話したあと、三郎は学生達を廊下に呼んで話した。

「妊娠だって……」

長身の、最も世話をやいていた男が頓狂《とんきょう》な声をあげた。

「そんなわけはありませんよ。あの人が、そんな馬鹿なこと……」

「もちろん外から、そう判断しているだけで、絶対に妊娠だといっているわけではありません。でも、いまの状態では、それが一番考えられるということです」

「そんなこと、絶対ありませんよ」

さらに長身の学生がいうのに、横にいた女子学生がたしなめるように袖《そで》を引いた。

どうやら、この長身の学生は、患者の彼氏気取りでいたらしい。それが突然、子宮外妊娠ときかされてショックを受けたらしい。いまにも泣き出しそうな顔で、まだ文句をいっている。

「それで、手術はいますぐですか」

丸顔の女子学生がきく。こういうときは女子のほうが落着いているのか、長身の男を含めて、他の二人の男子学生はまっ青である。

「いまはまだ血圧が低くて無理ですが、一〇〇か、せめて八〇くらいまであがったら、はじめようと思います」

「本当にあがるのでしょうか」

「いま、どんどん補液と輸血をしてますから……」

学生達は互いに顔を見合わせ、丸顔の女性が再び尋ねる。

「あのう、手術をして、大丈夫でしょうか」

「それはわかりません。駄目かもしれません。でも、このまま放っといたのでは助かりません」

「じゃあ、アコは死んでしまうんですか」

「とにかく少しでも早く、手術をするよりないのです」

思いがけない急変に、学生達はみな声もない。

「そういうわけですから、すぐ家のほうにも連絡して下さい」

「済みませんが、ヘリコプターででも東京へ連れていくわけにいかないのでしょうか」

小肥りの学生がきいた。

「それも考えたのですが、これから頼んだのではとても間に合いそうもありません。それに、ここは本土から二百キロ以上ありますから、普通のヘリコプターでは、とても無理です」

「自衛隊のなら、どうでしょうか」

「よくわかりませんが、前に急患がでたときも運べなかったようです」

三郎としては、手術は怖くてやりたくないが、あまり本土へ連れていくといわれると、不快になる。

「島でもきちんとした医療はできるのだ」といってやりたいが、残念ながらいまは三郎一人である。

「どうする?」

「とにかく、わたし電話をしてくるわ」

学生達がまた相談をはじめた。それを横目に三郎は外来へ行く。

急患のおかげで、外来は休診状態になっていた。見習いの看護婦が一人で、きまりきったガーゼ交換や注射の患者だけさばいている。三郎は外来の書棚から、産婦人科の本を探した。

所長は専門は外科だが、島に一人でいるせいで、内科から産婦人科、皮膚科、耳鼻科と、あらゆる患者を診る。おかげで本も各科のが揃《そろ》っている。そのなかから産婦人科の本をとり出して、検査室に戻る。

血圧が恢復《かいふく》するまで、まだ二、三十分はかかるはずである。そのあいだに少しでも勉強したほうがいい。これでは「泥縄」以前の応急処置だが、いまはこうでもするより仕方がない。

総論や基礎はとばして、いきなり「子宮外妊娠」の項目を探す。冒頭に、「子宮外妊娠トハ、子宮以外ノ部位デノ妊娠ヲ総称シテ云《い》フ」とある。

考えてみると当り前のことである。

だが、実際には、子宮以外のさまざまなところで、妊娠が起きることがあるらしい。

最も多いのは卵管で、ここは卵巣から卵子が子宮へ運ばれていく通り路である。ここで妊娠が起きると、狭いため、三ヵ月の末か四ヵ月のころ、胎児が大きくなって破裂することが多い。

この女子大生も四ヵ月くらいだったのかもしれない。破裂すると当然ながら、胎児はお腹のなかにとび出るし、破れた箇所から大出血が起きる。

女子大生がショック状態におちいったのは、このせいだと考えられる。

一応、理屈はわかったが、問題は治療である。

この女子大生は、子宮外妊娠と気がついていたのか、おそらく知らなかったのであろう。知らないからこそ、暢気《のんき》に島まで遊びに来たのであろう。

破裂前でも手術をしなければならないのだから、破裂したらすぐ手術をするのは当然である。

教科書には、「即時開腹セヨ」と書いてある。

ところで子宮だが、これは膀胱《ぼうこう》などとともに腹膜の外にあると書いてある。したがって皮膚を切ると、皮下にすぐ現われてくる。ここが胃や腸の場合と少し違うようだ。形は上が幅広く、下が先細りの逆三角形の形をしているらしい。位置は膀胱の後方にある。

問題の卵管はこの子宮の両側から、左右へ腕のように伸びている。そしてその先端に、手を拡《ひろ》げたように卵巣がある。

子宮外妊娠は、この腕の部分で胎児が大きくなり、破裂した状態らしい。

「すると、皮膚を切るとまずその先に膀胱があって、そのうしろに子宮がある。この子宮の両端を追っていくと卵管にぶつかるから……」

三郎は口でいいながら図に描いていく。女性性器の構造なら、高校生のころ、大人の雑誌で盗み見たことがある。そのときの記憶があるので覚えやすい。

もっとも今度のは好奇心や遊び半分からではない。美人の女子大生を救うために、いわば崇高なヒューマニズムからである。だが、こんな程度の知識で、はたして大丈夫なのか、現実に迫っている手術のことを思うと怖ろしくなる。

「卵管カラ出タ胎児ハ、オホムネ中央部ニアリ……」

そこまで読みかけたとき、明子が入ってきた。

「学生さん達からの輸血はいま終って、これから保存血をいれます」

「血圧は？」

「六〇になりました」

いよいよ手術の時間が近づいてきた。

興奮したときの癖で、三郎は両手で顔面をごしごしこすった。

「学生さん達が、ちょっとお話したいそうです。部屋の前にいますけど、入れていいですか」

「待ってくれよ」

三郎は慌《あわ》てて本を閉じた。手術前に、教科書を読んでいるところを見られては権威がなくなる。それにここは検査室である。医者なのに検査室に閉じ込もっていてはおかしい。

「いま、行く」

三郎は鏡を見、髪を少しぐしゃぐしゃにして廊下へ出た。あまり若造に見られたくない。髪を乱したほうが少し老けて見える。

検査室の前の廊下には、丸顔の女子大生と、華奢《きゃしゃ》な体つきの男子の学生が並んで立っていた。

「先生に、お願いがあるのですが」

今度も女子学生がいった。彼等は相変らず三郎を医師だと思っているらしい。

「済みませんが、電話に出ていただけませんでしょうか。アコのお父さんが、先生とお話したいといっているものですから」

「彼女のお父さん？」

「いま、事務室の電話に出ているのですけど……」

患者の父親が心配して電話をよこしているとすると、話さないわけにはいかない。

三郎は彼等と並んで廊下を歩き出した。

「田坂さんといったかな、彼女のお父さんはなにをしているの？」

三郎がきくと、女子学生が答えた。

「お医者さんです。東京で、病院を開業しているのです」

三郎は驚いて女子学生を見たが、彼女は続ける。

「アコが妊娠しているなんて知らなかったらしいのです。それにご自分がお医者さまなものだから、すごく心配して、先生にいろいろ症状をおききしたいらしいのです」

「お父さんの病院はどこにあるの？」

「青山です。大きな病院で二百床近くあるんです。医師会の理事もしているはずです」

そんな大院長と話をして、なにをきかれるのか。また三郎の足元が震えだす。

事務室にいっておそるおそる三郎は受話器をとった。

「あ、先生ですか」

いきなり「先生」といわれて三郎は息をのんだ。医師会の理事というだけに、声の主はかなり年輩のようである。

「わたくし田坂亜希子の父親ですが……、この度はとんだことで、娘がご厄介になりまして……」

丁重な言葉に、三郎は受話器を持ったまま頭を下げた。

「実はいま、岡部君達から娘が手術を受けるとききまして……、わたくし東京で病院をやっているものですから、少しくわしく様子を知りたいと思いまして、電話をしたようなわけですが」

そこで、亜希子の父親は声を低めてからいった。

「あのう、子宮外妊娠だとか」

「いまのところは、そうではないかと……」

「失礼ですが、どんな症状で？」

「三十分ほど前に病院に運ばれてきたのですが、苦しそうにお腹をおさえて、顔はまっ青で脈は弱くて、血圧も測れないような状態でした」

「ショック症状なのでしょうか」

「そうだと思いますが……」

「で、いまは？」

「すぐ点滴をしまして、学生さんから血をもらって、輸血もして、いまは保存血をいれています」

話しながら、三郎は横文字をいれたほうがいいのではないかと思う。だが言葉がスムースに出てこない。「血圧」がドイツ語でドルックというのは覚えているが、「点滴」や「輸血」はなんというのかわからない。下手に間違ってボロが出てはまずい。

「あの子はA型のはずですが」

「それはわかっています。二人の学生さんがA型でしたので、その人達の血を……」

「いま血圧は？」

「六〇くらいまで戻りました。一〇〇まで恢復《かいふく》したら手術をしようと思っています」

このあたりは所長にきいたことなので自信がある。

「まだ六〇ですか」

溜息《ためいき》のような声が洩《も》れてから、亜希子の父親は一人言のように、

「まさか、娘が妊娠しているなどと、思っていなかったものですから……」

「……………」

「あの子が、妊娠しているといったのでしょうか」

「苦しがっているので、はっきり確かめたわけではないのですが、所長が……」

いいかけて三郎は慌てて「いえ」といいなおした。

「一応、子宮外妊娠が一番考えられるのではないかと……」

「なるほど」

大病院の院長がうなずくところをみると、やはり所長の第六感は当っているらしい。

「もし、そうならまったくお恥ずかしい話で、そんなことだったら、旅行になぞ行かせなかったのですが……」

父親の声は次第に愚痴めいてくる。

「行けることなら、いますぐ飛行機をチャーターしてでも行きたいのですが。これからそちらへ行くとすると、一番早いのはやはり、今夜竹芝桟橋から出る船でしょう

か」

もし亜希子の父親がその船で来るとすると、所長と一緒になる。

「わたしとワイフと、一応予約はしたのですが、着くのは明日の朝になるようなので」

医師だけに、父親はいっそう苛立《いらだ》たしいのであろう。再び小さな溜息《ためいき》が洩《も》れてから、

「失礼ですが、先生はご専門は産婦人科でしょうか」

「いえ……」

「外科で？」

「ええ、まあ……」

額の汗をかきあげながら三郎は曖昧《あいまい》に答える。

「医者は、先生お一人で？」

「まあ、いまのところは……」

「そうですか……」

父親は不安そうだが、二百キロ離れた孤島では、如何《いかん》ともしがたい。

「さし出がましいことですが、輸血は充分あるのでしょうか」

「学生さんから二〇〇ccずつもらって、あと保存血が一本ありますので」

「もちろんご存知でしょうが、開腹すると一気に血圧が下るものですから、輸血は充分備えておいて欲しいのですが」

「島の人達からも、集めようと思っています」

「なんとか沢山お願いします。お金はいくらでも出しますから。輸血さえ充分やれば、手術が多少長引いても大丈夫ですから」

いつのまにか亜希子の父親が指示をする。

「とにかく、明日の朝には着きますから、何卒よろしくお願いします」

「わかりました」

受話器をおきかけると、また父親がいった。

「あの、失礼ですが、先生のお名前は？」

「僕は……」

本名をいっていいものか、三郎は戸惑う。

「相川です」

「相川先生……」

これ以上、出身大学などきかないように。受話器を持って願っていると、

「もし飛行機ででも行けたら早く行きますが、船で明日には参りますから、本当に頼みます」

目に見えないが、受話器の前で父親が頭を下げているのがわかる。

「それでは……」

「どうか、娘を助けてやって下さい」

悲鳴に似た父親の声で、電話は切れた。

受話器をおいたとき、三郎の額も掌《てのひら》も汗が滲《にじ》んでいた。

「どうでした？」

うしろに立っていた、女子大生がすぐきく。

「アコのお父さん、くるのでしょうか」

「飛行機でもあれば来たいといっていたけど、やはり明日の朝の船になるらしい」

「じゃあ、手術には間に合わないんですね」

気丈だった女子大生も、いまは泣き出しそうである。三郎と学生達のやりとりを、事務の職員達も不安そうに見ている。

その視線を無視して三郎が事務室を出ると、学生達もそのままついてくる。

「それじゃ」

検査室の前で立止ると、女子学生がもう一度きいた。

「失礼ですが、明日朝まで待って、アコのお父さんに手術をしてもらうわけにいかないでしょうか」

三郎は思わず学生を睨《にら》み返した。

この学生のいい方はいかにも医師に対して失敬である。普通の医師なら、「俺《おれ》を信用できないのか」と怒鳴《どな》りつけるかもしれない。だが、いまの三郎にはそんな勇気も、自信もない。

「明日といっても、ここに着けば昼近くになるでしょう。それまで、あの状態で放っとくわけにはいきません」

学生はうなずいたが、その目はまだ納得しかねているようである。

「あのう、アコ、死ぬようなこともあるのでしょうか」

「…………」

「助からないのですか」

「やってみなければわかりません」

正直いって、いまの三郎にはこれからのことはまったくわからない。


一人になって、三郎は検査室の窓の前に立った。左手の机には、先程まで読んでいた産婦人科の本が閉じられたままおいてある。だが、読む気にもなれない。

外を見ると、中庭の花壇に午後の陽《ひ》が輝いている。陽は明るいが、少し風が出てきたらしく、ハイビスカスが左に靡《なび》いている。

も、相手は大病院の院長の娘である。父親の院長は、三郎を医者だと信じきっている。

「やっぱり、お前はやるのか?」

三郎は自分にきいてみる。

とにかく電話だけはなんとか誤魔化《ごまか》せたが、これからが大変である。患者といっても、相手は大病院の院長の娘である。父親の院長は、三郎を医者だと信じきっている。

「もし失敗したら……」

それを思うと身震いしてくる。「駄目でした」ではとても済まない。何故《なぜ》助からなかったか、どんなやり方でやったか、根掘り葉掘りきかれるかもしれない。手術の内容まで追及されたのでは、偽《にせ》医者であることがばれてしまう。素人ではともかく、相手が医者では逃れようがない。

「いっそ、正直にいうべきだったか」

僕は医者じゃなく、所長の助手をやっているだけです。所長がいまいないので、仕方なくやっているのです。そういったほうがすっきりしたかもしれない。

それなら万一、失敗しても納得してもらえるかもしれない。

島に医者がいなかったのは誰の責任でもない。あえていえば、医者を呼んでこなかった町長か、医者をよこそうとしなかった東京の大学か、あるいは急用とはいえ、島を離れた所長の責任ということになる。

いやそれ以上に、妊娠の体で、こんな離島まで遊びにきた娘が悪いということになる。少なくとも、三郎の責任ではない。

「もう一度、父親に電話をして、正直にいってみようか」

だが、いまさら話したところで手術をやることは同じである。医者ではないといって、不安にさせるくらいなら、黙ってやったほうがいいかもしれない。

「もう一度、所長に電話してみよう」

そう思ったとき、明子が部屋に入ってきた。

「まだここにいたのですか、血圧が七〇になりましたけど」

「いま行く……」

三郎は気をとりなおして、検査室を出た。

病室の亜希子は運ばれてきたときよりいくらか生気をとり戻したようである。依然として腹痛は続いているようだが、顔はいくらか朱味を帯び、唇にも血の気がさしてきている。

点滴がきいてきたらしい。血圧を測ると、たしかに上は七二、三まである。脈は八〇でいくらか早いが、心音は正常である。

先程の女子学生と男の学生がついているが、亜希子の恋人を自負していた学生の姿はない。

「痛い?」

三郎がたずねると、亜希子が「はい……」と答える。いままでは呻《うめ》くだけで、ものもいえなかったが、途切《とぎ》れ途切れでも、いえるだけ元気になったのかもしれない。

「あなたは、妊娠していたのですね」

「ええ……」

亜希子は素直にうなずく。細面に、やわらかそうな髪が、枕《まくら》の両端をおおっている。大出血のせいもあるが、耳から首のあたりが透けるように白い。鼻はさほど高くないが、軽く上を向いて愛らしい。

青山の大病院の院長令嬢だというから、赤坂か六本木あたりで遊んでいたのだろうか。あどけない顔だけ見ていると、妊娠しているなどとは思えない。

「先生……、赤ちゃんは……助かるのですか」

亜希子が喘《あえ》ぎながらきく。

「それは無理だけど……」

瞬間亜希子は眼を閉じた。長い睫《まつげ》のあいだから、ゆっくりと涙が滲《にじ》んでくる。

「もう、そんなことは気にしないで、頑張るんですよ」

婦長が慰めると、かすかに唇を噛《か》んで哀願する。

「早く……、助けてください」

「いま、もう少し血圧が上ったら手術をしますからね」

婦長がいうとこっくりとうなずく。友達はともかく、本人は三郎を信用しきっているらしい。というより、少しでも早く手術をして、楽にしてもらいたいのであろう。

「ああっ……」

また痛みがぶり返してきたのか、小さく呻《うめ》く。三郎は病室を出て、婦長にA型の血液を集めるようにいった。

「新鮮血を一〇〇〇か、できたら二〇〇〇ccぐらい欲しい。開腹した途端に血圧は下るから」

これも少し前、亜希子の父親にきいたことである。

「役場の広報車ででも、廻《まわ》ってもらいましょうか」

役場の車にはマイクがついている。それで献血の協力を訴えるのである。

「お父さんはお金持だから、いくらでも出すといっていた」

「すぐ頼んでみます」

「あ、それから、所長をもう一度電話に呼んでくれませんか」

婦長は一瞬、三郎を見た。それからうなずくと部屋を出て行った。

島から東京は直通ではない。交換をとおすが二、三分も待てばつながる。

「アクロか、どうだ」

電話に出た途端、所長の声が返ってきた。

「いま、血圧は七〇です。顔色も大分よくなってきました」

「よし、手術の準備はできてるな」

「できてますが、患者のお父さんは医者のようです」

「なんていうのだ」

「田坂さんといって、東京の青山の大きな病院らしいのです」

「田坂?……きいたことがあるな」

「やっぱり手術をやるべきでしょうか」

「当り前だ」

「でも、相手は院長のお嬢さんで……」

「お嬢さんであろうが、へちまであろうが、やることはやるんだ。やらなきゃ死ぬ」

「…………」

「やれ」

受話器のなかで所長がもう一度叫んだ。

三郎はゆっくりと病室へ戻った。

いよいよやらなければならない。院長令嬢であろうとなかろうと、必要な手術はやるべきだと所長がいうのだから問題はない。

「お前は本当にやれるのか」三郎はもう一度自分にきいてみる。

「いや……」三郎はゆっくり首を左右に振る。

「できない」

だができないことは初めからわかっている。わかっていて、所長はなお、「やれ」というのである。いまさら引退《ひきさが》れるわけがない。もう患者も看護婦達もその気でいる。いまになってやらないといったら、かえっておかしい。

急に地震にでもならないか、三郎は突飛《とっぴ》なことを考える。地震にでもなれば大騒ぎになって、やらなくて済むかもしれない。

「おい、やると決めたんだろう。しっかりしろ」もう一人の三郎が、優柔不断な三郎を叱《しか》る。

自問自答しているうちに病室に着いた。三郎が姿を出すと、付添っていた学生達が一斉にベッドのまわりから引退る。

三郎は無言のまま脈を採り、血圧を測った。血圧は七八で、脈ははっきりと触れる。

「よし、手術室に運んでくれ」

三郎がいうのを待って、婦長がうなずく。期せずして、学生のあいだから溜息《ためいき》が洩《も》れる。

ついに矢は放たれた。あとはやるだけである。聴診器をまるめて手に持つと、三郎は少し気取って廊下を歩いた。そのまままっすぐ手術室に向かう。花道から舞台へ登場する役者の気持は、こんなかと思う。名優なら拍手が待っているが、いまの場合、待っているのは不安だけである。

歩きながら、三郎はもう一度、検査室へ寄って本を開いてみようかと思う。子宮のまわりの大体の図は覚えている。が、もう一度たしかめるにこしたことはない。

三郎は検査室に入った。いままで見ていたので、問題の頁《ページ》はすぐ開く。まず円い膀胱《ぼうこう》があって、その下に子宮があって、左右に卵管がある。いまさら役に立つとは思えないが、図を再確認しただけで気持はいくらかおさまる。

「よし……」

三郎は祈るように目を閉じた。

三郎が手術室に入った時、壁にはめこまれた時計は二時三十分を示していた。

すでに手術台の上には黒いレザーが敷かれ、その上に無影灯が輝いている。器械台の上には、消毒したばかりの器具が並べられている。

手術室を見渡してから、三郎は更衣室にいき服を脱いだ。手術のときはパンツ一枚になり、その上に白い襦袢《じゅばん》に似た下着を着る。さらに帽子をかぶり、マスクをし、素足にサンダルをはく。

「いいな……」

改めて、三郎は鏡に自分の顔をうつしてみる。帽子はかぶっているし、マスクはきちんと顔の中央にきている。

初めて手術室に入ったとき、三郎は帽子をかぶらないで叱《しか》られた。慌《あわ》てるとよく忘れる。間違いのないのをたしかめて、蛇口の前に立つ。

まず石鹼《せっけん》で手を洗い、それから逆性石鹼液で洗う。第一助手の婦長と、器械出しをやる明子は、すでに洗いはじめている。執刀者は彼等より少し遅れて洗う。真打ちの登場はいくらか遅いのだ。三郎は軽い咳払《せきばら》いをしてブラシを持ち、洗おうと水を出しかけた途端、首を傾《かし》げた。

「おや？」

軽い尿意がある。

「鼻かみ、排尿、脱糞《だっぷん》」は、手術室に入る者なら、必ず済ましておかなければならない三大行為である。いうまでもなく、鼻をしっかりとかみ、小便をして、便意があれば済ませておく。手術がはじまってから、小便や大便をしたくなっては困る。蓄膿《ちくのう》や鼻風邪の者も、洟《はな》が出てきては辛《つら》いし、第一ぐずぐずやられると、まわりの者が迷惑する。

初めに手術室に入るとき、この三つだけはきちんと済ましておけと、所長に厳しくいわれていた。手術はいつ、突発事故で長引くか知れないのだ。

先程、検査室に行く前に一度トイレに行ったのだが、また行きたい。

こういうのは尿がたまっているのとは少し違う。よく試験の前などになると、しきりにトイレに行きたくなるのと同じ、神経過敏による緊張性尿意に違いない。

だが、一度気になり出すと落着かない。済ましておくならいまだ。三郎はブラシをおいて、襦袢《じゅばん》のままトイレに行った。

再び手を洗って、消毒が終ったのは二時四十五分だった。ただちに手術衣を着せてもらって手袋をはめる。

患者はすでに手術台の上に横たわっている。仰向けに、左右の手は十字架にかけられたように開かれている。雑役の看護婦が、その左手に血圧計を巻き、右手の静脈に点滴の針を差した。手術中そのまま動かぬように、絆創膏《ばんそうこう》で二重に固定する。

「いま輸血は二〇〇ccずつ三人分確保しました。さらに探していますけど」

外来の看護婦が報告にくる。外来も今やこの患者一人のために閉鎖して臨時態勢である。

「よし、もう三、四人探してくれ。消毒をしよう」

三郎の声で、雑役の看護婦が、患者の上にかぶせてあった寝間着を除《よ》けた。

すでにパンティも脱がされ、患者は全裸である。

一瞬、三郎は息を呑《の》んだ。

もともと肌の白い女性らしいが、血を失って、むしろ蒼《あお》ざめて見える。股間《こかん》の茂みも剃《そ》り落されているのに、そこだけ淡い翳《かげ》りを残している。

こんな美しい裸体を見たのは初めてである。妊婦などからは程遠い神々《こうごう》しいほどの美しさである。

その裸体に三郎はヨーチン液を塗り、そのあとハイポ・アルコール液で拭《ふ》きとる。

亜希子の体には、どこにも傷痕《きずあと》がない。この肌に傷をつけるのかと思うと手元が震えてくる。

冷たい消毒液に触れて、亜希子は軽く眉《まゆ》を顰《ひそ》めた。手術台に上ったときから目を閉じている。苦しいとはいえ、さすがに羞《は》ずかしいのであろう。軽く唇を噛《か》んでいる。

三郎はかまわず、鳩尾《みずおち》のところから股《また》のところまで充分に消毒する。

最後にアルコール液で拭《ふ》きとったとき、亜希子が目を閉じたままいった。

「先生、お願いします」

低いが、しっかりした声である。

瞬間、三郎はこの白い躰《からだ》を抱きしめたい衝動にかられた。

この女性は自分のような者を信頼してくれている。緊急の場合とはいえ、全身を投げ出して、自分に任せている。三郎は黙ってうなずく。

「麻酔をいれて」

点滴を見守っていた看護婦が、用意していた静脈麻酔液を注射する。

「一つ、二つ……」

看護婦にいわれて、亜希子がゆっくりと数えていく。

「七つ、八つ……」

そこまでいったところで声が途切《とぎ》れた。亜希子は眠り、軽い呼吸音だけがきこえる。

麻酔は順調なようである。それをたしかめて消毒布をおおう。上下左右から二枚ずつかぶせていく。

それが終ると、三郎の前にはメスをくわえる下腹部だけしか見えなくなる。

「血圧は？」

「七二です」

「呼吸はいいね」

眼前に、長方形に区切られた白い肌が見える。その直下に膀胱《ぼうこう》があり、子宮がある。その子宮の両端から卵管が斜め上に走っている。

三郎はいま一度、本で見た図を頭に描いてみる。卵管からとび出た胎児は、膜につつまれて、子宮のうしろ側の空隙《くうげき》に落ちこんでいることが多い。

まずそこに手をさし込む。多くの場合、血におおわれているので、血のかたまりとしか見えない。四ヵ月の初めとすると、拳大《こぶしだい》よりは大きい。

それを摘《と》り出し、それから破裂部を探す……。

本で読んだ手順をもう一度頭のなかで復習する。

三郎は手術室の時計を見た。三時丁度である。

「メス」

瞬間、明子から、しっかりと三郎の手にメスが渡される。

それを持って、三郎はもう一度目を閉じた。

「うまくいきますように、神様、助けて下さい」

いままで神棚など拝んだこともないのが、いまだけは本当に神の加護が欲しいと思う。やがて眼を開き、向かい側に立っている婦長に一礼する。

「お願いします」

婦長も同じように頭を下げる。執刀する前の礼儀である。

「もう戻れない。前へすすむだけだ」三郎はもう一度、自分にいいきかせて、メスを皮膚に当てる。

「よし」

はずみをつけるようにいうと三郎は一気にメスを走らせた。

切開は一直線だから迷うことはない。下腹部の臍の直下から、まっすぐ恥骨の直上まで引き下す。だが切り込み不充分だったらしい。三郎は同じ傷口の上に、もう一度メスを走らせる。

お腹の皮膚の下に薄い筋肉の層がある。肥った人は、その上に脂肪がつくが、亜希子は若いだけにほとんどない。

すぐピンク色の筋層が見え、そこをさらに左右に開く。

その直下はもう子宮である。さらにメスをくわえると、いきなり切り口から血が溢《あふ》れ出た。たちまち、白い肌は血でおおわれ、腹壁を伝わって血が流れ落ちる。

三郎は思わずメスを持った手を止めた。

いままで、おさえにおさえられていた血が一気に溢れ出たらしい。それは増水しきった川の水が、わずかな決潰部《けっかいぶ》を求めて溢れ出たのに似ている。

見ていると、血は地底から湧《わ》き、渦を巻き、唸《うな》りをたてているようだ。

これでは子宮も卵管も、なにも見えない。眼前に見えるのは、ただ赤い血の海だけである。

「血圧が下りました」

「脈がはっきりしません」

看護婦の声が乱れ飛ぶ。

「先生っ……」

婦長が叫ぶが、三郎はメスを持ったまま、溢《あふ》れる血をただ見ている。

「駄目だ……」

瞬間、三郎は軽い眩暈《めまい》を覚えた。

それは時間にして数秒のことだったようである。

「先生っ」

もう一度婦長に呼ばれて、三郎は軽い眩暈から覚めた。緊張のあまり、一時的な貧血に襲われたらしい。

だが改めて開いた三郎の目の前には、相変らず血の海が拡《ひろ》がっている。どうしたらいいのか、なお戸惑っていると、婦長が注射器を入れてあったステンレスのカップを差し出した。

「これで……」

血をかき出せ、ということらしい。

たしかに、ガーゼで拭きとるくらいでは追いつきそうもない。ともかく、いまは一刻も早く血を除《よ》けて、子宮の位置を確認することである。

いわれるままに、三郎はカップを受け取ると、それを血のなかに沈めた。たちまちカップに血が溢《あふ》れる。それをとり出して床に捨てる。

手術書には、その血を一旦《いったん》、ガーゼで濾過《ろか》して輸血につかえ、と書いてあったが、いまはそんな余裕はない。

カップで血をすくい出しては捨てる。捨ててはまたすくい出す。

「血圧は？」

「五〇です」

看護婦が答える。

まだ開腹して数分と経《た》っていないのに、血圧は一気に八〇から五〇に落ちている。これだけの大出血だから当然とはいえ、すさまじい下り方である。

「どんどん輸血をしろ」

「やっています」

看護婦が怒ったように答える。手術のはじまる前から、点滴ビンのコックは全開にされ、全速で輸血が続けられている。それを承知で三郎は叫ぶ。

「急いで……」

それは看護婦にというより、自分自身への叱咤《しった》でもある。

再び患者の呻《うめ》き声がはじまった。低く、犬の遠吠《とおぼえ》のような、哀《かな》しげな声である。麻酔がかかっていて意識はないはずだが、血圧が下った苦しさが、自然に呻き声を誘うらしい。

だが目前の血は、一向に減る気配がない。カップで掻《か》き出した直後だけ、子宮の一部が見えたように思うが、すぐ新たな血が視野をうずめてしまう。

一体どこからこれだけの血が出るのか、まるで水道管でも破裂したような出方である。

いまは婦長も必死である。血を除けようと次々とガーゼをおし込む。が、それではほとんど効果がない。たちまちガーゼは血に染まって縮みあがる。それを捨てては、またおし込む。

その度に、小柄な婦長は背伸びして、創口《きずぐち》を覗《のぞ》きこむ。

ふと見ると、婦長の額とマスクは血の飛沫《ひまつ》を浴びて赤い斑《まだら》になっている。それに見とれていると婦長が怒鳴《どな》った。

「先生、先に赤ちゃんをとり出してください」

簡単なことでは血は止まりそうもないので、まずお腹のなかの胎児をとり出せ、ということらしい。

「早く……」

そういわれても、見えるのは血だけで、胎児がどこにいるものか、見当もつかない。

「おなかのうしろ側ですよ」

いわれて、三郎は手術前に読んだ本を思い出す。

「胎児ハ多ク子宮後部ノダグラス氏窩《しか》ノ空隙《くうげき》ニアリ……」ダグラス氏窩どころか、子宮の位置さえわからないのだから無理だ。

だが、ぐずぐずしてはいられない。

三郎は思いきって、血の海のなかに手を差し込む。

一瞬、血のなま温かさが、ゴム手袋をとおして伝わってくる。どこにあるのか、血のなかで三郎は指先をまさぐる。

すぐやわらかいものが触れたが、先のほうは固定しているようである。うっかり違うものを取り出しては大変だ。

「もっと奥にありませんか」

婦長にいわれて、さらに腹の奥に手をさし込む。

またすぐやわらかいものに触れる。今度は掴《つか》もうとすると、表面がぼろぼろ崩れてくるようだ。卵管をとび出した胎児は、血のかたまりにおおわれて、根無し草のように浮いているはずである。

「これか……」三郎はさらに指を伸ばす。指先はすでに、お腹の裏側まで達しているはずである。

今度はたしかに手応《てごた》えがある。外側で崩れ落ちるのは血の 塊《かたまり》 なのか。そのなかに胎児らしいやわらかいものが触れる。

指先でもう一度たしかめたところで、三郎はそれを一気にとり出した。

思いきり引き出したが、それほど力むほどのことでもなかった。

大きなオレンジほどの塊が、血を滴《したた》らせながら出てくる。

外側は血におおわれて赤いが、なかに乳白色の肉塊がある。血のあいだから、すでに形造られている頭とまるめた手足が見える。細く尾を引いているのは臍帯《さいたい》かもしれない。

「膿盆《のうぼん》……」

婦長にいわれて、看護婦が膿盆を持ってくる。その上に三郎は血にまみれた胎児をのせた。

胎児をとり出せば、あとは卵管の破れた個所を探して、出血を止めればよい。

だが、目の前は相変らず血の海である。

「血圧は？」

「三〇です」

患者の呻き声は、かなり弱くなってきている。

「輸血はやっているな」

「はい」

いくら血を送り込んでも、出る量のほうが圧倒的に多いのだから間に合わない。三郎はさらに血をかき出す。

早く子宮を確認したいが、血の量は一向に減りそうもない。地下水でも湧《わ》き出るように噴き出てくる。

どれくらい出たのか……。一般には、血の滲《にじ》んだガーゼの重さを測って出血量を推定するが、カップで血をかき出して床に捨てるのでは測定のしようもない。

お腹のまわりはもちろん、白いタイルの床も血に染まっている。被布や三郎達の術衣にも滲んだ血を合わせると、相当の量になる。こんな大出血の手術など、経験したことはないのでわからないが、二〇〇〇cc近くは出ているようである。

「早く……」

気は焦るが、緊張しすぎているせいか、カップが被布にぶつかったり、落ちそうになる。

だが、必死に血をかき出してきた効果が、ようやく現れてきたらしい。

眼の前に、やや黄色味を帯びた丸い形のものが現れてきた。

「これかな？」

「それは膀胱《ぼうこう》でしょう」

瞬間、婦長にいわれて、三郎は慌てて手を離した。

たしかに、膀胱は子宮の前にある。

それも手術前、本で見たばかりである。しっかり覚えたはずだが、肝腎《かんじん》のときになるとすべて忘れている。

改めて三郎は膀胱のうしろを探る。

たしかに血のあいだから、淡紅色の肉塊が見える。婦長が急いで血を拭《ふ》きとる。すると子宮の斜め上から、激しく血が噴き出ているのがわかる。そこが破裂部らしい。

「早く止めてください」

婦長が叫ぶが、三郎は破裂部を見たまま、手は金縛りにあったように動かない。

たしか、所長は破裂部に手をつっこんで胎盤をとり出せといった。胎盤は最も血液に富んでいる個所だから、それをとり出しさえすれば出血はおさまる。そうはわかっているが、怖くてできない。

「早く……」

もう一度いわれて、そろそろと手を差し込んでみる。すると、それが刺戟《しげき》になったのか、また狂ったように血が噴き出す。

三郎は慌《あわ》てて手を引く。

手術書には卵管の根本を結紮《けっさつ》して、切り離せばよい、と簡単に書いてあったが、読むと見るとではまったく違う。本の上では血はないが、現実は血で溢《あふ》れている。子宮も卵管も図のように見えはしない。

「血圧は？」

再び手を差し込みながらきく。きいてどうなるわけでもないと知りながらきいてみる。

だが看護婦は答えない。

「どうした」

「はっきりしないんです」

「測れないのか？」

「はい……」

瞬間、三郎の背を冷いものが走る。

血圧がゼロになったのか……。とするともう助からない。

「脈は？」

「それも、はっきりしません」

「全然触れないのか？」

「いえ……」

看護婦の返事は要領をえない。血圧は測定不能で、脈は触れない。そういいたいのだが、はっきりいうと叱られそうなので戸惑っているらしい。

「田坂さん、田坂さん」

看護婦が患者を呼んでいる。だがもちろん患者は答えない。

「輸血は？」

「やっています」

「早く……」

「早くしています」

ついに看護婦は泣き出しそうな声を出す。きかれると答えなければならないが、すべて絶望的な答えばかりである。

駄目だ、この人はこれで死ぬ……。

そう思った途端、三郎はまた目の前が暗くなりかけた。

だが次の瞬間、婦長が三郎の肘《ひじ》をつついた。

「とにかく、なんでもいいから縫って下さい……」

「縫うのか？」

「かまいません」

三郎は武者ぶるいをするように、頭を左右に振った。それから血がでるほど、唇を強く嚙《か》んでうなずいた。

「よし、針と糸」

こうなったら、血が出ているところを無茶苦茶縫うだけである。卵管のなかに胎盤が残っていようと、他の臓器と癒着《ゆちゃく》しようと、そんなことはかまっていられない。とにかく血を止める。そして創口《きずぐち》を閉じる。

美しい女性が、お腹を開かれたまま死ぬのでは哀れすぎる。

「太い絹糸を」

すぐ明子が針に糸をつけて渡す。それを三郎は血の出ている卵管のまわりにかける。

もう助からない……。そう思ったときから、三郎はいくらか度胸ができたようである。

破裂部のまわりを、外側から何重にも糸をかけていく。一部は子宮や、腹膜とも縫い合わさっているらしい。だがいまはどうでもいい。

とにかく一生懸命やった。この患者さんには申し訳ないが、できるだけのことはした。それだけはわかって欲しい。そんなことを心のなかでつぶやきながら、糸をかけていく。

少しずつ縫合《ほうごう》の効果がきいてきたのか、さすがの大出血も納まってきたようである。

まだ血は出るが、たいした量ではない。もっともそれは止血の効果というより、血圧がゼロになって、血管から血をおし出す力がなくなったせいかもしれない。いやそれ以上に、もう出てくる血はないのかもしれない。

三郎が針をかけるまわりを、婦長が手早くガーゼで拭《ふ》いていく。

ようやく、膀胱や子宮の形がわかってくる。たしかにこうして見ると、手術書で見たのとよく似ている。

だが、いまさらそんなことがわかったところでどうしようもない。患者が死ぬのでは、どんなに血を止めたところで無意味である。

いまは婦長もなにもいわない。

黙々とまわりをガーゼで拭き、三郎がかけていく糸を寄せ合わせていく。

患者が助からないことは、彼女もわかっているに違いない。

ようやく破裂部の縫合は終った。もう血はどこからも出ていない。

だが手あたり次第に縫い合わせたので、卵管は縮こまり、子宮はねじれていびつになっている。

このままでは子宮は畸型《きけい》になるが、助からないのでは同じことである。

子宮を縫い終ったところで、筋肉を縫い、皮膚を寄せる。それは特に難しいところではない。

皮膚のすべての縫合を終ったとき、手術室の時計は三時二十分を示していた。三時にはじまったのだから、丁度二十分かかったことになる。

長いと思ったが、さほどでもなかった。

「血圧は？」

すべてを縫い終ったところで、三郎がもう一度きいた。

「測れません」

「脈は？」

「触れません」

三郎はうなずき、そっと患者の顔を覗《のぞ》いた。

蒼白《そうはく》な顔に、美しい鼻だけがまっすぐ上を向いている。耳を近づけるとかすかに呼吸音がきこえるが、それが止るのも時間の問題である。

「終った……」

心のなかでつぶやくと、三郎の眼に自然に涙があふれてきた。

夕凪

手術が終ったあと、三郎はいつも風呂《ふろ》に入る。手術がうまくいったあと、一風呂浴びて暢《の》んびりするのは気持のいいものである。湯舟で首まで湯につかりながら、「俺《おれ》も上手になったものだなあ」と一人で感心する。いつも先に入る所長は、風呂のなかで鼻唄など歌っているが、その気持がよくわかる。

このあと、ビールを一杯、となるとこたえられない。

だが今日にかぎって、三郎は風呂に入る気にもなれない。体は汗ばんでいるし、顔にも血を浴びている。ゴム手袋はつけていたが、べとついた血の感触が手にも残っている。

早く洗い流したいが、お湯につかっても落着きそうもない。死を目前にしている患者を前に、風呂に入っては悪いような気もする。

三郎は簡単にシャワーだけ浴びることにした。

脱衣場で手術衣を脱ぐと、下の襦袢《じゅばん》からパンツまで赤く染まっている。亜希子の血が滲《にじ》んできたのである。

どれくらい出たのか、それを考えると身震いする。とにかく凄《すご》い出血であった。小さな体から、よくあれだけの血が出たものである。

「全身の血をほとんど出し尽して、あの女性は死んでしまう。本当の医師にかかったら助かったろうに、俺《おれ》がまずかったから……」

不運だった。いや当の本人にとっては不運では済まされない。あの程度で死ぬのでは、死んでも死にきれないかもしれない。

パンツについた血は、亜希子の怨《うら》みの証《あか》しのようでもある。その血痕《けっこん》を見ていると、人一人を死へ追いやった重さがひしひしと伝わってくる。

三郎はパンツを脱ぎ捨ててシャワーを浴びた。

いきなり捻《ひね》って出てきたのは水のほうだったが、三郎はかまわずその下に立っていた。

思いきり、冷い水が振りかかるといい。徹底的に冷水に打たれて、すべてを水に流してしまいたい。三郎は滝の下に立つ修験者《しゅげんじゃ》のような気持になっていた。

「われにあらゆる罰を与えたまえ……」

激しいシャワーに打たれながら、三郎はそんなことをつぶやいていた。

亜希子はまだ手術台の上に横たわっていた。無影灯は消されているが、まっすぐ仰向けのまま、上に被布がかぶせられている。

すでに麻酔は切れたはずだがぴくとも動かない。出血部を縫い始めるまでは続いていた呻《うめ》き声も、いまはきこえない。両の腕は左右へ拡げた位置で固定され、左手には血圧計が、右手には点滴の針が挿入されたままである。

そろそろ午後四時に近く、西陽《にしび》が静まり返った手術室を、明るく浮かび上らせている。

亜希子はまだ生きている。血圧と脈は相変らずはっきりしない。ただ見ただけでは呼吸もしていないようにみえる。だが小さな糸屑《いとくず》を形のいい鼻の先に近づけるとかすかに揺れる。それで辛《かろ》うじて呼吸をしているのがわかる。

三郎はもう一度聴診器を左の胸に当ててみた。軽く当てたのでは聴こえない。強く圧《お》して、辛うじて心臓音が聴こえてくる。

だがそれも健康な人のトン・ツーというリズム感はない。点滴は相変らず続けられている。いまは採血した新鮮血はすべて入れられ、無色のリンゲル液である。

明子が流しで、手術につかった器械を洗っている。もう一人の雑役の看護婦は血で染まった床を、水を流して洗っている。

婦長は脈を診ながら、亜希子の顔を覗《のぞ》きこんでいる。

みな、なにもいわない。黄昏《たそがれ》とともに、手術室に死が近づいている。

「これ、どうしましょうか」

雑役の看護婦が胎児の入っている膿盆《のうぼん》を持ってきた。

「捨てていい……」いいかけて三郎は首を横に振った。

「いや、フォルマリン液にいれておこう」

明日、所長達が帰ってくる。そのとき見せたほうがいいかもしれない。手術は失敗したが、胎児だけは摘《と》り出した。そのことだけはわかってもらいたい。

「電話をしたのですか？」

看護婦が膿盆《のうぼん》を持去ると、婦長がきいた。

「所長さん、待ってるんじゃありませんか」

所長は船の時間まで、東京の友人の家にいるといっていた。もしわからないことがあれば、手術中でもいいから、電話をよこせといってくれた。

だが、電話をする余裕などとてもなかった。あれだけ激しい出血では、電話をしているあいだに死んでしまう。

「終ったことだけ、連絡したら」

いまさら、電話をする気はない。したところで、手術の失敗を告げるだけである。

お腹を開けたが、血の海に慌《あわ》てふためき、ただ血を掻《か》き出しただけに終った。最後に血は止まったが、まわりをがんじがらめに縫っただけである。三郎が黙っていると、病室の看護婦が入ってきた。

「患者さんのお友達が、手術の結果をききたいと待っているのですが」

三郎は婦長に目配せして、手術室を出た。

五人の学生は、手術室の前の廊下に立っていた。三郎が出ていくと、すぐまわりをとり囲んだ。

「どうでしたか」

まっ先に小肥りの女子学生がきいた。

こういう場合どういうべきなのか、患者が死ぬ現場を見たことがないから、所長の説明をきいたこともない。

「一生懸命やったのですが……」

「死んだのですか」

女子学生がすがるような目を向けた。

「いや、まだ亡くなってはいませんが……」

「駄目なのですか」

「多分……」

五人の学生が一斉に三郎を見ている。そのなかで、三郎は、きをつけの姿勢をとると、頭を下げた。

「済みません……」

五人はなにもいわない。まだきょとんとした顔で三郎を見ている。そのまま短い沈黙があってから、突然、小肥りの女子学生が両手で眼をおおうと泣き出した。

「アコ……」

するともう一人の女子学生も泣き出し、男の学生達も目を伏せた。

ただ一人、長身の、亜希子のボーイフレンドらしい男だけが、顔を伏せず三郎を見ている。その握った両の拳《こぶし》を震わせながらいった。

「あんたが殺したんだろう」

「………」

「亜希子を返せ」

「止《や》めろよ」

まわりの学生達が男をおさえた。

「だって、この医者が勝手に、亜希子が妊娠していたなどといって……」

どうやら、男はまだ妊娠を信じかねているらしい。

「たしかに妊娠はしていました」

　そのことなら三郎は自信がある。

「よかったら、赤ちゃんをお見せしましょうか」

「いや……」

　さすがに、長身の学生は胎児まで見る勇気はないらしい。

「そんな必要はないが、どうして助けられなかったんだ」

「出血が強くて……」

「本当に駄目なのですか」

　もう一人の学生が、かわってきく。

「血圧がゼロなので……」

「アコに会わせてください。生きているうちに会わせて」

　今度は女子学生が叫んだ。

「でも、もう意識がないから」

「アコ、死なないで……」

　そのまま五人の学生達は一緒に泣き出した。

　学生の輪を抜けて、三郎は検査室に行った。手術室に戻ろうかと思ったが、自分が手術した患者が、死に近づいていくのを見ているのは辛《つら》い。

いずれ息を引きとったら看護婦が連絡してくれる。それまでしばらく一人でいたい。検査室で、三郎は煙草に火をつけた。

先程より、風はさらに強くなったようである。花壇の花も、その先の物干台の洗濯ものも、風になびいている。

三郎は手術の前、花壇に引っかかった紙片のことを思い出した。数秒以内に紙が飛び去ったら、手術をやろうと心に決めた。だが、それは間違いだったようである。

やはりやるべきではなかった……。

手術ができるといっても、これまでやったのは、虫垂炎と簡単な骨折の手術くらいであった。それ以外は見たこともない。それなのに、今度のは無謀であった。

あの手術はおそらく、一人前の医者でも難しかったのではないか。所長だって、あんな大出血では手古摺《てこず》ったかもしれない。それを医師の免許もない者では無理である。

一体、この責任はどうなるのか。もし、手術をやった者が無資格だと知ったら、学生達はなんというだろうか。いやそれ以上に、亜希子の父親は黙っていないだろう。東京の医師会のボスだというから、すぐ訴えるかもしれない。

医師の免許なく医療行為をおこなった者は、二年以下の懲役か、二万円以下の罰金のはずである。だが、今回はその上、患者を死なせている。とすると、過失致死の罪もくわえられるのだろうか。そうなると、どれくらいの罪になるのか。

しかし、自分が望んでやったわけではない。所長に「やれ」といわれて、やむなく、やったのだ。その点を情状酌量してもらって、どうなるのか。それでもやはり懲役になるのだろうか。

いやだ、冗談じゃない。こんなことで臭《くさ》い飯を食わされてはたまらない。いやそれだけならともかく、新聞にのって、みなに知られたらどうするのか。東京にいる母は、どんなに心配することか。気が弱いから自殺するかもしれない。

外は相変らず風が強い。この風で船は出るのだろうか……。

もしこのまま、所長も亜希子の父親も来れなくなれば……。誰もこないうちに島を逃げ出そうか。

そこまで考えたとき「センセイ」と呼んでいる声がきこえた。見習看護婦の川合の声である。看護婦達だけは三郎を先生と呼んでくれる。

三郎が廊下に出ると川合が駆けつけてきた。

「所長さんから電話です。すぐ出て下さい」

うなずきながら三郎は唇を噛《か》んだ。黙っていたら向こうから電話がきた。正直に伝えなければならない。

三郎が事務室に入ると、職員達が一斉に振り返った。彼等は皆、手術が失敗したことを知っているのであろう。半《なか》ばご苦労さんといい、半ばざまあみろ、といった顔付きである。

三郎はそれらの視線のなかで受話器を持った。

「もしもし……」

瞬間、所長の声が返ってきた。

「終ったのか」

「はい」

「どうして連絡をよこさないのだ」

「それが……、凄《すご》い出血で、子供はとり出したのですが、胎盤は出せなくて、ただまわりを針と糸で縫って……」

「そんなことはいい。とにかく血は止まったのだな」

「はい」

「いま患者はどうしている?」

「手術室にいますが、血圧がゼロで、脈もはっきりしなくて……」

「でも、生きてはいるんだな」

「呼吸はかすかに……」

「すぐ点滴と酸素吸入をやれ」

「やっています」

「輸血だ。もっとみんなからかき集めて血を入れろ」

「でも、もう血圧がゼロで……」

「かまわん。とにかく血を送り込むのだ。それと強心剤をうって、止血剤を二筒点滴にまぜてやれ。手術室は温かいな」

「はい」

「血液だけはしっかり確保しておくのだ」

「………」

「いいか、諦《あきら》めては駄目だぞ、最後までやるんだ」

「でも、もう駄目かも……」

「馬鹿野郎、女はそんな簡単なことでは参らん」

「………」

「女は強いんだ、わかったか」

「はいっ」

三郎は上官に怒鳴《どな》られたように、直立不動の姿勢で受話器に答えた。

所長との電話を終って、三郎は再び手術室へ戻った。そこでは前と同じように婦長が亜希子の横についている。

「どうだ……」

三郎はそろそろと亜希子の顔を覗《のぞ》きこんだ。呼吸はまだかすかにしているようだが、やはり脈ははっきりしない。

「所長はもっと輸血をしろ、といっている。最後まで諦《あきら》めるなと……」

「…………」

「どうしよう」

「やるだけ、やったほうがいいでしょう」

婦長が怒ったように答える。

「でも、血をくれる人は、もういないし……」

「さっきの学生さんから、あと一〇〇ccずつもらったらどうですか。そのあいだに、さらにA型の人を集めてもらって」

「そんなことをして、途中で死んだら……」

「そのときは、そのときのことでしょう」

いざとなると、女のほうが度胸がいいのかもしれない。

婦長はすぐ後ろで手術のあと仕末をしていた看護婦に、学生達を呼んでくるよう命じた。

再びA型の学生が二人呼び出されて、血を採られた。それがただちに亜希子の腕のなかに入っていく。彼等は手術前に二〇〇cc採られているので、今度で三〇〇cc採られたことになるせいか、さすがに蒼《あお》ざめている。

診療所の前では、事務員がマイクで、通り過ぎる人に献血を求めている。その声をききながら、三郎は手術室を抜けて検査室へ戻った。

もうこれから先は自分とは関係ない、看護婦達だけで足りる。あとは血を送って、奇蹟《きせき》の恢復《かいふく》を待つだけである。

少し前まで、中庭に射《さ》していた西陽《にしび》が山の端《は》にかかり、花壇の西側半分は陰になっている。凪はやはり強いらしく、物干台に置き忘れたままになっているエプロンが、凪にはためいている。

ドアごしに、廊下を馳《か》けていく跫音《あしおと》がし、話し声がきこえる。新しい供血者が現れたのかもしれない。

だが、はたして亜希子は助かるだろうか。

所長は「諦《あきら》めるな」といい、「女は強いのだ」ともいった。

だが、所長は亜希子の本当の状態を知らないのだ。どれぐらい出血して、どれほど顔が蒼いか。いや、あれは蒼い、なんていうなまやさしいものではない。透きとおって、もはや人間の肌ではない。「女は強い」といっても、あんなか細い女性が甦《よみがえ》るわけがない。いくら若くたって、頑張れというほうが無理だ。所長は励ますために、あんなことをいっているのだ。

斜光が東棟の一帯を明るく浮かび上らせている。ガラス窓の一枚一枚が光りを浴びて、黄金色に輝いている。陽《ひ》が沈む前の最後の輝きである。

亜希子のいまの状態もそれと同じかもしれない。呼吸を引きとる前の、最後のあがきをしているのかもしれない。

このまま検査室から出る気はしない。一刻一刻、死に近づく亜希子を見るのは忍びない。

少しずつ息絶えていくのを見ていると、悔いが甦る。もう失敗は思い出したくない。いまはここで静かに死の報《しら》せを待ちたい。

やがて看護婦が「いま亡くなりました」と告げにくるに違いない。そのとき静かにうなずき、出ていこう。

慌《あわ》てず、当然のような顔をする。それが最後に残された医師としての面子《メンツ》である。

落日の華やかな光りの波が次第に弱まり、やがて一条に絞られ、ガラスを射抜く。

三郎は白衣のポケットから煙草をとり出し火をつけた。いまはなにをする気も、なにを考える気もない。

ただ陽が傾き、沈むのを見る。人一人が死ぬというのに、こんなに華麗な夕暮れがあるのだろうか……。

人が死ぬときくらい、もう少し慎ましやかな夕暮れであってもいいような気がする。

だが次の瞬間、光りがはね上り、悲鳴をあげたように思った。鋭かった斜光はたちまち空中で萎《な》え、それとともに、あたりが急に暗くなった。

いままで赤い血のように見えた夕陽は、すでに山の端《は》に消え、その上の空だけが名残《なご》りのように赤く燃えている。

中庭はすでに陰になり、病棟の軒端が迫り、まわりから包みこむように、夜が近づいていた。三郎は短かくなった煙草を消し、部屋のなかを振返った。

夕闇《ゆうやみ》のなかで、冷蔵庫や棚の乳鉢などが白く浮き出ている。遠くでまた跫音《あしおと》がきこえ、話し声がする。女の声らしい。

いよいよ亜希子が死んだのだろうか。

落日を見たせいか、いまは三郎の気持はかなり落着いていた。命ある者はやがて消える。それが自然の摂理《せつり》である。亜希子はそれが少し早かった、というだけのことかもしれない。

亜希子は二十二歳だった。もしかすると、彼女は生まれながらにして二十二歳で終る運命であったのかもしれない。

子宮外妊娠のまま島にきて、自分のような免許もない医者にかかって命を落す。それはまさしく不運に違いない。だが彼女は、初めからそういう星の下に生まれたのかもしれない。

考えてみると、彼女の死には沢山の偶然が重なっている。いくつもある島のうち、この島を選び、この季節のこの時に訪れ、丁度その日に所長が不在で、替りに三郎しかいなかった。そうした無数の偶然が重なって、亜希子の死が成り立った。

神様は、二十二歳で命を失う運命を亜希子に与えるために、そうした偶然を積み重ねたのかもしれない。そこまで考えて、三郎は一つ息をついた。

もしそうなら、ずいぶん気が楽になる。自分はその運命を形づくるための、一人の脇役《わきやく》に過ぎなかった。神につかわされた下僕《げぼく》なのだ。

だが、はたしてそんなふうに簡単に考えていいのだろうか。人間の命が消えるのを、その人の運命だったと簡単に決めていいわけはない。

突然、三郎は肌寒さを覚えた。日が暮れて冷えてきたのか、それとも亜希子の死を考えているうちに怖くなったのか。三郎は立上り窓ぎわに行った。

もう日はすっかり暮れ、陽《ひ》が沈んだ山のきわだけが、かすかに明るい。向かい側の炊事場や、病棟の窓にも灯がついている。遠くでギターの音がする。六号室の脚を折った青年が弾いているのかもしれない。

あの青年はなにも怖いことはないのだろう……。

そう思ったとき、廊下で呼んでいる声がきこえた。

「セン、セイ……」

細く甲高い、見習看護婦の川合の声である。

「きた……」

三郎は思わず身を硬くした。

ついにくるべきものがきた。落着くのだ。三郎は自分にいいきかせると、白衣のなかの聴診器を握りしめた。

看護婦の跫音《あしおと》が近づいてくる。三郎が検査室にいるのを初めから知っているようである。

入ってくる前に明りをつけておいたほうがいい、悠々《ゆうゆう》と落着いて、本でも読んでいた態度をとろう。三郎はドアの手前に行ってスイッチをつけた。短い瞬きがあって蛍光灯がつく。と同時に看護婦が入ってきた。

「やっぱり、ここにいたのですね。婦長さんが呼んでいます」

「いま、死んだのか？」

「いえ……」

「生きてるのか？」

「血圧が少し上ってきたようです」

「なにっ……」

三郎はその場に看護婦をおいて、手術室に駆け出した。

夜になって手術室は明りがともされ、工場のようである。もっとも工場といっても騒音はない。相変らず手術台の上には、白い被布をかけられた亜希子が横たわっている。

横には婦長がつき、うしろで明子が点滴ビンをとり換えている。左手の蛇口では見習いの看護婦が輸血につかった注射筒を洗っている。

「血圧がでてきたって？」

慌《あわ》ててきく三郎に、婦長は笑ってうなずいた。

三郎は亜希子の腕に聴診器を当てて、血圧計を絞る。八〇の目盛りまで上げて、ゆっくりと落してくる。六〇、五〇、四〇をこえた少し先でかすかに音がする。

絞りをさらに緩《ゆる》めると、突然、耳へ音がとびこんできた。

「ドッ・トー・ドッ・トー」

間違いなく血圧を示す音である。それとともに水銀柱の目盛りが上下に揺れる。

「聴こえるでしょう」

うなずきながら、三郎はまだ半信半疑である。聴診器をはずし、改めて脈を見る。

「どうです」

婦長が自慢そうにいう。

脈に触れながら、三郎は亜希子の顔を見た。いままで蠟《ろう》のように白かった顔に、わずかに朱《あか》みがさし、乾ききっていた唇にも生気が甦《よみがえ》っている。

手術の途中から呻《うめ》き声が消え、死んだように眠り続けていたのが、いまは軽く眉《まゆ》を顰《ひそ》め、かすかに呻く。ようやく痛みに反応する力も出てきたらしい。

「どうして？」

「なにが？」

「いや……」

三郎には、やはりわからない。

あれだけの出血をして、血圧ゼロから、どうして亜希子は甦ったのか。本当に、亜希子は助かるのか。これは一時的なもので、また急に悪くなるのではないか。

「助かるとは思わなかった」

「頑張ったのねえ」

無意識に出たのか、婦長が亜希子の眼のまわりに滲《にじ》み出た涙を拭《ふ》いてやる。

「輸血は？」

「あれから八〇〇cc入れて、まだ二〇〇ccぐらいあります」

「もう大丈夫かな」

「ここまで戻ったんだから、助かってもらわなければ困るわ」

三郎はもう一度、亜希子を見た。相変らず顔は蒼《あお》いが、同じ蒼でも前とは違う。生きている人の蒼さである。明るい光りの下で、亜希子の整った顔がまっすぐ上を向いている。胸もいまは呼吸の度にかすかに動いている。

この小さな体が、どうして生き返ったのか。細い首、やわらかい肩、妊娠していたにしては小さすぎる乳房、それらを見ていると、この生命力がどこに潜んでいたのか。

ふと、亜希子が白い化物のように見えてくる。

本当に生き返ったのか、三郎はもう一度血圧計を絞ってみた。六〇まで上り、四〇の目盛りのところでたしかに打返す。

「間違いないでしょう」

「ありがとう」

三郎はいまは素直に婦長に頭を下げた。

「あなたのおかげです」

「そんなことといいから、早く所長さんに連絡したほうがいいわ。それから学生さん達も心配して待っているから」

三郎は聴診器を離して事務室に行った。五時を過ぎているのに、事務室では事務長も職員も残っていた。

「どうやら、助かるかもしれません」

「本当か」

事務長が手を差し出した。

「でも、まだはっきりしないのですが……」

「たいしたもんだ、偉いぞ」

みなが三郎の背中を叩《たた》く。いままで敵意をむき出しにしていた薬剤師まで、握手を求めてくる。

「ありがとうございました」

三郎はひたすら頭を下げる。

これは自分の手柄ではない。俺《おれ》なんか以上に婦長や看護婦が頑張ってくれた。それよりやはり所長だ。いやそれ以上に、あんな大出血から生き返った亜希子の生命力のおかげである。

「所長が出ましたよ」

事務の相沢が渡してくれる受話器を受取ると、いきなり所長の声がとび込んできた。

「どうした」

「いま、血圧が四〇まで戻ってきました」

「よし、よくやった。そのまま、どんどん点滴を続ければ大丈夫だ。熱は？」

「それはまだ……」

「すぐ測れ。それから導尿して。創口《きずぐち》からは血は出ていないな」

「大丈夫です」

「よし、助かるぞ。あと一息だ」

「はいっ」

「俺《おれ》はもうじきここを出て、竹芝桟橋に向かうから、そちらからはもう連絡がつかんが、桟橋から一度連絡を入れるから」

「お願いします」

「どうだ、女は強いだろう、わかったか」

「はいっ」

受話器を握ったまま、三郎はもう一度頭を下げた。

所長との電話を終えても、三郎はまだ半信半疑だった。

本当に亜希子は恢復《かいふく》するのだろうか。血圧が上っても一時的なもので、また下るのではないか。所長は楽観的なことをいっているが、慰めのつもりではないか……。いままで諦《あきら》めきっていただけに、助かるかもしれないといわれても、頭がすぐ切替えられない。

再び手術室に戻りかけると、入口のところに学生達がかたまっていた。亜希子の手術が始まってから、彼等はずっとそこにいる。

「どうなのですか」

例によって丸顔の女子学生が真っ先にきく。三十分前に、駄目だといわれて泣いたのか、顔に涙のあとがある。

「死んだんですか」

「いや……、もしかすると、助かるかもしれません」

「本当ですか」

「まだ、はっきりわからないけど」

三郎は慌《あわ》てて否定する。うっかり助かるなどといって、死んだら大変である。自信がないときには、容態をやや大袈裟《おおげさ》にいっておけ、と所長にいわれたことがある。駄目だといって助かった時は感謝されるが、大丈夫だといって死んだときには恨まれるだけである。

「少し血圧が上りはじめているのですが、いましばらく様子をみないと」

「でも、助かる可能性があるんですね」

「少しは……」

いきなり男の学生が駆けて行こうとする。

「どこへ行くんですか」

「アコの親爺《おやじ》さんに教えてやるんです。さっきから何度も電話をよこして、心配しているんです。助かるかもしれないといってやって、いいですね」

「それは……」

三郎は口籠《くちご》る。医者である亜希子の父に、うっかり間違ったことをいっては大変である。所長は大丈夫だといったが、実際に見ていないのだから当てにはならない。

「少し血圧が上りかけただけですから」

「とにかく、教えてやります」

長身の学生が事務室のほうへ行く。

「先生お願いします。アコを助けてやって下さい」

女子学生が再びすがりついた。

「一生懸命やりますから」

三郎はそれだけいって、学生の群を逃れた。

手術室では、婦長が血圧を測り、見習の川合看護婦が輸血をしていた。

「点滴を少し遅くして」「酸素ボンベをもう一本用意しておいて」

婦長が次々と指示を出し、それに応じて看護婦達がてきぱきと動く。恢復《かいふく》の目処《めど》がでてきて、手術室全体に活気が甦《よみがえ》ったようである。

「血圧は？」

「いま四五です」

婦長が待っていたように答える。

「所長は導尿をして、体温を測れといっている」

「わかりました」

「助かるかもしれない、といっていた」

「もちろんですよ」

ここまできたら、もう死なすわけにはいかない。婦長はそういいたげに、血痕《けっこん》のついた手術衣のまま頑張っている。

「しばらく僕が見ているから、着替えてきたほうがいい」

「大丈夫です」

婦長は導尿の準備をはじめた。動き廻《まわ》る看護婦達を見ながら、三郎は自分が恥ずかしくなった。

手術のあと、血圧がゼロだときくと、怖くて手術室にいられなかった。それが恢復《かいふく》しそうだときいて、またのこのこと手術室に戻ってくる。一番肝腎《かんじん》なときにいなくて、医者が勤まるのか。

でも、さっきは本当に怖かった。死ぬと思った瞬間、最上階からエレベーターで一気に落されたような気がした。それがもう少し高じると貧血になるのかもしれない。どうも俺《おれ》は貧血の気がある。それを治さないことには、いい医者になれない。いきいきと動きまわる看護婦達を見て、三郎は改めて反省する。

亜希子の奇蹟《きせき》の恢復《かいふく》はなお続いていた。所長との電話が終って一時間後には、血圧は六〇まで上り、心音もリズムをとり戻し、力強くなってきた。

さらに一時間後には血圧は七〇になり、手足にも温かみが甦《よみがえ》ってきた。いままではただ呻《うめ》いていたのが、「痛い」とはっきり訴えるようになった。ようやく意識が恢復してきたようである。

ここまでで、点滴によるブドウ糖やリンゲル液が二〇〇〇cc、輸血が一二〇〇ccほど入っている。

どれくらい血が出たのかわからないが、三二〇〇ccの補液と血液のおかげで、体内の液はようやくバランスがとれてきたらしい。

今日の看護婦当直は、明子と川合看護婦だったが、婦長と村瀬もそのまま残ることになった。

事務からは若い吉田が残り、薬剤師の高岡も帰らずに待機していた。それに三郎をくわえて、ほとんど診療所のオールスタッフで、亜希子を看護することになる。その熱意が通じたのか、亜希子は着実に恢復していく。

手術が終ってから四時間経った八時には、亜希子の血圧は八〇にまで戻り、脈搏《みゃくはく》はほとんど正常に戻っていた。

意識が戻った亜希子は、初めてはっきりと目を開き、三郎を見た。

「先生、手術終ったのですか……」

「無事終ったからね」

「わたし、助かったのですね」

亜希子は不思議そうにあたりを見廻《みまわ》す。間違いなく、彼女はあの世に片足をかけていたのである。

「もう大丈夫だよ、よく頑張った」

「先生、ありがとう」

亜希子の大きな目がまっすぐ三郎を見ている。貧血のせいで、透きとおった白眼のなかの瞳《ひとみ》が驚くほど黒い。

「痛い？」

「少し……」

「友達も、みんないるし、明日の朝になればお父さんもくるから」

「パパがくるの？」

「手術中、ずっと心配して電話をよこしたよ」

「………」

「さあ、安心して休みなさい」

三郎がいうと、亜希子は静かにうなずいて眼を閉じた。

亜希子を病室に移したのは、それから三十分あとだった。まだ点滴と酸素吸入だけは続けられていたが、血圧は八二で、脈搏《みゃくはく》も良好である。

病室に戻り、学生達が交互に亜希子に呼びかけたが、彼女はかすかにうなずいただけだった。それ以上、刺戟《しげき》をしては悪いので、病室には学生二人だけが交替でつくことにして、他は隣りの空いた病室に泊ることになった。

九時の検温では三十七度二分で少し熱が出はじめていたが、呼吸も脈も異常はなかった。

「ご苦労さん」

亜希子を病室に移したところで、三郎は改めて婦長と看護婦に礼をいった。

彼女らがいてくれなかったら、三郎はなにもできなかった。手術はむろんできなかったし、やったとしても完全な失敗に終っていた。

「もう大丈夫だろうな」

「縫《ぬ》ったところが、解けなければね」

婦長がいったので、みなが笑った。

「しっかり縫ったはずだけど」

「あれだけ縫えば大丈夫よ」

「あのとき、本当は俺《おれ》、震えていた」

三郎はいまは正直にいうことができる。

「腹が減ったな」

「そういえばそうね」

みな夕食を食べずに頑張ってきた。緊張の連続で、空腹を覚える暇もなかった。

「炊事場に、みなの食事が残ってるわよ」

「いや、今夜は俺がおごる。寿司でいいかな」

「へえ、景気がいいわ」

「今日はなんでもおごる。好きなものをどんどんいってくれ」

今夜なら、月給全部がなくなっても三郎は惜しいとは思わない。

事務の当直者と薬剤師もいれて、事務室で豪勢な夕食がはじまったのは九時半を過ぎていた。

島の人達はみな酒が好きである。事務の連中や薬剤師はもちろん、婦長もかなりいける口である。

今年の新年会で、婦長は酔って、所長の家で眠ってしまった。明子も川合看護婦も結構飲める。川合は陽気になるほうだが、明子は泣き上戸である。初め、三郎はそれを知らずに飲ませて、ひどい目にあったことがある。

今日はビールとウイスキーだが、看護婦達はさすがに控えている。亜希子のような重患がいては、いつまた容態が変らないともかぎらない。ウイスキーを飲むのは、事務当直の吉田と薬剤師である。

「しかし、本当に偉いな、相川君は」

少し酔った高岡が、思い出したようにいった。

「これで免状さえあれば、文句なしの名医だ」

彼がそういうときは、いつも皮肉だが、いまは本心からそう思っているらしい。

「俺《おれ》のワイフも、今度、子宮外妊娠したら頼むぞ」

「いや、もうご免ですよ」

三郎は辞退するが、悪い気はしない。とにかく、今度の手術で高岡が三郎に好意的になってくれたのは嬉《うれ》しい。

みなで食べて飲み、賑《にぎ》やかな食事が終りかけたとき、電話のベルが鳴った。事務当直の吉田がでると、亜希子の父親からだった。

「相川先生に、ちょっとお話したいといってるよ」

呼ばれて三郎は緊張した。

すでに、助かりそうだということは、学生達の連絡で知っているはずである。

三郎は空咳《からぜき》を一つして受話器をとった。

「あ、相川先生ですか」

外からでも電話をしているのか、亜希子の父親の声にまじって、街の雑音がきこえる。

「いま、亜希子の友達からきいたのですが、亜希子が手術をのりきったようで」

「ええ、なんとか」

「いまはいかがですか」

三郎は血圧が恢復《かいふく》し、意識も戻ったことを説明した。

「もう、そこまでくれば大丈夫でしょう。本当にありがとうございました。なんといっていいか、心から感謝しております」

「僕はただ……」

所長と婦長のいうとおりやっただけだ、といいたいところだが、そうもいえない。

ただ受話器に向かって頭を下げる。

「それで、胎盤はとり出して、卵管は切除したわけでしょうか」

「いえ、それは……」

「するとそのままで、破れたところを結紮《けっさつ》されて」

「ええ……」

「じゃあ、子宮もそのまま残っているわけですね」

「はあ……」

「そうですか。それはありがとうございました。子宮外妊娠のときは、卵管からときに子宮まで摘《と》られたりすることがあるものですから、もしやと思いまして。でも子宮がそのままだとすると、あの子はまだ妊娠できる可能性があるわけですから」

「でも、あのう……」

「いやあよかった。本当にありがとうございました」

亜希子の父はしきりに礼をいうが、三郎はなにもいえずに下を向く。

たしかに大出血は止って、亜希子は一命をとりとめたが、破れた個所はめったやたらに縫ったただけである。卵管も、子宮も、腹膜も、もしかすると膀胱《ぼうこう》も一緒に縫いつけたかもしれない。終ったとき、子宮は何重もの糸に締めつけられて囚人籠《かご》のように縮こまっていた。

あれは一体どうなるのか。あんなに縫い込んでしまった子宮が、もとに戻って、子供を産めるようになるのだろうか……。

「先生のような名医にかかって、亜希子も幸せものです。本当によかった」

「あのう……」

「いやあ、これで安心しました。実はいま竹芝桟橋まできているのですが、ひょっとすると、今晩船が出ないかもしれないのです」

「どうしてですか」

「夕方から風が出てきまして。東京はまだたいしたことはないのですが、小笠原の先に小型の台風が接近しているとかで、そちらはいかがですか」

「風はかなり強いようですが」

「やっぱりそうですか。そんなわけで、もしかすると欠航になるかもしれないようですので……」

「すると、明日はこちらに着かれないのですか」

「船が駄目だとなると、当然、飛行機も駄目でしょうからね。いまもう一度、気象台のほうと連絡して、欠航かどうか決めるようです」

欠航となると所長も帰ってこない。明日の朝までなら、亜希子は大丈夫だと思うが、さらに延びるとなると自信がなくなる。

なによりも夜に入って、少し熱が出てきているのが気になる。あれは子宮をがんじがらめに縫ったせいではないか。

「なんとか行きたいのですが、万一行けなくなったら、よろしくお願いします」

「ぜひ、来て下さい」

三郎は所長にもきこえるようにと、受話器に向って叫んだ。

風はますます強くなってきているらしい。それも、つい少し前までは風だけであったのが、いまは雨も降りだしたようだ。ときおり檳榔樹《びんろうじゅ》の大きな葉が、夜の窓ガラスを撫《な》でていく。

テレビできくと、たしかに小笠原の先にあった台風が、進路を変えて、こちらに向かっているらしい。

まだ秋も初めで、さほど大きくはないようだが、それでもまともに上陸されては大事である。いまの状況では直接の進路ではないが、暴風圏には入る予定だという。

「これではやはり船は出ないかもしれませんね」

婦長が風で鳴る窓を見ながらつぶやく。

もし明日も所長が帰ってこないとすると、どうすればいいのか。亜希子はいまのままでいいのだろうか。さらに熱でもでてきたらどうしよう。

心配なのは亜希子だけではない。喘息《ぜんそく》で入院している老婆が、この数日急に衰弱してきているし、二日前に入院した少年は、まだ下痢が続いている。

それに明日は外来患者が、検査結果をききにくることになっている。とにかく三日間はもちこたえたが、これ以上となると自信はない。

早く帰ってきて下さい……。

三郎は神にも祈りたい気持である。

所長から電話がきたのは、その三十分あとだった。

「駄目だ。今日は船が出ない」

いきなり、所長はそういうと、

「明日、晴れて、親島まで行く飛行機でも飛べばそれで行くが、駄目なら明後日《あさって》になる」

「早く帰ってきて下さい」

「もちろん俺も帰りたい。だが船が出ないのではどうにもならん。手術をした患者はどうだ」

「いま眠っています。血圧は九〇で、呼吸も正常なのですが……」

「なのですが、どうした?」

「熱が少し出てきているのです」

「何度だ」

「十分前に測ったのでは、三十七度三分でした」

所長は考えこんだのか、しばらく沈黙が続いて、

「創口《きずぐち》からは出血はしてないな」

「出てないはずですが」

「下からは」

「下って?」

「女性だから、そちらも気をつけて見なきゃいかん」

そういえば亜希子は産婦人科の患者であった。三郎は一人で赤くなった。

「抗生物質を注射して、目が覚めたら薬ものませたらいい。手術のあと三十八度くらいまででるのは仕方がないが、それ以上でるようだとまずいな」

「もし出てきたらどうしますか」

「やはり抗生物質と熱さましをうつよりないが、とにかく注意を怠《おこた》るな。明日になったら尿や肝臓の検査も全部やれ、他の患者は変りないな」

「橋本さんのお婆ちゃんが元気がありませんし、子供の下痢がまだ止らないんです」

「それはいま急に、どうこうということもないだろう。下痢どめでもうって様子を見ろ」

「それから検査結果をききにくる患者がいるんですが」

「そんなのは、また来てもらえばいい。どうしてもききたいというのには適当にいっておけ。口も医療のうちだからな」

「………………」

「俺《おれ》は今日は新橋のホテルに泊る。なにかあったら、そこへ連絡しろ」

所長はホテルの名前と電話番号をいってから溜息《ためいき》をつく。

「とにかく遠い……」

「なにがですか」

「島がさ」

そのまま、また沈黙があってから、

「都会なんかにいる医者より、お前のほうがずっと偉いんだ。自信を持て」

「でも……」

「しっかりやれ」

電話はそれで切れた。

お前のほうが偉い、といってくれたのは嬉《うれ》しいが、違法なことをやっているという罪の意識は消えない。

夜が更けるにつれて、風はますます強くなったが、亜希子の状態は変りはなかった。さらに熱があがると思ったが、三十七度五分前後をゆききしているだけである。早速腹帯の上から創口《きずぐち》をたしかめたが、薄く血が滲《にじ》んでいるだけで、それ以上出ている様子はない。下のほうはさすがにしらべる勇気はなく、婦長に見てもらった。その結果では出血はないということだった。

このまま亜希子は落着きそうである。

十一時を過ぎて婦長は帰り、三郎は当直室に泊った。さすがに疲れたせいか、風呂《ふろ》に入ってベッドに潜ると、すぐ眠った。

だが途中で夢を見た。どういうわけか、今度は三郎が血の海の中にいる。必死に逃げようとするが、足が滑って走れない。

もう駄目だと思う。その諦《あきら》めかけた目の前に亜希子がぼんやり立っている。彼女はなにもいわないが、じっと三郎を見ている。よく見ると眼に涙をいっぱいためている。三郎は馳《か》けて亜希子のところへ行こうとするが、なま温い血が全身にまとわりついてくる。

夢はどれくらい続いたのか、目覚めたとき、三郎は全身に汗をかいていた。シャツのまま寝たので、暑かったのかもしれない。

枕元《まくらもと》の時計を見ると五時だった。相変らず外は風は強い。だが雨は小降りになったようである。

亜希子の容態が変ったのではないか……。

三郎は急に不安になって、病室へ行ってみた。

暗い廊下の先に、詰所だけ明りがついている。だが看護婦達の姿はない。みな奥の寝室で休んでいるのであろう。

詰所の三つ先が、亜希子の病室である。そっとドアを開けると、女子学生が二人、横のベッドでかたまって休んでいた。彼女らも疲れたのか、眠っている。

三郎はその足元を通り抜けて、亜希子のベッドの前に立った。

書見灯が、うっすらと亜希子の顔を映し出している。先程見たときは仰向けになっていたのが、いまは軽く顔を右に向けている。低いが、正確な呼吸音が続く。

すでに点滴ははずされ、酸素吸入だけが、ゆっくりと続けられている。

少し動いたのか、吸入のチューブの先がはずれかけている。

夢で血を見たが、亜希子は異常はないらしい。三郎はそっとチューブの先を元の位置に戻した。

瞬間、亜希子がいやいやするように首を振った。

慌《あわ》てて、三郎が手を止めると、小さな瞬きをくり返して、亜希子が目を開けた。

驚いたのか、彼女はしばらく三郎を見ていたが、やがてそっとうなずいた。

「先生ですか？」

「そうだよ、ちょっとチューブがはずれかけていたものだから……」

三郎は弁解するようにいった。

「起して悪かった」

「いいえ……」

「友達は、そっちのベッドで休んでいるよ」

亜希子は視線だけ横のベッドのほうへ動かし、すぐ戻すと、三郎を見ていった。

「先生、手を握って下さい」

「………」

亜希子は布団の端から、そろそろと手を出した。

三郎はその手にそっと触れた。少し熱っぽいが、細くてやわらかい手である。三郎が握ると、亜希子も握り返してきた。

「先生、ありがとう」

手を握ったまま、三郎は目をそらした。

こんなとき、なんと答えていいものか、亜希子に感謝されて嬉《うれ》しいが、それ以上に照れくさい。幸い照明が暗くてわからないが、自分の顔が火照っているのがわかる。隣りのベッドにいる学生達にきかれると恥ずかしいが、亜希子は気にかけていないようである。

「このご恩は一生忘れません」

「いや……」

なにをいわれても、三郎は同じことをくり返す。

「でも、先生はわたしを笑っているのでしょうね」

「どうして」

「妊娠していたから」

「………」

「先生に正直にいいますけど、わたし悪い子だったんです。パパにもママにも内緒で遊び歩いて、妊娠は知ってたけど、まだ大丈夫だとたかをくくっていたんです」

「………」

「でも、今度で本当にこりました。これからは、いい子になります」

よく見ると、亜希子の大きな目に涙が滲《にじ》んでいる。

「だから、このことは誰にもいわないで下さい」

「もちろん……」

患者の医療上の秘密を他人に告げたりしては、それこそ医師法違反になる。

「でも、わたしはもう駄目だわ。友達にも、みんな知れちゃったし、いろいろなこといわれる……」

そこまでいって、亜希子が叫んだ。

「いたっ……」

感情が高ぶるままに、下半身をよじったらしい。三郎は慌《あわ》てて、握っていた手をベッドへ戻した。

「静かにして、休みなさい」

亜希子は素直にうなずくと目を閉じた。

「パパは明日くるのですか」

「それが、風で船が出なくて、もう一日遅れるかもしれません」

亜希子はうなずいてから、もう一度、三郎を見た。

「先生、赤ちゃんを見せていただけますか」

「それは……」

「ちょっとでいいから、見たいんです」

「もう終ったことだから、すべて忘れて休んだほうがいい」

「わたしの赤ちゃん、男だったのですか、女だったのですか」

「………」

「それとも、まだわからないのですか」

三ヵ月の終りで、見分けがつくのかどうか、三郎はそこまでは確認していない。実際、あのときは、確認する余裕などはなかった。

「一生のお願いです」

「とにかく今日は休みなさい」

「じゃあ、明日見せてくれますね」

大出血のあとのせいか、亜希子の精神状態はまだ不安定なようである。三郎は布団を両肩にかけ、はずれかけていたチューブの端を除いてやった。

この調子では、もう酸素吸入もいらないようである。

「先生、わたしの話、きいてくださいますか」

「あまり話すと疲れるから、眠りなさい」

諦《あきら》めたのか、亜希子は黙った。

三郎は枕頭台《ちんとうだい》にあったタオルで、涙を拭《ふ》いてやった。信頼しきっているのか、亜希子は黙って三郎のするに任せている。

拭き終ったところで、三郎は亜希子の額に軽く手を当てた。

「おやすみ」

「ありがとう」

弱い照明のなかで、亜希子がかすかに笑う。三郎はうなずき、ドアをしめて廊下に出た。

相変らず風は強く、木造の診療所のあちこちでがたがたと音がする。そろそろ東の空が白みはじめるころだが、雨雲のせいかまだ暗い。

そのまま詰所の前まできたとき、明子と川合看護婦の姿が見えた。彼女らはいま起き出したらしい。三郎が足を止めると同時に、明子が振り返った。

「先生、なにかあったのですか」

「いや……」

瞬間、三郎は口籠《くちごも》り、それから慌《あわ》てて説明した。

「ちょっと心配だったものだから、病室を見てきたんだ。変りはないが、酸素吸入をはずしてきた」

「すみません、うっかり寝てしまって」

「いや、いいんだ」

三郎は白衣のポケットに手をつっこみ詰所の前を離れた。

再び当直室に戻り、ベッドにもぐったが、落着かない。どういうわけか、心臓が高鳴り、脈が早くなっている。

医者が患者のことが心配で、夜中に見てきたのを恥じる必要はないのに、なにか悪いことをしてきたような気さえする。

まだ早いから、寝よう。そう自分にいいきかせるが、なかなか寝つかれない。

目を閉じかけると、亜希子の白い顔が浮かび、握られた手にまだ熱い体温が残っている。

「俺《おれ》、どうしたのかな……」

三郎は寝つかれぬ自分に、自分できいてみる。


その日も風と雨が続いた。台風の進路は予想通り東にそれたが、それとともに襲ってきた大雨で、診療所のある本町で十戸近くの浸水があり、道の一部に崖崩《がけくず》れが生じた。

朝から飛行機も欠航で、所長は帰ってこられなかった。

だが亜希子の状態は良好であった。

まだ顔色は冴《さ》えなかったが、朝にはオレンジジュースを飲み、午後にはグレープフルーツとケーキを一個食べた。

大量の出血と疲労で、体が水分と甘いものを欲していたのであろう。夜にはお粥《かゆ》を一膳《いちぜん》食べ、味噌汁《みそしる》も飲んだ。

血圧は一〇〇で、まだいくらか低いが、脈も心臓も異常はない。ただ一つ気になるのは熱で、昼の検温で三十七度六分あったが、いまのところはそのまま落着きそうである。

さすがに若さである。これがもう十歳も年上なら、こんなふうにはいかなかったかもしれない。三郎は改めて、亜希子が二十二歳であることの素晴らしさを知った。

とにかく、ここまでくれば、もう死ぬことはない。一安心して、三郎は外来の患者を診た。

だが、こちらにも結構、難しい患者がいた。いままで検査だけして、引延ばしてきた患者が、一度におしかけてきた。

「口も治療のうちだ」と所長はいったが、それはある程度、経験があったうえでのことである。もともと経験がないのに、口だけで誤魔化《ごまか》すわけにもいかない。

「無理をしないように」「少し様子を見ましょう」などと、当りさわりのないことをいうが、それですべての人を、いいくるめるわけにもいかない。

少し難しい患者はみな、「所長が帰ってきてから、もう一度きて下さい」ということで引きさがってもらう。

それでも、自分でわかるところは一生懸命説明した。知識の足りないところは誠意でカバーするより仕方がない。

夕方、雨があがり、西の山ぎわに虹《にじ》がかかった。台風の余波はようやく去ったらしい。三郎は、その虹を見ながら大きく息をついた。

どうやら、これで四日間は無事にのりきったようである。いろいろなミスもあったが、やるだけのことはやった。

三郎はなにか自分がひとまわり大きくなったような気がしてきた。


所長が帰ってきたのは、その翌日の朝であった。予定より、まる一日遅れて、十時少し前に桟橋に着いた。そこから診療所までは歩いて十分ほどの距離だが、あらかじめ診療所の車を廻《まわ》しておいて、それに乗ってきてもらった。

「どうだ、大丈夫か」

診療所に着くなり、所長がいった。

「はい、なんとか」

「よし、すぐ見よう」

所長はそのまま鞄《かばん》は外来のロッカールームにおき、白衣に着替えた。

「血圧は？」

「今朝の九時の計測で、一〇五です」

「体温は？」

「三十七度八分です」

「食欲はあるか」

「今朝は、お粥一杯と、ヨーグルトを一本飲みました」

廊下を並んで歩きながら、三郎は答える。

「船が出なくて苛々《いらいら》した。島がこんなに遠いと思ったのは初めてだ」

「僕もです」

所長以上に三郎も気をもんだ。それを思い出すと、いまでも冷汗が出る。

「船に五十前後の、東京の人は乗っていませんでしたか」

「そういえば、いたかもしれないな」

島に長年住んでいると、東京から来た人か、島の人かはすぐわかる。

「患者の父親がくることになっているのですが」

「東京で開業しているという人か」

「そうです」

「あの人かもしれないな」

所長は一人でうなずいた。

亜希子の病室には、女子学生と男子学生が一人ずつ付いていた。彼等も看護三日目を迎えて、いささか疲れたようである。島に遊びにきたのが、診療所に釘《くぎ》づけになって、彼等も被害者といえば被害者である。

亜希子はうとうとしていたらしい。所長が入っていくと、気怠《けだる》そうに目を開けた。

「ここの所長です」

三郎が紹介すると、亜希子はゆっくりとうなずいた。今朝は少し気分がよくて、友達に口紅を薄く塗ってもらったらしい。手術のあとのやつれた顔がかえって艶《なま》めかしい。

だが、所長は無造作に亜希子の顔を覗《のぞ》き込み、瞼《まぶた》を返す。貧血の程度をたしかめているのである。それを終ると額に掌《てのひら》を当て、そして脈を見た。

「熱さましはうっているな」

「はい」

所長はさらに胸を見る。婦長が胸元にフリルのついたネグリジェを開くと、小さな形のいい乳房が現れた。白い肌に乳首だけが朱《あか》い。所長はその乳首の下から聴診器を当てた。

亜希子は小さな呼吸をくり返しながら、不安そうに三郎を見ている。

「変なおじさんが、私の胸を見ているけど大丈夫なのでしょうね」そんな表情である。

「心配ないからね」三郎は目で答えてやる。

心臓から肺の呼吸音を見終ったところで、所長は聴診器を離した。

「創口《きずぐち》は？」

「今朝、ガーゼ交換をしましたけど」

三郎が答えたが、婦長はかまわず腹帯をはずした。腹帯は何枚ものタオルを左右から寄せるように巻いてあるので、体を動かさなくてもはずすことができる。最後の一枚をとり、ガーゼをよけると創口が現れた。

臍《へそ》の直下から一直線に、恥丘のすぐ上まで延びている。亜希子の恥毛はもともと薄かったが、剃《そ》ったあとが蒼々《あおあお》と見える。

所長はピンセットにはさんだ綿球で、その創《きず》のうえをゆっくりと拭《ふ》いていく。

「少したまっているかな」

いきなり、所長がピンセットをおすと創のあいだから血が滲《にじ》んできた。

「一つ、開けとこう」

所長は婦長から鋏《はさみ》を受けとると、一ヵ所だけ糸を抜き、そのあいだにピンセットの先をさし込んだ。

「いたっ……」

亜希子が小さな悲鳴をあげる。と同時に創のあいだから黒い血がとび出てきた。手術のあと、出血した血が皮下に残っていたのである。

「これがあると、熱が下らない」

手術をするのが精一杯で、それからあとのことはなにも考えていなかった。なかで出血しているような気もしたが、怖くて開く気にはなれなかったのである。

所長は開いた創のあいだに、ガーゼをおし込んだ。

「小便のほうはどうしている？」

「導尿をしています」

婦長が答える。所長は足元に目を移し、布団をまくった。三郎は慌《あわ》てて目をそらす。

「少し、出血しているようだな」

所長はシビンを持ちあげて、陽《ひ》にかざして見る。

「薄くはなってきているのだな」

「はい」

「尿を調べておけ」

婦長が下半身に布団をかぶせて、三郎はようやく視線を戻す。

羞《は》ずかしかったのか、亜希子も目を閉じ、頰《ほお》のあたりを赤らめている。

三郎は、亜希子の導尿の具合や小水などは見られない。今度もすべて婦長にまかせてきた。だが医者なら、そんなことを羞ずかしがっていてはつとまらない。どんな美人でも患者は病人で、それを治すのが医者のつとめである。このあたり、三郎はまだプロフェッショナルになりきっていない。

「よし、わかった」

所長はタオルを婦長から受取って、手を拭《ふ》いた。

「よくやった、もう大丈夫だ」

どすんと、所長のぶ厚い掌《て》が、三郎の肘《ひじ》を叩《たた》いた。

「頑張ったな」

「はい」

所長が握手を求めてくる。その手を握り返しながら、三郎はなぜか泣きたくなってきた。

亜希子の廻診《かいしん》を終えて廊下に出ると、そこに五十歳前後の紳士が立っていた。白髪だが長身で、高価そうなチェックの上下の背広を着ている。一見して東京から来た人であることがわかる。

「こちらの先生ですか?」

紳士が声をかけた。

「所長の村木ですが、さきほど船でお目にかかりましたね」

「そうでしたか、これは失礼しました」

紳士は丁重に頭を下げると、上衣のポケットから名刺をとり出した。

「わたくし、ここでお世話になっている田坂亜希子の父ですが」

名刺の中央には、医学博士・田坂雄一郎と書かれ、その横に、田坂病院院長、東京都医師会理事と記されている。

「この度は、娘がとんだことでお世話になりまして……」

「いや、実はわたしも東京に出かけて留守にしておりまして、お嬢さんの手術をやったのは、こちらにいる相川君です」

「そうですか、先生でしたか」

田坂院長は改めて三郎のほうを見て頭を下げた。

「その節は電話で失礼なことを申し上げまして」

田坂院長は、手術の前に電話で三郎に話したことをいっているらしい。たしかに医師が医師に指図するのは失礼かもしれない。だが、あのときは院長の指示が参考になったことはたしかである。

「本当に、よく助けてくださいました。先生のご尽力には感謝しております」

そう誉《ほ》められると、三郎は小さくなるばかりである。

「それで、いかがでしょうか」

「わたしも、いま診《み》てきたのですが、創《きず》のあとに少し血腫《ヘマトーム》があって、そのせいもあって熱があるようですが、いまガーゼドレインを入れてきましたから、まず心配はないと思います」

「それはありがとうございます。遠い島なので、一時は駄目かと諦《あきら》めかけたのですが」

田坂院長はそういってから、慌《あわ》てていいなおした。

「いえ、先生のような立派な方がいるとは思わなかったものですから……」

「いや、わたしが島にいれば、子宮外妊娠ぐらい、どうということもないのですが、なにせ相川君は若いし、専門が外科なものですから」

「お電話では、こんな若い方だと思わなかったのですが、冷静に処置していただいて……」

「まあ、よく頑張ってくれました」

三郎は小さくなっているのに、所長は平然として、

「島は、血液センターというものもないから、少し大きな手術になると、血が集まらなくて困るのです」

「それはよくわかります。わたしも電話で、いくらでもお金は出すから、血を集めてくださいとお願いしたのですが、こんな小さな島とは知りませんでした」

「そりゃ大変です。血液もないし設備もない。その悪条件のなかでやるのですから、それからみると、都会の医者なぞは殿様商売ですな」

「おっしゃるとおりです」

「まあ、先生も、都の医師会の理事をなさっているようですから、こういう島の医療の改善にも、努力してもらいたいものですな」

「これを機会に、考えさせていただきます」

日頃の鬱憤《うっぷん》を晴らすようにいう所長に、田坂院長はひたすら低姿勢である。

「これでも、この島は東京都ですからな」

「そのとおりで。それで、もう面会してもよろしいでしょうか」

田坂院長は少しでも早く、娘に会いたいらしい。

「結構です。少し熱がありますが、話すのぐらいはかまいません。お父さんに会えば、さらに元気がでるでしょう」

「こんなことで会って、まったくなんといっていいものか……」

娘が妊娠しているのも気がつかなかった父親として、田坂院長は困惑しきっているらしい。

「それでは、のちほど改めてお礼に伺わせていただきます」

田坂院長は一礼して、病室に入っていく。それを見送ってから、所長と三郎は外来に戻った。

「あんなことをいって大丈夫ですか」

「医師会の理事なんかには、少し厳しくいっといたほうがいいんだ」

「そうでなく、僕のことを専門は外科だなどといって」

「かまわん、君は立派にやったんだから」

「でも……」

「怯《おび》えず堂々としているんだ。俺《おれ》は天下の名医だと思っていろ。そうすると、自然に天下の名医のような気持になってくるものだ」

そんなことをいわれても、免許のない三郎はやはり落着かない。

その日の外来はいつもの倍近い混み方だった。所長がいなかったあいだ、延び延びになっていた患者が一度におし寄せたからである。

所長は家にも帰らず、そのまま診察をはじめた。患者達はみな、久しぶりに所長の顔を見てほっとしたようである。とくに変りがない患者も、やはり所長に診られると安心するらしい。三郎が適当に処置しておいた患者を、所長が改めて診る。

熱のある患者には熱さましを、腹痛の患者には痛み止めを、下痢の患者には下痢止めを、といった具合に、当りさわりのない、いわば対症療法だけはしておいた。そのせいか、さして大きなミスもなかったようである。

「いままでの注射と、薬でいいでしょう」

所長が、そんなふうにいってくれると自分のやったことが認められたと思ってほっとする。

多少違った場合でも、「じゃあ、少し薬を変えてみようか」といった調子で、所長はうまくかばってくれる。

ほとんどの患者が、所長の診察に廻《まわ》ったせいで三郎は比較的暇だった。やはり所長がいてくれると暢気《のんき》だし心強い。もっともその分だけ、いままでの緊張がとけて、気が抜けた感じは否めない。

患者は多かったが、所長は要領よくさばき、十二時少し過ぎに外来を終ったところで、亜希子の父親が現れた。

「おかげさまで、いま娘に会ってきました」

田坂氏は改めて、所長と三郎に頭を下げた。

「思ったより元気なので、本当に安心いたしました」

「まあ、お坐《すわ》り下さい」

所長は自分から患者用の丸椅子《いす》をさし出した。

「しかし、ここは静かで、本当にいいところですね」

田坂氏は椅子に坐り、明るい陽《ひ》のさす窓のほうを見た。

「静かなのはいいんですが、居眠りしているようなものでしてね」

「でも、われわれ都会の騒音のなかに住んでいる者にとっては、こういうところは天国です。まったく命の洗濯をしたような気持になります」

「じゃあ、ここにお住みになりませんか」

「えっ……」

「いや、冗談ですがね、都会の人達は、みなこの島がいいとか、なんとかいいますが、いざ住むかときくと、みな逃げてしまう。本気で住もうなどという人は一人もいないようです」

「そんなことはないと思いますが」

「いや、わかっとるんです。都会の人々にとって、この島はいっときのうさ晴らしをする場所に過ぎんのです」

都会の人達が、島の表面だけを見て誉《ほ》めることに、所長は日頃から不満を抱いている。それが、田坂氏のように都会で成功している人に会うと、つい出てしまったらしい。

「たまに遊びにくる人と、住む人とでは、同じ静けさでも、受けとり方が違うということです」

「その点は、わたし達も気をつけなければいけませんな」

田坂氏は、少ししらけた顔で相槌《あいづち》をうってから、

「ところで、わたしは今夜の船で帰ろうと思っているのですが、娘はまだ動かせないでしょうか」

「今夜ですか……」

所長は腕組みした。年齢は所長のほうが、二つ三つ上のようだが、横から見ていると、所長のほうがかなり威張っているように見える。僻地《へきち》にいても、自分は名医だという誇りがあるのかもしれないが、同時に、田坂院長には、娘を患者として人質にとられているという弱みがあるのかもしれない。

「まだ三日目ですし、少し出血があるようですから、一週間くらい経《た》って、抜糸してからのほうが、いいかと思いますが」

亜希子のお腹の傷は十四、五センチある。その縫った糸をつけたまま、船や車を乗り継いで帰るのは、たしかに大変かもしれない。

「子宮のほうは、いずれ、そちらへ戻ってから改めて手術をやりなおしてもらうということになると思いますが」

「止血の手術だけはしたのですが、子宮のほうは、そのまま縫い込んだままですから」

「と仰言《おっしゃ》いますと?」

「胎盤をとり出そうとしたのですが、出血がひどくて、途中で止めざるをえなかったようです」

「そうでしたか……」

田坂院長は納得しかねるようである。三郎はひたすら小さくなっているが、所長は平然と三郎のほうを見て、

「彼も婦人科が専門でないものですから、胎盤を摘《と》り出すほどの勇気はなかったようです。それにしてもひどい出血だったようで、助かっただけでも奇蹟《きせき》のようなものでして」

「それは、感謝しております」

田坂氏は渋々と頭を下げる。

「婦人科の医者なら、東京には沢山いるでしょうから、もちろん先生もご承知でしょうが」

田坂院長はうなずいてから、三郎のほうを見て、

「すると、卵管のなかに胎盤を残したまま縫いこんだということでしょうか」

「ええ……」

「卵管も子宮も、そのまま残っているわけですね」

三郎にはよくわからないが、はっきりいえることは子供を摘り出し、血を止めたということだけである。

「そうでしたか……」

田坂院長はまた窓のほうに目をやり、それから再び三郎のほうを見た。

「ラプチャーしたのは、右ですか、左ですか」

ラプチャーというのは破裂という意味に違いない。とすると左だった。三郎は慌《あわ》てて答える。

「たしか、左だったと思います」

「ツーベンの比較的ウテルスに近いほうですか？」

ウテルスというのは子宮のような気がするが、ツーベンは卵管の意味なのか、ともかくうなずいておく。

「すると、プラセンタはまったくそのままということで？」

こうなるともうわからない。三郎が戸惑っていると、所長が替って答えた。

「もちろん摘《と》れば摘れたんでしょうが、あれを摘り出すのは、産婦人科の医者でも、かなりいやなものでしょう」

「まあ、それはそうですが」

二人が横文字を交えて話しはじめる。それをききながら、三郎は「ぼく、本当は医者ではないのです」と、喉元《のどもと》まで出かかっていた。

いっそ正直にいってしまったほうが、どれだけ楽かしれない。

だが、いまいっては田坂院長は驚くだろうし、折角かばってくれている所長の好意を無にすることになる。三郎はいいだそうとする自分を必死におさえる。

やがて、田坂院長が再び、三郎のほうを見ていった。

「先生もやはり、所長さんと同じ、東都大学のご出身ですか」

「いえ、僕は……」

いいかけたとき、また所長が口をはさんだ。

「そうです。彼は去年出たばかりで、すぐこちらにきてくれたのです。若いのにこんな僻地に来るなんて、いまどき珍しい男です」

「そうですか、じゃあ、相沢というのをご存知でしょうか」

「……………」

そうきかれてもわかるわけがない。三郎がますます小さくなっていると、また所長が助け舟を出す。

「君は卒業は二年前だったか」

「ええ……」

「医学部も、期の上の人は割合知っているけど、下の者は意外に覚えないものでしょう」

「相沢というのはわたしの甥《おい》になるんですが、たしかに、そういうところはありますね」

田坂院長がうなずく。

「ところで、先生の東京の病院はずいぶんご盛業のようですな」

所長は巧みに話題をすり換えていく。だが何度も冷汗をかかされる三郎は落着かない。

そのまま、しばらく東京の病院の話をしたところで、田坂院長がいった。

「少し無理かと思いますが、今夜、やはり娘を連れて帰りたいと思いますが」

「そうですか」

「折角、お世話いただいて恐縮なのですが、わたしは帰らなければなりませんし、といってこのまま、学生さん達に付添いを頼むわけにもいきませんから」

どうやら、田坂院長は、子宮のなかに胎盤も縫い込んでしまったときいて、不安になったらしい。

「車は少し辛《つら》いでしょうけど、船は畳があって寝ていけますから、いつまでも、先生達のお世話になるのもなんですから」

「どうかね」

所長が三郎のほうを見た。三郎としては、亜希子にまだいてもらいたいが、それは医学的な理由からというより、亜希子がいなくなると淋《さび》しいからである。

「できたら、抜糸するまでいたほうがいいと思いますが……」

所長がいうのに田坂氏はうなずいて、

「しかし、これ以上、先生達にご迷惑をかけては申し訳ありませんし、本人も早く帰りたいというものですから」

そういわれては引止めるわけにもいかない。

「お医者さんがついているのだから、心配はないでしょうが」

所長はそういうと、少し皮肉っぽく笑った。

本土への船は夜九時に出る。途中、二つの島に寄って、竹芝桟橋には明日の朝六時に着く。

亜希子は出発の一時間前に診療所を出た。病室から玄関までは運搬車に横たわり、診療所の救急車で桟橋まで運ぶ。同じ便で、学生達も一緒に帰ることになった。

診療所を出る前に、三郎はもう一度だけ亜希子に会っておきたかった。

もちろん三郎は手術までしたのだから、診察だといって病室に行けば、簡単に会える理屈である。

だが、病室には田坂院長がいるし、夕方にも所長が廻診《かいしん》をしている。いまさら、医師免許もない三郎が、のこのこ出ていくまでもない。

どうしようか、迷っているうちに八時になった。これではただ玄関で、「さようなら」というだけである。

亜希子も、ついに帰ってしまうのか。そう思うと、急に虚《むな》しくなってくる。

一体、俺《おれ》はなんのために一生懸命やったのか、もちろん亜希子を助けるためであったが、その気持のなかには亜希子への好意もあった。こんな良家の子女と仲良くなれたらいい、そんな憧《あこが》れに似た気持もあった。

だが、それもいまとなってはすべて虚しい。どうせ亜希子など、自分をなんとも思っていない。遠い離れ島の男、ぐらいにしか思っていないのであろう。

それも仕方がない。諦《あきら》めかけたとき、小肥りの女子学生が外来に駆けてきた。

「先生、済みませんが、いま病室に来ていただけませんか。亜希子さんが、お会いしたいそうです」

「会いたい？」

「いま、お父さんもいませんから、早く」

女子学生が悪戯《いたずら》っぽく片目をつぶった。

どういうことなのか、三郎はわからず病室へ行くと、たしかに亜希子が一人で休んでいた。

「連れてきたわよ」

女子学生は意味ありげな笑いを見せて部屋を出ていく。あとには、三郎と亜希子の二人だけが残された。

「これから帰るんだね」

三郎はベッドの横に立ったままいった。

「そうなんです、父が早く帰ったほうがいいというものですから」

「しかし、お父さんは、君が帰りたがっているといってたけど」

「そりゃ帰りたいけど、わたしは糸を抜くまで、いてもよかったのです」

三郎が黙っていると亜希子がまだ貧血気味の蒼《あお》ざめた顔をまっすぐ向けて、

「先生、本当にお世話になりました」

「いや……」

「先生のご恩は一生忘れません」

急に改まっていわれると、三郎は答える言葉がない。顔を伏せていると亜希子はまっすぐベッドから三郎を見ていった。

「わたしのこと、忘れないでくれますか？」

「もちろん……」

「でも先生には、沢山の患者さんがいらっしゃるのでしょう」

「いえ、あなたの場合は特別です」

「嬉《うれ》しいわ」

亜希子は急に枕元《まくらもと》をまさぐると、小さなあらい熊《ぐま》の人形を取り出した。

「これ、わたしのマスコットです。どこに行くときも、いつも持って歩いたのですが、受取ってくれますか？」

三郎は人形を手にとった。熊といっても、おどけた目が愛らしい。

「捨てないで、いつまでもとっておいて欲しいのです」

「もちろん、大切にします」

「先生、本当にありがとう」

亜希子が布団のなかからそっと手を出す。それを握り返したとき、ドアがノックされた。

振り返ると、亜希子の父だった。三郎は慌《あわ》ててあらい熊をポケットにおし込むと一礼して病室を出た。

波濤

九月から十月にかけて、三郎は不安と苛立《いらだ》ちのなかで過した。

不安の原因はいうまでもなく、田坂亜希子のことである。亜希子は抜糸もせずに、父親に連れられて帰ったが、その後どうなったか。それを思うとじっとしていられない。

あのまま再出血はおきなかったか、滅茶苦茶縫いこんでしまった卵管や子宮はどうなったか、東京で改めて産婦人科医にかかって、なにかいわれなかったか、考えれば考えるほど不安になる。

そして最後には、手術のあとから、医師免許のない者がやったことがばれはしないか、と落着かなくなる。

いっそこちらから、問合わせの手紙を出してみようかとも思うが、亜希子からは、退院して十日後に手紙が一本きたきりである。それには、入院中の礼を述べたあと、二日前に糸も抜いて元気です、と書いてあるだけだった。

亜希子の父親からも礼状とともに、ほんのお礼のしるしだとして、所長と三郎と診療所職員に宛《あ》てて、高級ハムの詰合わせが送られてきた。

その手紙にも、「おかげで抜糸も終り、娘は元気になりました」と書いてあるだけで、それ以上、後遺症や再手術の予定などについては、なにも書いてない。

特に不満をいってきているわけでないのだから、安心してよさそうなものだが、そうなればそうなったでまた気になる。

くわしく書いてこないのは、どうせ話してもわからないと思っているからではないか。こちらを田舎の医者とみて、とおり一遍《いっぺん》の挨拶《あいさつ》で済ましているのではないか……。不安がさらに猜疑心《さいぎしん》を生む。

「本当に大丈夫でしょうか」

ときどき心配になって、所長にきいてみるが、髭《ひげ》の先生は相変らず暢《の》んびりかまえている。

「大丈夫だ、向こうは助けてもらっただけで大満足さ。感謝しているからこそ、こんな美味《おい》しいものを送ってくれたのだ。君も少し食べてみたらどうだ」

そんなことをいいながら、ハムをむしゃむしゃ食べている。

だが、三郎はハムより、亜希子の手紙が欲しい。それも「元気です」とか、「ありがとうございます」といった、とおり一遍のものでなく、血の通った言葉が欲しい。

「わたしのことを忘れないでね」と、あらい熊《ぐま》の人形をくれたとき、囁《ささや》いてくれたような本当の声が欲しい。

だが十月になっても、手紙はこない。

あれだけ、しっかり手まで握ったのに、東京へ帰ると、もう自分のことを忘れたのだろうか。東京の良家の子女とは、所詮《しょせん》あんなものなのか。

瀕死《ひんし》の重態のときだけは気のありそうなことをいい、一旦《いったん》治ってしまうと、もう知らぬ顔である。元気になれば、また六本木や赤坂で、他のボーイフレンドと、面白おかしく遊び歩いているのかもしれない。

大体、亜希子には、先天的にその種の悪女的なところがあるのかもしれない。自分に都合のいいときだけ甘えてきて、必要がなくなると、さっと去っていく。都会の女というのは、そういう要領がいいのが多いのだ。

勝手にするがいい、恩知らずめ……あんな傷だらけの、破廉恥《はれんち》な女なんか勝手にすればいい。

だが、少し冷静に考えれば、「恩知らず」などというほうが、余程勝手かもしれない。

退院したあと親娘ともども礼状をよこして、高価なものまで送ってきている。恩知らずどころか、きちんと礼儀をつくしている。その後の症状や手術について、書いてこないのも、こちらに余計な心配をさせないため、と思えば納得がいく。

それを「恩知らず」というのは、一方的ないいがかりである。大体、そんなふうに憤慨するところが、すでにおかしいのだ。

これが、男の大学生とか、老婆だったら、なにも怒りはしない。それどころか丁寧《ていねい》な患者さんだと感心するに違いない。それをことさらに、亜希子にだけケチをつけたくなるのは普通ではない。

どうやら、亜希子に特別の感情を抱いたようである。医者と患者の範囲をこえて、好意を抱いてしまったらしい。

前に所長から、医者は患者に愛情を感じないものだ、ときかされたことがある。理由は、医者は患者の恥ずかしいところから、泣き声まで、すべてを見ているからである。それに、いちいち愛情を感じていたのでは、冷静な処置がとれない。愛《いと》しさが先走って、するべき手術もしないで、手遅れになったりする。

「患者が医者に惚《ほ》れることがあっても、医者は患者に惚れないものだ。また惚れてもいけない」

所長にいわれたときは、まったくそのとおりだと思っていたが、いまは脆《もろ》くも崩れている。

相手はただ、ゆきずりの女なのだ、と自分にいいきかせるが、それではなかなか納得できない。諦《あきら》めようと思うと、いっそう会いたくなる。

十月の半ばに、三郎は思いきって亜希子に手紙を書いてみた。

「その後、いかがですか……」そんな出だしで、病後の体のことをいろいろ心配している、と続ける。

書きながら、医者が患者の体のことを心配するのは当然だと気が付いて、少し恥ずかしくなった。

そして最後に一行だけ、「あなたからもらったアライグマを大切にとってあります」と書いた。その一行を書くべきか否か、一時間以上悩んだ末に、ついに書くことにしたのである。

東京と島のあいだの手紙は、早くて三日、遅いと五日くらいかかる。往復だと一週間から、十日はみなければならない。

出して一週間後から、三郎は毎日帰ると、階下のおばさんに、「手紙はきていなかった」ときいた。

だが、おばさんの返事はいつも「なかったなあ」の一言である。

もしかして、診療所にきているのかもしれないと、所内の郵便物を探してみるが、そちらにもない。

そのまま半月が過ぎて、十一月になった。

やはりもう、俺のことなどは忘れて、遊んでいるのだ。もう彼女のことなど、一切考えないことにしよう。

そこで、三郎は改めて明子を見直した。

やはり都会の女の子などより、明子のほうがはるかに実がある。

三郎が亜希子のことを考えているあいだも、明子はいままでどおり、三郎の部屋を掃除したり、下着を洗濯してくれた。たまに野菜も食べなければいけないと、自分で買ってきて、サラダをつくってくれたりもした。

それだけでなく、三郎が欲しくなったときにはいつでも受け入れてもくれる。

明子を抱いているとき、三郎は明子に悪いと思いながら、亜希子を思い出していたこともあった。

だが明子は不平らしいことは一言もいわない。

いままでどおり、診療所ではきびきび仕事をして、暇を見ては、三郎の世話をしてくれる。

結婚もせずに男の部屋へ通う明子に、島の人々は、いろいろなことをいっているらしいが、明子は毅然《きぜん》としている。彼女にはそんな強いところもある。

よく見ると、明子だって、色はやや浅黒いが、体は引締ってスタイルもいい。

あんな都会の金持娘より、田舎の清潔な女のほうがずっといい。

三郎はもう、亜希子のことは二度と考えまいと誓う。

それにしても「亜希子」と「明子」と、二人の女性が、ともに「アキコ」と、声に出すと同じになるのがおかしい。

「アキコ」と口でつぶやいていると、どちらのことかわからなくなる。

俺《おれ》はアキコという女性に縁があるのだろうか、そんなふうに考えると不思議な気さえしてくる。

三郎が亜希子をあきらめて半月経《た》った日曜日の昼近く、下宿で寝ていると明子がきた。

前夜から雨まじりの風が吹いていたので、昼になっても、まだベッドに潜りこんでいたのである。

明子は例によって、ドアを二つ同じ調子で叩《たた》く。階下のおばさんや息子だと、もっと大きく、揺するように叩くのですぐわかる。

「はあい」

一部屋なので、ベッドのなかから返事をしただけできこえる。一人のとき鍵《かぎ》は閉めたことがない。明子はドアを開け、入口の沓脱《くつぬ》ぎで傘をすぼめた。

「まだ降ってるの？」

「ますます、ひどくなってきたみたいよ」

明子はそういうと、右手に持っていたビニール袋を板の間におき、雨で濡《ぬ》れた髪をハンケチで拭《ふ》いた。明子は紺のセーターに、同色のスカートをはいていた。地味だが、引締ったタイトのスカートの腰のあたりが、艶《なま》めかしい。

「ちょっと、こっちにこない」

三郎が誘うが、明子はきこえぬふうに、

「お食事まだでしょう。これからつくるわ」

「いいから、ちょっときてくれないか」

三郎がもう一度いったとき、明子が思い出したように袋から葉書をとり出した。

「これ、きてたわよ」

三郎が受取ると絵葉書だった。

以前、外国の写真集で見たことのある白い大理石の神殿が、夜の光りで映し出されている。慌《あわ》てて裏を返すと、やわらかい女文字で書かれている。

「お元気ですか、いまギリシャのアテネに来ています。お手紙をもらって、返事を書こうと思ったけど、日本では気忙しくて書けませんでした。体のほうはあのあと、四、五日病院に通っただけで、すっかりよくなりました。でも心は元に戻らず、気晴らしに旅に出たのです。いわば傷心旅行です。あなたも一緒ならよかったけど。明日イタリーへ発《た》ちます。亜希子」

三郎は読み終ると、明子のほうをうかがった。

明子は持ってきた前掛をしめて、流しに立ち、ビニール袋から野菜を出しているらしい。

「これ、どうして……」

「わたしが通り過ぎようとしたら、階下のおばさんが渡してくれたのよ」

昨日あたり着いていたのを、おばさんは忘れていたのかもしれない。

馬鹿な奴《やつ》だ、と思うが、ここで文句をいっても仕方がない。

もう一度、絵葉書を見ながら、三郎は戸惑っていた。

このまま黙って受取って問題はなさそうだが、それでは明子に悪いような気もする。やはりなにか一言いっておいたほうがいいかもしれない。

「あの、東京の患者からの手紙でさ、いま、ギリシャへ行ってるんだって」

「そう」

「金持の娘ってのは、どうしようもないな。今度は感傷旅行だなんて、一人で気取ってるの」

「あなた、無理しなくてもいいのよ」

突然、明子にいわれて、三郎が振り返ると、相変らず明子は背を見せたまま、流しに立っている。野菜でも切っているのか、かたかたと俎《まないた》に当る音がして、肩が小刻みに揺れている。

階下から持ってくるあいだに、明子は絵葉書を読んだのかもしれない。読めば、三郎が亜希子へ手紙を出したことも、好意を抱いていることもわかってしまう。

「手紙ってのは、その後どうなったか、様子をきいてみただけだよ」

「ずいぶん、ご親切なのね」

「だって、心配だったから。医者が患者の容態をきくのは当然だろう」

「わたし、みんなわかっているのよ」

「なにが？」

「あなたが、あの人を好きなことも、本棚にある、あらい熊《ぐま》の人形は、あの人からもらったということも……」

三郎は慌《あわ》ててベッドから起き上った。

「あの方、きれいな人だから仕方ないわ」

「そんなことはないよ。僕はあんな女なんか……」

本当になんとも思っていない、というつもりだったが、スムースに出てこない。いままでは、たしかになんとも思っていなかったはずだが、一枚の絵葉書を見ただけで、もう決心がぐらついている。なんでもないどころか、また会いたいと思いはじめている。

「そんなこと、気にしないでくれよ」

思いなおして、三郎は哀願する口調になる。

「どうせ、旅に出た気まぐれでよこしたんだよ」

「あの人は気まぐれかもしれないけど、あなたは気まぐれではないわ」

そういうと、明子はいっそう荒々しく庖丁《ほうちょう》を動かしはじめた。

明子とのあいだに小さな波風が立ったが、病院の仕事のほうは順調であった。東京から戻って以来、所長はますます三郎に仕事を任せるようになっていた。いまでは再来か、やさしい入院患者だけ診ていたのが、このごろは新患でも平気で廻《まわ》してよこす。病室廻診《かいしん》も週に二、三回で、他の日は三郎が廻る。

亜希子のことがあって以来、所長は一段と三郎を信用したようだが、仕事をまかせるのはそれだけでもないようだ。

どうやら、所長はこのごろ急に年齢を感じはじめたらしい。まだ六十前だから、老けこむ年齢でもないのだが、親友を失ったことは、やはりショックだったらしい。とくに所長は前から少し血圧が高かったが、死んだ友達というのも、高血圧から脳溢血《のういっけつ》で倒れたらしい。同じ病気だけに、特別身につまされたのかもしれない。

「俺《おれ》も長いことはないかもしれん」そんな弱音を吐いては、三郎に血圧を測らせる。これまで患者の血圧は数えきれないほど測っているのに、自分のこととなるとさすがに不安らしい。

三郎が聴診器を耳に当て、血圧計を絞っていると、真剣な眼差《まなざ》しで目盛を見ている。

大体、所長の血圧は一七〇前後である。五十五歳という年齢からみても、やはり高い。それが、ときには二〇〇近くまで上っているときがある。それを正直にいうと不機嫌になるので、三郎は少し割引いていう。それでも「そんなにあるのか」と三郎を睨《にら》み、「もう一度測ってみろ」という。

何度測っても同じだが、さらに五つぐらい低くいうと、ようやくうなずく。

「そうだろう、それぐらいだと思った」

「でも、あまり無理はなさらないほうがいいと思います」

「わかっとる」

医者に病気のことを説明するくらい難しいことはない。とくに相手はベテランの医者で、三郎は無免許である。説明するだけ無駄というものだが、それでも所長は三郎に意見を求める。

「どんな薬がいいかな」

「普通のじゃ、駄目なのですか？」

患者には気軽に薬を処方しているのに、自分のこととなると自信がなくなるらしい。

所長は前はこんなことはなかった。なにごとも自分一人でてきぱきと決めていた。二年前にぎっくり腰になったときも、自分で注射液を詰めて、「これをここに射《う》て」と、婦長に命じていた。それが薬の一つまで相談するところをみると、大分気が弱くなっているのかもしれない。

事実、この半年くらいで、所長は急に老けこんだ。もっとも、それまでが元気よすぎたのかもしれないが、このごろは少し長い手術になると息を荒くする。

前はよく、診療所の職員や看護婦を連れて、海水浴やドライブにも行ったものだが、今年は一度も行かなかった。酒も最近は自宅以外では、ほとんど飲まないらしい。

人間は「どっこいしょ」という回数が多ければ多いほど、老いた証拠だというが、このごろの所長はたしかに多い。一人診る度に「どっこいしょ」という。

今年の春ころから、三郎にいろいろなことをさせるようになったのも、医師の技術を覚えさせるというだけでなく、やはり、体がいうことをきかなくなったのが最大の原因かもしれない。

もっとも、おかげで三郎は医療のことをずいぶん覚えられた。妙ないい方だが、所長が弱ってきたことで、三郎に逆に勉強の機会がまわってきたともいえる。いまやこの島で、三郎はなくてはならない代診である。

十二月の初めに、三郎に小さな小包みが届いた。差出人を見ると田坂亜希子となっている。

急いで開いてみると、なかに小さな箱が入っている。それをさらに開くと銀張りのダンヒルのライターが出てきた。

小箱のなかに、花柄のついた便箋《びんせん》が折りたたんで入っている。

お元気ですか。

三日前にヨーロッパから帰ってきました。楽しかったけど、やっぱり少し疲れました。でも体のほうは、とくに異常はありませんでした。

お土産の品物送ります。本当は島まで持っていって、先生に手渡したかったのですけど……。気にいるかどうかわかりませんが、つかってください。

先生は東京にお出になることはないのですか。もしあればご連絡下さい。私の家の電話番号は四八一の五一四二です。でもこれは家で、ママやお手伝いの人が出ることもあります。私の部屋は四八一の四一二〇で、私がいるときは必ず出ます。

学校は少し遅れたけど、単位はとってあるのでたいしたことはありません。これからいよいよ卒論です。私は中世ヨーロッパの医療制度をテーマにしていたのですが、離島の医療実態といったことを、テーマにすればよかったと後悔しています。そうしたら、先生のいる島へ何度も行けたでしょう。

お暇なときお便り下さい。もちろん電話でもいいのですが。

お元気で。

私の命の恩人、相川先生へ。

亜希子

三郎はライターを手に持ってみた。S型で最新流行の型である。日本で買うと七、八万はしそうである。擦ると、さっと火がつく。火に変りはないのだろうが、亜希子からもらったと思うと、焔《ほのお》の色まで華やいでみえる。

いままで三郎が持っていた百円のガスライターとは、持った感触からして違う。これを診療所にもっていったら、みんななんというか。島にはもちろん売っていない。

明子に疑われたりしないだろうか……。

それに手紙はどこにおけばいいか。明子はときどき部屋にきて掃除をしてくれる。几帳面《きちょうめん》な性格で、どこでもきちんと整理していく。まさか、机の抽斗《ひきだし》まで見ることはないだろうが、万一見付かったら大変である。

この前の絵葉書は、整理箪笥《だんす》の抽斗の下にしまいこんだ。今度の手紙もそこにおいたほうがいいかもしれない。

ともかく、これで亜希子のいっていたことが嘘《うそ》でないことがわかった。楽しそうに外国旅行をしていても、自分のことを忘れないでいてくれたのだ。

三郎は急に亜希子に会いたくなった。できることなら、今夜の船にでも乗って行きたい。

だが、診療所は忙しい。一年前ならともかく、いまでは、三郎がいなくては困る患者さんが沢山いる。所長に頼めば、休ませてくれるだろうが、それも土日をはさんで行くのでなければ無理だ。やはり東京は遠い。

しかし、行く気になればいつでも行ける。問題はそれから先である。亜希子の手紙には、何度も「先生」という言葉がでてきた。最後には「私の命の恩人」とまで書いてあった。そういってくれるのは嬉《うれ》しいが、先生という字を見る度に、三郎は冷水をあびせられたような気持になる。

亜希子はまだ、三郎を本物の医者だと思っているらしい。医者だと思っているから、こんな贈りものを呉《く》れたり、手紙も呉れたのだ。

もし偽者《にせもの》であることがわかったなら……。それを思うと身が竦《すく》む。なにかひどく罪深いことをしているような気持になる。

翌日、三郎は亜希子からもらったライターを持って診療所に行った。みなに自慢したいような、恥ずかしいような複雑な気持で使っていると、まっさきに気がついたのは、外来の川合看護婦だった。

「先生、素敵なライターを持っているわね。ちょっと見せてください」

三郎が渡すと、川合はいろいろの方角から繁々《しげしげ》と見つめる。

「これ、ダンヒルじゃありませんか。どうしたんですか」

「どうって……」

「プレゼントですか、明子さんから？」

三郎は、ぎくりとした。明子が亜希子と思ったからである。

「まさか……」

「恰好《かっこう》いいわね。高いんでしょう」

川合は火をつけては消し、それを何度もくり返す。

「おい、もうよこせよ」

そのとき運悪く明子が切開ドレーを持って入ってきた。

「ねえ、これ素敵ね、明子さんがプレゼントしたんですか」

明子はライターを見詰めたまま、手にとろうともしない。そのまま黙って去っていく。

「先生、誰からもらったんですか、怪しいぞ」

「友達が外国に行って、買ってきてくれたんだ」

「その友達って、まさか女の人ではないでしょうね」

「そんな人がいるわけはないだろう」

川合看護婦は急に、耳元に口を近づけて、

「駄目よ、明子さんを悲しませては」

正直いって、このところ三郎は明子の存在が少し鬱陶《うっとう》しい。

もちろん、明子は悪い女ではない。よく仕事を手伝ってくれるし、個人的にも面倒をみてくれる。それに亜希子のことも、絵葉書のとき以来なにもいわない。三郎には相変らず親身で誠実である。だが、その誠実であるところが、三郎には少し重苦しい。

亜希子のことでも、いっそ悪口をいったり、怒ってくれたほうがいい。そうすると、すっきりする。だが、じっと耐えていられると、かえって辛《つら》い。

島の女性は、みなこんなふうなのかと思うと、そうでもない。川合看護婦や村瀬看護婦はもっと陽気だし、婦長もはきはきしている。してみると、明子だけが特別控え目なのかもしれない。

だが、控え目だからといって、明子は大人しいわけではない。表面は穏やかだが、芯《しん》は強い。それは一重《ひとえ》の張った目差しにも現れてるが、婦長に意地悪されても、平然と三郎をかばい続けてくれたことでもわかる。

こうと一度決めたら、なかなか変えないのだ。その気性の強さを知っているから、三郎はなんとなく気が重い。一旦《いったん》、怒ったら、なにをしでかすかわからない怖さがある。

三郎が所長に呼ばれたのは、それから三日あとの夕方だった。五時を過ぎて、薬剤師と碁でもやろうかと思っていると、部屋まできてくれという。

話があるとき、所長は大抵、外来か医局でいう。所長室まで呼び出すのは珍しい。

三郎が入っていくと、所長は丁度、薬を服《の》んだところらしい。口のまわりに白い粉がついている。所長はそれを素手で拭《ふ》きとってからいった。

「ちょっとききたいんだが、君は、鈴木君のことをどう思っているのかね」

いきなりきかれて、三郎は面食らった。鈴木とは明子の姓で、所長はいつもそう呼んでいる。

「どうって……」

「まあ、はっきりいって、好きか嫌いか」

「もちろん、嫌いじゃありませんが」

「なるほど」

所長はグラスに残った水を、飲み干してからいった。

「すると、結婚する気はあるのかね」

そう単刀直入にきかれても答えられない。一体、所長はなんの目的で、そんなことをきくのか。

「いまはすぐ答えられん、ということだな。しかし、将来はどうかね」

「…………」

「いやならいやといっても、よろしい。それは君の自由だ」

「嫌いではありませんが、結婚までは……」

「わかった。要するに、する気はないということだな」

「ええ……」

「こういうことをきくのは、私も好きではないが、ワイフにきいてこいといわれてね」

「奥さんが？」

「この前、鈴木君がワイフのところに来て、君が好きだと訴えたらしい。それでワイフも不憫《ふびん》に思ったらしいんだが、君はもてるようだな」

「そんなことはありません」

「いや、男はもてないより、もてるほうがいい。だがもてすぎると、往々にしてくずを摑《つか》む。この私がいい例だ」

三郎は急におかしくなった。

「ワイフを選ぶのは、慎重にするにこしたことはない」

所長はそこで思い出したように、

「ところで、君は鈴木君とやっとるのか」

「えっ？」

「その、男と女のことだ」

三郎は慌《あわ》てて目を伏せた。

「その顔はやってる顔だな。まあ、その若さだから、やるなというのは無理だが、ちょっと面倒だな」

「なにがでしょう」

「島は狭いから、どこに逃げてもすぐ見付かるぞ」

そこで、所長は髭《ひげ》に囲まれた口をあけて笑い出した。

やはり島は狭い。人々は暢《の》んびりしているようでも、互いの行動には敏感である。

所長は、島では簡単には逃げられないぞ、と冗談まじりにいったが、たしかに明子との仲を、いつまでも放っておくわけにいかない。結婚するならする、しないならしないと、はっきりすべきである。

そのあたりのことは、所長に忠告されるまでもなく、三郎はわかっている。いつかいわねばならないとは思っていたが、明子と面と向かうと、いい出せない。

いまさらそんなことをいえば、明子は泣き出すかもしれない。あるいはヒステリーのように騒ぎ出すかもしれない。普段は大人しいけど、几帳面《きちょうめん》で律義《りちぎ》な彼女のことだから、一旦《いったん》怒るとなにをしでかすかわからない。それに三郎自身も、そうまでいうのは不憫《ふびん》なような気もする。

もともと三郎は明子を嫌いではない。凄《すご》く好きというわけではないが、誠実で親切な女性だと思う。頭もいいし、綺麗《きれい》好きである。これまでも本当によくしてくれた。明子のいいところは充分認めているつもりだが、といって結婚するまでの気持はない。

いまここで明子と結婚すると、ずるずると島に居続けることになりそうだ。島は静かで暢んびりしていて悪くはないが、一生ここで埋もれる気はない。

明子と一緒になっても、いずれ東京に戻ればいいのかもしれないが、当分のあいだは一人でいたい。

三郎はまだ二十八歳である。せめて三十までは独身でいたい。いま結婚しては、なにか重荷を背負わされたような気持になる。

これが東京でなら、たいして問題はないのかもしれない。三郎と明子のような関係の男女は沢山いる。互いに合わなくなったら別れ、また別の恋人を探す。

だが島ではそう気軽に恋人を変えるわけにいかない。それに実際変えたくても、若い女性はそういない。島の数少ない女性を、本土からきた男が独占して、しかも結婚するわけでもない。そんな三郎への反撥《はんぱつ》が島の男達にはあるのかもしれない。

たしかに島は平和で穏かだが、それ故の、住みにくさもある。

少し島に長く住みすぎたのかもしれない……。

ふと三郎は思うが、といってどこかへ行く当てもない。

まっ先に浮かぶのは東京だが、戻ったところで、二十八歳の高校を出ただけの男では、いい仕事があるとも思えない。またバーかレストランに勤めることになる程度である。

それならいっそ、ここで医師をやっていたほうがいいかもしれない。三郎の気持は揺れながら、結局、現状維持ということになる。

冬の訪れとともに、海はいっそう荒れてきた。島の北側にある千畳敷では、夏のあいだは百メートル先まで行けたのに、いまは波が荒くて二、三十メートルも行くと危険である。

　波とともに風も強く、定期船はよく揺れる。客のなかには船酔いで、到着とともに診療所へ運ばれてくる患者もいる。ときには船が欠航することもある。そんなとき、島は白い波に囲まれた小舟のようだ。

　診療所は町立だから、年の暮は地方公務員並みに、二十九日がご用納めで、三十日から休みに入る。そのまま三日までは完全休診で、四日から七日までは午前中だけとなる。もっとも休みといっても表向きで、同じ島の人が、急患となれば診ないわけにいかない。都会ならたらい廻しもできるが、ここでは廻《まわ》したくても廻す病院がない。

　これまでは正月休みのあいだ、所長はずっと島にいた。休診とはいえ実質的に当直を兼ねていたともいえるが、今年からは、三郎も患者を診られるので、分けることにした。

　前半、三十と三十一日だけは三郎が診て、一日から七日までは所長が診る。

　結局、三郎は一日から七日まで一週間の休暇をもらうことになった。

　元旦《がんたん》の朝、三郎は島を出て一旦《いったん》、親島まで行き、そこで飛行機を乗り継いで東京へ向かった。羽田で降りて小岩の実家へ着いたのは午後三時を過ぎていた。

　実家には、母と妹がいる。元旦の夜は久し振りに母子三人でお節《せち》料理を食べた。

「お前もそろそろ、お嫁さんをもらわないといけないね」

夕食のあと、母が思い出したようにいった。

「誰か好きな人でもいないのかい」

「別に……」

首を横に振りながら、三郎は明子の顔を思い出す。

「島じゃ、いい女の人もいないだろうしね」

母は五十二歳になるが元気で、毎日近くの製油工場に働きにいっている。ごみごみした下町で働くより、静かな島にきたほうがよさそうなものだが、誘ってもこない。根っからの東京っ子だし、三郎の父親が死んでから働きに出て知人もできたせいか、下町から動こうとしない。

「そんな、鳥も通わぬ島へ行くのはご免ですよ」

母の頭のなかでは、三郎の住んでいる島は、流人《るにん》が住む孤島ぐらいにしか思えないらしい。

「誰でもいいから、早くもらって、東京に帰ってきて頂戴《ちょうだい》」

気の強いことをいっても、母はやはり三郎と一緒に住みたいようである。

「俺《おれ》、まだ当分はいるよ」

「どうして、そんな離れ島がいいのかね」

「向こうで、俺、医者をやってるんだ」

「まさか、お前がお医者さんの仕事をできるわけがないでしょう」

「いや本当さ、所長がよく教えてくれるから、この前なんか、子宮外妊娠の手術もやったんだ」

「恐ろしい。それでその人は助かったの？」

「もちろん、ぴんぴんして外国旅行にも行ってきたんだ」

「お前本気かい。そんなことをやってると、いまに警察に捕《つか》まって牢屋《ろうや》にいれられるよ。頼むからもうそんなことはやめてくれ」

「その、所長さんとかって人も、少しおかしいんじゃない」

妹もあきれて三郎を見る。

「大丈夫なんだ。心配なんかいらないよ」

三郎は笑って答えるが、その理由を説明するのは難しそうである。

正月の二日、三日と、三郎は昔の友達に会って過したが、頭のなかにはいつも亜希子のことがあった。

電話をかけてみようか……、そう思って何度も受話器の前に行くが、いざとなると怖気《おじけ》づいてしまう。電話番号まで教えてくれたのだから、かけてもいいとは思うが、冷い声であしらわれるような気もする。

三日目の夕方、三郎は思いきって電話をかけてみた。もちろん亜希子がいたら必ず出るという部屋のほうの番号である。

耳を受話器につけて待ったが、返事がない。呼出音が五回鳴ったところで、三郎は電話を切った。

正月休みだから、友達と旅行にでもいっているのかもしれない。こんなことなら島を出る前に連絡しておけばよかったと思うが、いまになって後悔しても遅い。

東京へ戻ってきたのは、表向きは母や妹に会い、友達と酒を飲むためだが、本当の目的は、亜希子に会うことだった。その相手がいないとあっては、帰ってきた意味も半減する。

落着かぬまま、その夜、三郎はもう一度電話をかけてみた。十一時を過ぎていたが、一度かけたので、いくらか度胸ができていた。

二度ほど呼出音が鳴ったところで、今度はすぐ女性の声が返ってきた。

「もし、もし」

いないと思ったのに、いきなり相手が出たので三郎は面食らった。

「あのう……田坂亜希子さんですか」

「そうですが、あなたは？」

「ぼく、相川です、あの島の……」

「あら、先生」

亜希子は気がついたらしい。急に華やいだ声になって、

「いま、どこですか」

「東京にきているのです。一日からお袋のところに」

「そうでしたか、ちっとも知らなかったわ、お元気ですか」

三郎は額と掌《てのひら》に汗を滲《にじ》ませながら、呼吸を整える。

「お会いしたいわ、いつまでいらっしゃるのですか」

「七日に帰ります」

「それまで、お暇がありますか」

「ええ、いつでも」

「じゃあ明日の夜でも、一緒にお食事しましょうか」

「はい、お願いします」

こんな返事はおかしいと思いながら、三郎は受話器に向かって頭を下げた。

翌日の夜、約束の六時前に、三郎は六本木の角にある喫茶店へ行った。もちろんそこを指定したのは亜希子である。

先に行っていると、六時丁度に亜希子が現れた。赤いコートに、ワインカラーのブーツをはいて、ウェーブした髪を、コートの肩口まで垂らしている。細身の体と色白の引き締った顔が、赤いコートによく似合う。

素敵な女の子が現れたので、喫茶店の客が一斉に入口のほうを見る。そのなかを亜希子は小さく手を上げて、三郎の前に近づいてくる。

「お待ちになりました？」

「いえ、ちょっとです」

三郎は慌《あわ》てて立上り、背広の前を合わせる。

「その節は本当にお世話になりました」

会ったら、ライターの礼をいおうと思っていたのも忘れて、三郎は最敬礼をする。

「お腹《なか》空いていませんか。よかったら出ましょうか」

いわれるままに、三郎は亜希子のあとに従う。

喫茶店を出て、三郎が案内されたのは、六本木の表通りに面したビルの地下にあるレストランだった。亜希子はこの店によく来るらしい。入るとすぐボーイが、「お待ちしていました」と、コートを脱がせ、奥の席に案内する。

店はステーキが専門らしく、鉄板が敷かれたスタンドが三つある。その中程の席に、三郎は亜希子と並んで坐《すわ》った。全体が茶に統一されて品がよく、その分だけ値段も高そうである。

「なになさいますか」

亜希子がメニューを見ながらきく。三郎はこういう高級なところには、出入りしたことがないのでよくわからない。

「一応、ヒレが美味《おい》しいかと思いますが、海老《えび》やあわびもあります」

「じゃあ、そのヒレを」

「先生、ワインは？」

「なんでも……」

「メドックの赤でよろしいですか」

亜希子はすぐボーイを呼んで注文する。

三郎は普通の背広にネクタイだが、亜希子はコートの下は、白いシルクのワンピースを着て、胸に金のネックレスをしている。衣裳《いしょう》からはとても女子大生とは思えない。

「ライター送ってもらって、ありがとうございました」

三郎は改めて礼をいい、ポケットから取り出してみせた。

「先生は、患者さんからいろいろなものをいただくから、多分お持ちでしょうけど……」

「いえ、こんな立派なのをもらったのは初めてです」

ワインが注《つ》がれて、二人はグラスを持つ。

「それじゃ、再会を祝して、ということにしましょうか」

亜希子に見詰められて、三郎は耳朶《みみたぶ》まで赤くなる。

「乾盃《かんぱい》」

カチンと音がして、三郎はそっと飲みこむ。

「あれから、四ヵ月ぶりかしら」

「ええ」

「先生は相変らず、お忙しいのでしょう」

ようやく会えた嬉《うれ》しさと、馴《な》れぬところに来た緊張感とで、三郎はうなずくだけである。

「久し振りに東京へお帰りになると、お友達に会うので、お忙しいのでしょう」

「いえ、そんなこともありません」

「大学の先生方にもお会いになりますか」

「ええ、まあ……」

先生とか、大学という言葉がでてくる度に三郎は身が縮むが、亜希子はさらに続ける。

「先生は、まだずっとあの島にいらっしゃるのですか」

「まあ、当分は……」

「わたし、この前、先生のことを医学部にいっている従兄弟《いとこ》にいったんです。若いのに東京から十時間も離れた島にいて、僻地の医療に努めていらっしゃる。このごろは若いお医者さんもみな、都会にばかりいたがるでしょう。わたし東京へ戻ってみて、改めて、先生は立派な方だと思ったのです」

「そんなこと、ありません」

「でも、わたしに勝手なことをいわせていただくと、やはり、先生にはこちらの大学のほうへ帰ってきていただきたいわ。だってそうすると、もっと会えるでしょう」

「………」

なんと答えていいかわからず、三郎はただ目を伏せている。

ステーキを食べ、ワインを飲んで六本木の店を出たのは八時だった。三郎が会計を払おうとしたが、亜希子は「いいのよ」といって、クレジット・カードをレジに差し出した。

「今日はわたしがお誘いしたのですから」

亜希子がいうので、三郎は財布をひっこめた。どれくらいの値段だったのか、かなり高かったことはたしかである。

正月の四日だが、表通りはネオンが輝き、人が溢《あふ》れている。三が日を休んで、今日から働き出した人も多いらしい。

「少し、飲みに行きましょうか」

三郎が誘うと亜希子は簡単にうなずいた。

「このあたりはあまり知らないのです。新宿なら昔、飲んだことがあるのですが」

そこまでいって、三郎は慌《あわ》てて口を噤《つぐ》んだ。

島へ行く前、三郎は一時、渋谷と新宿でバーテンをやっていたことがある。新宿も歌舞伎町界隈《かぶきちょうかいわい》のバーやスナックなら何軒か知っているが、そこに亜希子を連れていったのでは、前歴がわかってしまう。

「学生のころですか」

「ええ、ちょっとですが……でも、もうずいぶん行ってないので」

「わたし、新宿はなんとなくごみごみした感じで、あまり好きじゃないんです」

たしかに亜希子には新宿の泥くささは似合わないかもしれない。やはり原宿か六本木といった感じである。

「僕はどこでもかまいませんよ」

「じゃあ、ちょっと変ったところへ行きましょうか、この近くですから」

亜希子は先になって、交差点のほうへ歩き出す。

正月で和服の人も多い。明治神宮にでも行ってきたのか、破魔矢《はまや》や達磨《だるま》を持っている人達もいる。

行き交う人はみな、亜希子を見ていく。都会の真中でも亜希子の美貌《びぼう》とスタイルは目立つらしい。三郎はなにか自分がひどく見劣りするような気がしてくる。紺の背広にベージュのコートで、サラリーマンとしてはごく普通だが、亜希子と並ぶと野暮ったいに違いない。

六本木の交差点を渡り、飯倉《いいくら》の方へ百メートルほど行ったところに白いビルがある。その地下の一階が亜希子の案内した店だった。さほど大きくないが、紫の絨緞《じゅうたん》が敷き詰められ、壁とテーブルが大理石になっている。照明も全体に青く、なにか怪しげな雰囲気である。

「ポアゾン・パールというの、フランス語で、〝蒼《あお》い毒〟というのでしょう」

三郎は英語は少し勉強したが、フランス語は全然わからない。ドイツ語も、医学書に出てくる単語を慌《あわ》てて覚えた程度である。

店はまだ開いたばかりなのか、奥に女同士の客が一組いるだけである。二人がボックスに坐《すわ》るとすぐ、肩に触れるほどの長いイヤリングをつけた長身の女性がお絞りを持ってきた。

「なににしますか」

「わたしはレミイのブランディね」

亜希子がいうのを待って、三郎はビールを頼む。

女性が去ると、今度はがっしりした体に似合わず、厚化粧をしてラメ入りのイブニングを着た女性が現れた。

「あら、アキチャマいらっしゃい。明けましてお目出度うございます。今年もよろしくお願いします」

亜希子は立上って女性と握手をしながら、三郎を紹介する。

「ママ、こちらお医者さまで相川先生。島でわたしの命を救ってくれた方」

「お医者さまなの、まあかわゆい」

ママはそういうと、いきなり三郎の額に接吻《せっぷん》をした。

「ねえ先生、今度から一人できて」

「ママ、この先生は駄目なの」

「なにいってんのよ。ねえ先生、アキチャマなんかより、わたしのほうがずっといいんだから。誘惑して……」

「ママ、今日はちょっと二人だけにしておいて」

「はいはい、でもまたすぐ邪魔しにきますからね」

ママはそういうと、大袈裟《おおげさ》なウインクをして去っていった。

「ホモでしょう」

「やっぱり、わかった？」

亜希子は笑いながらうなずくと、

「ここはみんなそうなの、初めは少し気持悪かったけど、あの人達って、とてもさっぱりしてるのよ。それに気が利くし、女の子にべたべたしないから気が楽なの、でもあのママ、先生に気があるみたいだわ」

「僕はそちらの趣味はありませんから。こいったってきませんよ」

バーテンをしているころも、三郎はその種の男性（？）と何人か会っているが、関心はなかった。

「ここは芸能人やファッション関係の人がよく来るの。混むのは十二時過ぎからで、いまはまだ開いたばかりなの」

たしかに六本木や赤坂が賑《にぎ》わうのは、深夜の一時、二時である。そのころまで亜希子は飲んでいるのだろうか。三郎にとっては、そちらのほうが気になる。

「ここにはよくくるのですか」

「たまによ。一度パパを連れてきたら、十分で逃げだしたわ」

青い光りの下で、ブランディ・グラスを持った亜希子の細《ほ》っそりした指が艶《なま》めかしい。

「先生、明日でも、家に遊びに来ませんか」

「家って……」

「もちろんわたしの家。病院でもいいんですけど、パパもお会いしたいって、いってたから」

「今夜僕と会うこと、お父さんにいったのですか？」

「そうよ、この前のお礼もいいたいし、それにパパは先生をとても気にいってるらしいの。いまどき島で働くなんて珍しい青年だ、って感心してたわ。本当に明日いかがですか」

できることなら、亜希子と一緒に病院に行き、彼女の父親にも会いたいが、医師でないことがばれるのを思うと、怖くて行けない。

「明日は、ちょっと……」

「じゃあ、明後日は？」

「それも……」

「折角いらしたのに、一時間くらい、お時間とれませんか」

「済みません」

「お忙しいんですね」

　正直いって、明日はとくに予定はない。久し振りに母を連れて、熱海あたりへ行こうかとも思っていたが、それも決っているわけではない。

「今度はいつ、東京に来られるのですか」

「春か、夏になるかもしれません」

「わたしのほうから、島に行ってもいいかしら」

「もちろん、いつでも来て下さい。歓迎します」

　島でなら、ボロを出さずに済むから三郎としては気が楽である。

「でも、島に行くなら、やはり夏がいいでしょう」

「そんなことはありません。夏は人が多くてかえってよくないんです。二月か三月になればもう暖かいから、いいですよ」

「じゃあ、すぐじゃありませんか、卒論ができたら行こうかしら」

「ぜひ、待っています」

　一瞬、三郎の頭のなかを、明子の顔が横切ったが、いまは忘れることにする。

　一時間ほど経って、客が三組入ってきて店は賑《にぎ》やかになった。向かい側のボックスにいる二人連れは、寄りそい、女性のほうから唇をつき出したりしている。初めの緊張が解けて、三郎は少し酔ってきた。亜希子もかなりいける口らしい。いまは四杯目のブランディを飲んでいる。

「先生、先生は患者さんを好きになったことがありますか」

「………………」

「お医者さんって、患者さんを好きになることはないというけど、本当でしょうか」

「そんなことはないと思いますが」

「うわあ嬉《うれ》しい」

亜希子は手を拍《たた》くと、突然、三郎のほうに向きなおっていった。

「先生、傷痕《きずあと》を見たいと思いませんか」

「傷痕？」

「先生が切った傷よ」

三郎が黙っていると、亜希子はまっすぐ三郎を見たままいった。

「先生が見たければ、お見せしてもいいわ」

二人が店を出たのは、それから三十分あとだった。そろそろ十時に近いが、街の人波は一向に減っていない。

「ねえ、どこかに連れてってえ」

亜希子は酔っているらしく、足元が少しふらつく。レストランでワインを飲み、いまブランディと混ぜたせいかもしれない。

「どこがいいですか？」

「どこでもいいから、少し休みたいの」

女性がそういう以上、ホテルに連れていってもいいのかもしれないが、亜希子ははたして本気なのだろうか。たして本気なのだろうか。良家の子女を、そんなところに連れていっていいのだろうか。

「早くう、なにをぐずぐずしているの」

再び促されて三郎は決心がついた。歩道から体をのり出してタクシーを止める。自分から先に乗り込んで、素早《すばや》く運転手にいう。

「どこかホテルにやって下さい」

運転手は二人の様子からすぐ察したらしい。

「千駄ケ谷でいいですか」

「どこでも……」

車は六本木の交差点を抜け、乃木坂のほうへ向って走り出した。亜希子は行先をきこうともしない。

本当にホテルへ連れていってもいいのだろうか。入口で怒り出して、帰ったりしないだろうか。もちろん、三郎は亜希子を欲しい。こんな現代的で垢抜けた女性と一緒にベッドインできたら最高だと思う。

だが、今日会ってすぐ、こんなチャンスに巡り会えるとは思っていなかった。半年か一年か、何年経《た》つかわからないが、いつか接吻《せっぷん》だけでも出来ればいいと思っていた。それがこのまま手に入るとしたら、あまり話がうますぎる。嘘《うそ》ではないか、と頰《ほお》を叩《たた》いてみたくなる。

だがたしかに、亜希子はいま自分の横にいる。軽く上体をよじり、頭をこちらの肩口に当てている。完全に信頼しきっている感じである。

相手は医者だからいいと思っているのだろうか。かつて全裸で手術台に上り、お腹の奥まで見られた相手だから、気を許しているのか。しかし、今日会ってすぐというのは、いかにも早すぎる。女性はもう少し抵抗したり、もったいぶるものではないのか。

もしかして、亜希子はいつも、こんなふうに他の男とも遊び歩いているのではないか……

大体、大学生で妊娠していたというのからして普通ではない。たしかに亜希子ならもてるだろうが、生活も派手だ。六本木のレストランにしても、ホモのバーにしても、大学生のお小遣いで行けるところではない。美人であることと金にあかせて、学生のころから大変なプレイ・ガールだったのかもしれない。

いまも、そのプレイの一つのつもりだろうか……

だがそれにしても、「傷を見せる」というのはどういう意味だろうか。

三郎は、体を許すことの意思表示かと思ったが、単に、手術をしてもらった医師に、傷痕《きずあと》を見せるというだけの意味かもしれない。とすると、大分思惑《おもわく》と違ってくる。

しかしともかく、美しい亜希子の肌を見られるのは悪いことではない。

三郎はまたそっと横をうかがう。亜希子は相変らず、三郎の肩に頭をつけたまま眼を閉じている。

やがて車は千駄ケ谷の閑静な住宅街に入る。その先の「ホテル流水」というネオンのついているところで、車は止った。

「さあ、降りよう」

三郎がいうと、亜希子はゆっくりと上体を起した。三郎は軽く亜希子の手を引いて車を降りる。

「ここ、どこ?」

「僕もよくわからないんだけど、疲れたでしょう」

亜希子は答えず、三郎に寄り添ってきた。

「寒い……」

そのまま亜希子の肩を抱いて門を入ると、小さな植込みがある。その先の入口に立つとドアが自然に開いた。

待っていたようになかから女中が出てくる。

「離れがいいですか、それとも本館が？」

「落ちついたところを……」

女中は心得顔で、素早く庭石伝いに本館の離れに案内する。

上り口に控えの間があり、その奥に八畳ほどの和室がある。ベッド・ルームはその先らしい。前から暖房が入れてあったのか、部屋は暖かい。

「お風呂《ふろ》を用意しておきましょうか」

「いや、結構です」

「それでは、ごゆっくり」

女中が去っていく。二人きりになって、三郎は空咳《からぜき》をしてから改めて坐《すわ》り直した。

「ここで、少し休みましょうか」

「変な先生」

亜希子はそういうと、急にげらげら笑いだした。

三郎は戸惑っていた。ラブ・ホテルの一室で、男と女が向かい合っている。ホテルに入るときから、女は抗《あらが》おうとはしなかった。それどころか楽しそうに笑っている。普通なら、ここでどちらからともなく近づき、ベッドへ行く、という段取りになるはずである。

だが、テーブルをはさんだまま、三郎はかしこまっている。一刻も早く抱きしめ、ベッドに誘いたいと思いながら手が出ない。

亜希子ほどの女性が、本当に許してくれるものか。相手が美しく、いい家の娘であることが、かえって行動を鈍らせる。

それに亜希子はこういうところへ、き慣れているような気もする。

亜希子と付き合っている男なら、金持の御曹司《おんぞうし》か、外車をのりまわしているようなプレイ・ボーイか。その男達に、はたして太刀打ちできるのか。そんなことを考えると、ますますぎごちなくなる。

とくに二人のあいだにあるテーブルが邪魔《じゃま》である。近付くためには、わざわざ立上って横までいかなければならない。その瞬間に二人のあいだはしらけそうである。

目の前に美女がいるのに手を出せない。渇ききっている面前に水があるのに飲めない。少し大袈裟《おおげさ》だが、「タンタロスの苦しみ」に似ているところもある。

だが、その間《ま》の悪さを救ってくれたのは亜希子のほうだった。

「ねえ、ビールはないかしら」

そういうと、亜希子は横座りに膝《ひざ》を崩した。三郎はすぐ立上って冷蔵庫からビールをとり出し、グラスに注《つ》ぎかけた。

「待って、そのグラス、よく洗って」

三郎は一旦《いったん》廊下へ出て、バス・ルームへ通じる手前の蛇口《じゃぐち》でグラスを洗った。

「拭《ふ》くのがないのですけど」

「水で洗えばいいわよ」

三郎は水を通したグラスに、改めてビールを注ぐ。亜希子はテーブルに片肘《かたひじ》をもたせたままそれを受けとる。なにやら、女王様に仕える下僕《げぼく》のようである。

もともと亜希子には、男を顎《あご》でつかうようなところがあるのかもしれない。女に命令されるのは、あまり気持のいいものではないが、この場合は別である。亜希子になら、仕方がないような気もする。

「ああ、美味《おい》しいわ」

喉《のど》が渇いていたのか、亜希子は一気に飲み干した。

「ちょっと、煙草喫《す》っていい？」

「ええ、かまいません」

三郎がセブンスターを渡そうとすると、亜希子は自分のハンド・バッグから外国煙草をとり出した。青く、細長いケースで、パーラメントと書いてある。

「ライター」

三郎はすぐ、亜希子からもらったライターで火をつけてやる。

「パパとママには内緒だけど、一日十本くらい喫《の》むの」

酔いで少し気怠《けだる》げに煙を吐く。煙草を持った赤いマニキュアの爪《つめ》が美しい。

「煙草喫《す》う女性、嫌い？」

「いいえ、そんなことありません」

正直なところ、三郎はあまり好きではない。とくに若い女性が喫うのは感心しないが、亜希子は例外である。こんなに美しく喫うのなら、見ていて楽しい。

「どうして、そんなに見るの？」

「いいえ、ただ……」

三郎は慌《あわ》てて視線をそらす。

三分の一ほど喫ったところで亜希子は灰皿に揉《も》み消した。

「酔っちまったわ」

肩口にかかった髪をかき上げると、そのままテーブルの上に突っ伏した。三郎は慌《あわ》ててテーブルのグラスと灰皿を除《よ》けた。

「こんなところで、寝ちゃいけませんよ」

「大丈夫……」

三郎はそっと寝室とのあいだの襖《ふすま》を開けてみた。八畳ほどの和室を占領するように、ダブルの大きな布団が敷かれ、枕元《まくらもと》に赤い笠《かさ》の電気スタンドがおかれている。

「向こうで休んだほうがいいですよ」

「じゃあ、連れてって」

亜希子はまったく無防備である。テーブルに突っ伏したまま動こうとしない。

「いいんですか」

「早くう……」

三郎はそろそろと亜希子の背に手をまわした。首のあたりに、やわらかい香水の匂《にお》いがする。

「立って下さい」

腕を腋《わき》の下に入れても、亜希子は立上る気配はない。三郎は思いきって、片手を亜希子の膝《ひざ》の下に入れると持上げた。

「駄目よ……」言葉ではいうが、亜希子は抵抗しない。抱かれたまま、酔いつぶれたように目を閉じている。

そのまま布団へ運ぶと、三郎は上から唇をおおった。

亜希子はいやいやをするように、二、三度首を振ったが、すぐ素直に接吻《せっぷん》を受けた。

憧《あこが》れていた人といよいよ一緒になれる。その喜びで三郎の膝《ひざ》が小刻《こきざ》みに揺れる。

ワンピースのボタンをはずし、胸元を開く。胸のふくらみに触れようとしたとき、亜希子がいった。

「無茶しないで、脱ぎますから」

意外に亜希子の声は落着いている。勢いを殺《そ》がれて三郎が手を引くと、亜希子は自分からワンピースを脱ぎ、二つに折り畳むと布団の横においた。三郎も慌《あわ》ててワイシャツとズボンを脱ぐ。

布団のなかで亜希子はブラジャーと小さなパンティをつけているだけである。もうここまできたら簡単である。あとはがむしゃらにすすむだけだ。

体は細いが、亜希子の胸はよく発達している。それも丸く、よく引締っている。

亜希子はほとんど抵抗しなかった。三郎の手がパンティにかかったときだけ、二、三度身をよじったが、かまわず引くとすぐ脱げた。

もはや亜希子の体をおおっているものはなにもない。三郎の指先にやわらかい茂みが触れる。

三郎はもう一度強く抱きしめ、それから上になると、亜希子の体のなかにうずめようとした。

瞬間、三郎の脳裏に四ヵ月前の手術のことが甦《よみがえ》った。

こんな乱暴なことをしていいのだろうか……

そう思うと急に、血の海と、そこから摘《と》り出した胎児、がんじがらめに縛りつけた子宮などが、連続写真のように脳裏を横切った。あの子宮はどうなったろうか。このやわらかい肌の下に、あの子宮がうずくまっている。いま体をうずめようとしている先にあの子宮が待っている。そこまで考えたとき、三郎は急に萎《な》えていく自分を感じた。

どうしたことか、いままであれほど猛々《たけだけ》しかったものが、たちまち精気を失って小さくなっている。折角《せっかく》の機会を、と思うが、一度勢いを失ったものはもはや恢復《かいふく》しそうもない。自分で触れてみても、信じられないほど、やわらかくなっている。

三郎は前に一度、これに似た経験をしたことがあった。そのときは童貞ではなかったが、初めてお金を払って、女性の体に触れたときだった。

その寸前まで勢いがよかったのが、「さあ、いいわよ」と女性にいわれた瞬間、駄目になった。寸前になって萎えてしまった。

その理由はあとで考えると、まったく精神的なことだった。気張りすぎ、自意識過剰が、失敗を招いたらしい。

「あなた、まだ若いのね、またいらっしゃい」女はそういって笑った。

彼女にとっては、ただのお笑いにすぎなかったかもしれないが、三郎にとっては屈辱だった。男としての存在を否定されたようなものである。

しかし、それは不能というより、性を覚えはじめたころの稚《おさ》なさに過ぎなかったようである。事実、それ以後、そうした経験は二度としていない。明子とのときも順調であった。

それがいまになって、なぜ突然駄目になったのか。

あれほど憧《あこが》れてきた女性と一緒になれるというのに。いまさら若さの焦りや、稚なさでもないだろう。そんなものは、とうに卒業しているはずだ。

亜希子の過去の男達に負けまいとしたからともいえるが、それはさして大きなことではない。相手の男性を知っているわけでもないし、初めから気にかけてなぞいなかった。

やはり、原因は手術のときに見た子宮である。血の海のなかで、子宮をがんじがらめに縛りつけた、あの子宮のなかに自分が入っていく。そう思った途端、急に欲望が去った。

それは体の反応でありながら、もとは頭であったと思われる。三郎の頭のなかに残っていた手術への悔いや、怖れ、血まみれの子宮のなまなましさなどが重なり合い、一気に三郎の興奮を圧《お》し潰《つぶ》したのかもしれない。

「どうしたの？」

亜希子が仰《あおむ》向けに目を閉じたままきく。

「いや……」

三郎は首を振り、それからゆっくりと亜希子から離れた。

「もう、終ったの」

「……………」

どう答えたらいいのか、若くて早く終ったとは思われたくない。といって、子宮のことが頭に浮んだともいえない。焦りながら三郎は布団のなかで頭を下げた。

「済みません」

「ううん、わたしはいいのよ」

亜希子はそういうと、三郎に足をからませていった。

「わたしは、先生を好きだから……」

三郎は亜希子を抱きしめていた。折角《せっかく》の機会を逸《いっ》して、しらけた気持だったが、といって不快なわけでもない。

行為こそうまくいかなかったが、三郎は亜希子の優しさがよくわかった。我儘《わがまま》なようで親切なところもある。大胆なようで、細心なところもある。やっぱり今日会ってよかったと思う。

「これから、先生を三郎さんと呼んでいい？」

体を触れ合ったまま亜希子がきいた。

「もちろん、そう呼んでもらったほうが嬉《うれ》しいです」

「三郎、と呼び捨てにしてもいいかしら。わたし、好きな男性を呼び捨てにしたくなる癖があるの」

「かまいませんよ」

三郎が答えると、亜希子は悪戯《いたずら》っぽい目で、

「三郎、じゃあわたしの傷痕《きずあと》を見て」

「いまですか」

「明りをつけてもいいわ」

亜希子はそういうと、改めてブラジャーとパンティをつけた。

「さっき、触ったでしょう」

求める前に亜希子の下腹に触れたが、そのときは興奮していて、よくわからなかった。

「羞《は》ずかしいけど、三郎は全部知ってるから仕方がないわ」

天井の明りがついたところで、亜希子は布団の上に仰向けになった。白いお腹に一筋、二十センチ近い傷痕《きずあと》が走っている。だがその傷痕は赤く盛り上り、波打っている。

「汚いでしょう」

「ええ……」

手術以来、初めて見る傷痕である。

あのときは皮膚の傷など、どうやって縫ったか思い出せない。実際、あのときは生きるか死ぬかで、皮膚の傷痕まで考える余裕などなかった。

「これじゃ、とても水着なんか着れないでしょう」

「済みません。僕の縫い方が悪かったものですから」

「ううん、あなたを責めてるんじゃないの。パパは少しケロイド体質なのだろうっていってたわ。軟膏《なんこう》を塗ったけど、あまりよくならないんです」

「そこだけ、もう一度切って縫いなおせば、もっときれいになると思いますが……」

「パパもそういうの。でも、パパにしてもらうのはいやなの」

「どうしてですか」

「だって、親が娘の手術をするなんておかしいでしょう。されるほうだっていやよ」

「じゃあ、他の先生にでも……」

「わたしはあなたにしていただきたいの、して下さる？」

「でも、僕は……」

「いいの、わたしはあなたを信用しているから。パパもそのことは納得しているし。いいでしょう」

「しかし……」

亜希子は傷痕《きずあと》に触れながら、さらに続ける。

「でも、これはあなたにつけられた傷だから、とるのは少し惜しいような気もしているの」

明るい光りの下で、白い裸体が陶器のように輝いている。下腹部の赤い傷痕を見せたまま、亜希子は目を閉じ、微動だにしない。それを見るうちに、三郎は再び身内に自信が甦《よみがえ》ってくるのを覚えた。

初めは、手術場で見た子宮のイメージが、三郎を萎《な》えさせたが、いまはむしろ、それに近づいてみたい欲望さえ感じる。

三郎は再びベッドに横たわり、ゆっくりと亜希子に接吻《せっぷん》をした。

もう初めのような、過度な緊張や不安はない。

亜希子も素直に接吻を受ける。

そのままちらちらと唇を触れ合う。いまはそんな余裕もできていた。

接吻をくり返し、自分の男性が完全に元気を取り戻したのを確認して、三郎は亜希子の上におおいかぶさった。

再び三郎の脳裏に血の海で見た子宮が甦る。だが、いまの三郎はむしろ、その血の海に積極的に入りこみたいと思う。

初めと違って、三郎は少しサディスティックになっていた。子宮が壊れるなら壊れてもいい。いまはただすすむだけだ。力が漲《みなぎ》っている一瞬を惜しむように、三郎は一気に入り込んだ。

瞬間、亜希子の表情が引きつった。それを見て、三郎はさらにつきすすむ。

すべてがしっかりと亜希子のなかにうずめられたことを自覚して、三郎はようやく安堵《あんど》した。

もう大丈夫だ、そう思うと、さらに逞《たくま》しさを増す。初めは眉《まゆ》を顰《ひそ》めていた亜希子も、やがて和《なご》み、途中からは自分のほうから肩に手をまわしてきた。

すでに、三郎の頭には、傷痕《きずあと》も子宮もなかった。たとえそんなものが浮んだところで、吹きとばしてしまう。いまはひたすら、細くしなる亜希子の体に没頭していく。

激しい動きをくり返し、果てたあと、三郎は軽く突っ伏していた。

こんなに激しく興奮したことはなかった。明子のときとは違う感動と戦慄《せんりつ》が、躯《からだ》をとおり抜けたようである。

「すごいわね」

亜希子がそっとささやく。

「済みません」

「うん、いいのよ」

三郎はいささかくたびれているのに、亜希子はむしろ生き生きとしている。

「先生、素敵だわ」

亜希子は改めて、相手を確認するように三郎を見た。

もちろん亜希子は処女ではなかった。妊娠していたのだから、処女であるわけがない。何人かの男性と経験があるのもたしかだろう。

だが、いまはそんなことはどうでもよかった。それ以上に、亜希子の体は魅力的だった。プレイ・ガールは冷感症が多いときいていたが、亜希子はそんなことはなかった。それどころか、その大胆さも、燃え方も、とても女子大生とは思えない。

さらに驚くことは、あれだけ燃えたのに、けろりとして、すぐ別の話を始めることである。

「ねえ、さっきの手術のこと、本当に頼んだわよ」

抱かれる前に話した傷痕《きずあと》のことを忘れていない。

「本当に、僕でいいんですか」

「何日、入院したらいいかしら」

「糸を抜くまで、一週間くらいかかりますけど。半月ぐらい暢《の》んびりしていたほうがいいですよ」

「ちょっと、シャワーを浴びてくるわ」

亜希子はそこで、急に思い出したように、

「今日、わたし本当は危なかったのよ、妊娠したらどうしますか？」

「………」

「でも大丈夫よね、先生は堕《おろ》すこともお上手だから」

亜希子は悪戯《いたずら》っぽい笑いを残して、バス・ルームへいった。


三郎の休暇は七日までである。八日から診療所へ出るとして、七日の夜の船で発《た》ったのでは、午前中少し遅れてしまう。その程度のことは、所長に頼めばなんとかなるが、肝腎《かんじん》の船が出るかどうかわからない。

冬のあいだは時化《しけ》て、よく欠航することがある。それを考えると、やはり七日の朝の飛行機で発つのが無難かもしれない。

ともかく出発まで、あと二日間しかない。

一度会っただけで、体のつながりまでできてしまったのは、予期しない収穫だったが、それだけにこのまま帰るのでは不安な気がする。

亜希子はたしかに体まで許し、素敵だともいってくれたが、別れるとすぐ忘れて、他の男性と遊び歩くのではないか。亜希子には、そうした男に心配させるところがあえる。まったく厄介《やっかい》な女性だが、その摑《つか》み難《にく》いところが、また男心を魅きつけるともいる。

できることならもう一度会っておきたい。

だが、初めに、三郎は五日と六日は用事があるので会えないといってしまった。それは、亜希子に、家に遊びにくるように誘われて、断る口実に、ついいってしまったのである。本当は、行きたかったのだが、亜希子の両親に会わされると、偽医者《にせ》であることがばれそうな気がした。それが怖くて、行く気になれなかった。

だが、亜希子と二人だけなら何度でも会いたい。

翌日の午後、三郎は再び亜希子のところへ電話をしてみた。もし本人が出たら、昨日は用事があるといったが、急に暇になった、とでもいうつもりであった。

しかし亜希子の部屋は電話のベルが鳴るだけで、出る気配はない。

いないとなると、さらに気になる。夕方から夜へかけて、一時間おきくらいにかけてみたがやはり摑《つか》まらない。最後にかけたのは夜中の二時だったが、やはり返事はない。

翌日もかけてみたが、相変らず出ない。その日夜の十二時に、これが最後だと思ってかけると、一度で亜希子が出た。

「昨日から、ずっとかけていたんです」

「だって先生は、昨日と今日はお忙しいと仰言《おっしゃ》ってたでしょう。だから、お友達のところへ泊りがけで遊びにいっていたのよ。暇だといってくれれば、お会いできたのに」

そういわれると文句のいいようがない。

「友達の家って、どこですか」

「葉山よ、そこにお友達の別荘があるの」

「ぼく明日、帰ります」

「何時ですか？」

「十時の飛行機です」

「わたし、いま免停で、明日九時から講習に行かなければならないの、残念だわ」

「もし、夜にでも会えるのなら、遅らせてもいいんですが。船にすれば、十時くらいまで時間があります」

「でも、明日の夜はお友達の誕生パーティがあって駄目なの」

こんなとき、明子なら、どんな無理をしてでも会いにくるように思うが、亜希子は違うらしい。

「じゃあ、これで会えませんね」

「そうね、お元気で」

口惜《くや》しくなるほど、亜希子はさっぱりしている。声だけきいていると、これがあの夜、一緒に過した女性かと、疑わしくさえなる。

「お腹の傷は、本当に島で手術するのですね」

「ええ、お願いします。いつがいいですか」

「もちろん、早いにこしたことはありませんよ」

「でも、これからは卒論があるし、そのあと卒業のお祝いなどあるから、五月ころになってしまうかもしれないわ」

「そんなあとですか」

「夏の海水着を着るときまでに間に合えばいいわ」

この前の夜は、明日にでも、してもらいたいような素振《そぶ》りだったが、また気が変ったのか。

「あまり、遅れると、やりにくくなりますからね」

こうなっては、そうでもいって脅《おど》かすより仕方がない。

翌日、三郎は予定どおり、十時に羽田から飛行機に乗った。それで一旦《いったん》、親島まで行き、そこから定期船に乗って、島へ着くのは夕方になる。

風は冷たかったが、空は快晴で、船も順調だった。

こんなことなら、今夜の船便でもよかったかもしれない。機上でも、船のなかでも、三郎は亜希子のことを考え続けた。

正直なところ、最後にもう一度、亜希子に会えなかったことは残念である。

いまのままでは、亜希子がはっきり自分のものになったという実感がない。半ば掌中《しょうちゅう》にとらえたようで、半分はまだ外にいる。なまじっか、体をたしかめ合ったばかりに、かえって落着かない。

それにしても、女の体というのは不思議である。あのとき、子宮も卵管もわからず、滅茶苦茶《めちゃくちゃ》縫ったのに、その後まったく異常はないという。それどころか、妊娠するかもしれない、とまでいった。

あれは本当だろうか……。

妊娠するとなれば、まず排卵があり、生理も順調でなければならない。だが、あの子宮が、そんな元の形に恢復《かいふく》したとは思えない。それに、卵管だって切れたはずだ。とにかく、子宮はあって、なきがごときものだった。

それを「妊娠するかもしれない」とは、どういうことなのか。

さすがに、生理の有無《うむ》まできく勇気はなかったが、本当にあるのだろうか。例によって、あれは亜希子一流の冗談ではないか。

子宮はもう役に立たないときかされて、逆にあんなことをいったのではないか。それとも、術者である三郎を心配させないために、あんないい方をしたのかもしれない。

しかし、亜希子が、そんなことにまで気を配る女性とも思えない。

もし本当に、あの子宮が再び妊娠可能になったのだとしたら、女の体はずいぶん生命力があるというか、逞《たくま》しい。

三郎はふと、自分の精子が、亜希子の子宮のなかで大きくなる姿を想像した。それは不思議さをとおりこして、無気味でさえある。

まさか、そんなことは絶対ない。

だが、子宮はともかく、セックスそのものも、亜希子は奔放だった。初めこそ控え目であったが、途中からはむしろ彼女のほうが積極的だった。

手術をしたところは子宮で、行為に直接関係ないとはいえ、途中では三郎のほうが不安になった。

だが、亜希子は痛みを感じた様子もない。傷痕《きずあと》はともかく、お腹のなかは完全に治っている。それは三郎自身が体験して知ったのだから間違いない。

それにしても、彼女は本当に俺《おれ》を好きなのか……。

体まで許してくれたのだから、嫌いではないと思うが、いま一つ、はっきりしない。

あんな簡単に体を許してくれた彼女の本心はなんなのか。いろいろ考えるうちにまた、亜希子の白い体が甦《よみがえ》る。彼女の体は細いが、引締ってしなやかだった。できることならいま一度、抱き締めたかった。

もしかして、あれで最後になるのではないか。そんなことを、とりとめもなく考えているうちに島に着いた。

冬の五時で、船着場のあたりは、すでに夕暮である。

さすがに南の島だけあって、一月だというのにコートはいらない。背広だけで桟橋に降りると、係員が声をかけた。

「先生、お帰りなさい」

続いて改札係りや売店の人達まで声をかけてくれる。みな顔馴染《なじ》みである。

やはり島はいい。三郎がほっとして荷物を受けとっていると、係りの男がいった。

「先生、所長さんが病気なので、急いで帰ってきたの？」

「所長が病気？」

「知らないんですか。所長さん、昨日《きのう》か一昨日《おととい》、倒れたってきいたけどな」

「本当か？」

「酒飲んだあと、眩暈《めまい》したってきいたけど。そうだなあ」

荷物係りの男がたしかめると、横で荷物を受けとっていた男もうなずいた。

「なんか、軽い脳溢血《のういっけつ》だってきいたけど……」

三郎はすぐ桟橋の前にある公衆電話にかけつけた。

所長の家には、老夫婦と三十前後の娘が一人いる。一度結婚したが別れて、一年前から実家に戻ってきている。電話にでたのは、その娘のほうだった。

「昨日の夜、テレビを見ていて急に気分が悪いといって、そのまま倒れたのです。五、六時間で意識は戻ったのですが、安静にしていたほうがいいというので、今日は休みました」

所長が診療所を休んだのはまだ一日のようだが、狭い島なので、噂《うわさ》がたちまち拡《ひろ》がったらしい。

「これからすぐ、見舞に行きます」

所長の家は、診療所のある高台の端にある。三郎の下宿は途中の通り道なので、一《いっ》旦《たん》部屋に荷物をおき、お土産のバウム・クーヘンだけを持って所長の家へ行った。

所長は奥の和室の八畳で寝ていた。大きな布団に仰向けになり、気のせいか急に白髪が増えたようである。枕元《まくらもと》には、体温計、湯呑《ゆの》み、タオルなどが並べられている。

「帰ってきたか……」

所長は目だけ三郎のほうに向けてうなずいた。

「いま、船を下りてきいて、急いで……」

「ついに、俺《おれ》も駄目になったよ」

「そんなことありませんよ、所長」

「いい加減なことはいうな」

三郎は慌《あわ》てて口を噤《つぐ》んだ。たしかにベテランの医者に、気休めをいったところではじまらない。

「俺の病気のことは、俺が一番よく知っている」

「済みません」

「いつかは、くると思っていたんだが、やっぱりやられた」

「でも、軽かったんじゃありませんか」

「軽いことは軽いが、いまも右半身に痺《しび》れがきている。多分、中脳動脈の分岐部がやられたのだろう」

さすがに医者である。所長は自分の症状から、脳の血管の破れた個所を考えていたらしい。

「出血はもう止っていると思うが、麻痺《まひ》はそう簡単には治らん。幸い言語中枢はやられなかったので喋《しゃべ》るほうは大丈夫だ。だが利き腕をやられたのは痛い」

所長は麻痺のきている右腕でも動かそうとしたのか、布団のなかで軽く上体を捻《ひね》った。

「この前、死んだ奴《やつ》が淋《さび》しがって、あの世から俺を呼んでいるのかもしれない」

「所長、そんな情けないことをいわないで下さい」

いつもはうるさい所長だが、元気がなくてはやはり淋しい。三郎が項垂《うなだ》れていると、夫人がグラスに水と薬を持って入ってきた。

「あなた、お薬の時間ですよ」

「また効かない薬か」

所長は、吐き捨てるようにいって薬を睨《にら》みつける。

「その薬は、所長が処方されたのですか」

「俺が倒れたというので、薬剤師が持ってきてくれたが、どうせこんなものは効かん」

「でも、他の患者さんにもだした薬でしょう」

「大体、脳溢血《のういっけつ》に、これといって効きめのある薬なぞないんだ」

悪態をつきながらも、所長は夫人のさし出す薬を素直に嚥《の》みこむ。夫人はすぐ水差しで、所長に水を飲ませてやる。まるで大きな我儘《わがまま》坊主をあやしているようである。

「東京からでも、お医者さんに来てもらってはいかがですか」

「そんなものはいらん、東京の医者が診たって、治らんものは治らん」

「でも……」

「俺《おれ》のことは俺が、一番わかっとる」

病気になっても、所長は相変らず威勢がいい。だが、すぐそのあと、

「アクロ、ちょっと血圧を測ってくれ」

そういって、夫人に血圧計と聴診器を持ってくるようにいう。

いま所長のなかでは、生来の強気と、病気に倒れた弱気とが交錯しているらしい。

三郎は血圧計を所長の右腕に巻くと、肘《ひじ》の動脈の上に聴診器を当てた。初めのうちだけ、所長は目を閉じていたが、途中からは目を開いて真剣に血圧計の目盛を見ている。三郎は二〇〇まで目盛をあげ、そこからゆっくり下げていくと、一五〇の少し上から脈を打ち返す音がきこえてきた。

「一五〇ですよ」

「やっぱりな」

「誰かに測ってもらったのですか」

「昨日から三度も、婦長さんがきて測ってくれたんですよ。大分下ったじゃありませんか」

夫人がいうのに所長が怒鳴《どな》る。

「血管が破れて血が出たのだから、下るのは当り前だ」

　夫人はなにもいわず水差しを持って去っていく。突然、体が不自由になって、所長は苛立《いらだ》っているらしい。

「すると、明日からもずっとお休みになるのですか」

「脳溢血《のういっけつ》は安静にしているよりない。実際、これでは動きたくても動けない」

「じゃあ、診療所は？」

「もちろん、お前にやってもらう」

「でも、僕は……」

「この分では、まず半年は駄目だろう。いや治っても、もう医者はやれないかもしれない。右手が利かずに、足を引きずって歩くんじゃ外科医は落第だ」

「そんな情けないことをいわないで下さい」

「俺もいいたくはない」

　所長がそっと目を閉じた。三郎も辛《つら》くなってうつむいていると、所長の目尻《めじり》にかすかに涙が滲《にじ》んできた。

「早く快《よ》くなって下さい」

　いま、三郎はそれしかいえない。

「おい、母さん」

　突然、所長が夫人を呼ぶ。

「紙を呉《く》れ」

夫人は袖《そで》からハンケチを出して、所長の目の縁《ふち》を拭《ふ》いてやる。

「あなた、相川さんが東京からお菓子を持ってきて下さったのよ、食べますか」

「そうか、東京はどうだった」

所長の声が急に優しく変った。

「相変らず人と車ばかり多くて、うるさいだけでした」

「お前、東京へ帰りたくないのか」

「いいえ……」

「無理してるんじゃないだろうな」

「そんなことはありません」

「俺が倒れたら、いよいよ島にはお前しか医者がいなくなった」

「でも所長、僕は正式の医者じゃありませんから……」

「わかっとる、わかっとるがそんなことは気にするな。これでみんな、お前が島にとって、ますます重要な人であることがわかってくる」

「しかし、所長が長く休まれるとなると、別の医師を頼むことになるんじゃありませんか」

「頼むったって、このちっぽけな島に誰がきてくれる。誰も来てくれない以上、お前しかいない」

「でも、いずれは……」

「俺の目の黒いうちは、お前に任せる。東京なんかから出稼ぎ根性でくる医者より、お前のほうがずっと優秀だ」

そういわれると、三郎はこれまで頑張ってきた甲斐《かい》がある。

「とにかく、これからはお前一人だ。給料も上げるように町長にいっとくから、しっかりやれ」

「ありがとうございます」

三郎が頭を下げると、夫人が心配そうにいった。

「あなた、少し話しすぎるんじゃありませんか」

「大丈夫だ、俺は医者だ」

「そう威張《いば》っていて、結局、こんなことになったでしょう」

「………」

口では威張っていても、所長は夫人には弱いらしい。

翌日から、三郎は急に忙しくなった。

入院患者から新患、再来患者まで、すべて一人で診なければならない。

いままでも、所長が不在のときは、一人で診ていたが、二、三日もすれば所長が帰ってくるという目処《めど》があった。だが今度はそんな短い期間ではない。早くて三ヵ月か、場合によっては半年から一年はかかるかもしれないという。しかも所長が元気になったからといって、以前のように手術はできそうもない。せいぜい内科の診察をするくらいのものである。これからは、診療上のあらゆる責任が三郎一人にかかってくる。

診療所の職員はもちろん、患者達もほとんどが、所長が倒れたことを知っていた。みな、「これから大変ですね」「忙しくなりますね」と同情してくれるが、なかには、「これで、いよいよ所長ですな」と皮肉をいう者もいる。

職員のなかにも、「若所長」などと、厭味《いやみ》たっぷりに呼ぶ者もいる。彼等にしてみれば、いままでの三郎は医療行為をしても、所長の助手ということで許せたのかもしれない。だが今度のように、三郎が実質的に所長と同じ仕事をやるようになっては、心中穏かでないのかもしれない。

所長が倒れて半月経《た》ったとき、三郎の給料は二割ほどアップされた。三郎は単純に喜んだが、それが職員達に洩《も》れて面倒になった。

「東京からの流れ者のくせに、所長みたいにでかい面をしやがって」陰でそんなことをいう者もいるらしい。たとえそうまでいわなくても、所長が長期に休むとなると事情は変ってくる。

まず、三郎のことが東京のほうに知られて、無免許であるのを承知で、町役場で偽《にせ》医者をつかっていた、ということになると問題である。これは下手をすると、町長や警察署長の責任問題にもなりかねない。

この点について、彼等は診療所の事務長をまじえていろいろ相談したらしい。

さし当りは、三郎に任せるとしても、近々に誰か医者を補充しなければならない。いままでは所長が元気だっただけに、いい出せなかったが、これを機に、もう少し若い医者を呼び、同時に三郎も辞めさせようという魂胆《こんたん》らしい。

しかし、そう考えたところで、おいそれと働き盛りの医者がくるわけもない。

ともかく、大学病院や医学関係雑誌に呼びかけて医者を探そう、ということで意見は一致したらしい。

三郎はそのことを、薬剤師や婦長などからきかされたが黙っていた。

もし新しい医師がきたら、元の事務員か検査技師に戻ろうと覚悟をきめている。

実際、医者をやってとやかくいわれるより、そのほうがいくら楽かしれない。

しかし亜希子の手術のときから味方になってくれた薬剤師の高岡などは、絶対文句をいうべきだという。「もし、新しい医者がきてから追い出すというのなら、いまからなにもしてやらないと開き直ったほうがいい」という。

だが、もともと間違ったことをしているのは三郎のほうである。いま我儘《わがまま》いって無理をとおしたところで誰も得はしない。

「そのときは、そのときだ」三郎は割り切っている。

ただ一つ、気になることは、亜希子の傷痕《きずあと》の手術のことである。

亜希子の話では、五月ころがいいといっていたが、それまでに新しい医師がきては、手術ができなくなる。それどころか、偽医者であることも亜希子にわかってしまう。

できることなら、亜希子の手術をするまでは医師でいたい。それだけできたら、あとはどうなってもいい。

しかし、町の関係者や事務長の心配とは別に、一般の患者のあいだでの三郎の評判はよかった。

一年くらい前から、島では三郎を「若先生」と呼ぶ人が多かったが、若いだけに、たしかに行動力がある。

所長一人では、往診もなかなか行けなかったが、三郎は身軽に行く。深夜でも、朝早くでも応じる。

手術や廻診《かいしん》も、てきぱきしていて、「所長先生よりいい」という患者もいた。

もちろん、彼等にしても、初めの診察や大きな手術だけは、所長にしてもらいたがるが、あとは三郎の意見を素直にきく。

患者としては、若い医者のほうが尋ねやすいし、我儘《わがまま》もいいやすいのかもしれない。

それに三郎は自分ではさほどとも思っていないが、みな「親切で優しい先生だ」という。

所長も不親切なわけではないが、ときどき怒鳴《どな》ったり不機嫌になる。いうことをきかない患者には、「豆腐に頭をぶつけて死んじまえ」てなことをいったりする。だが三郎は若いだけに、そんなことはいえない。どんな患者にも親切だし、一生懸命に診る。

三郎はいつも自分は医師でないという気持が頭のなかにある。どんな上手な手術をしても、本当はしてはいけないことを、やらせてもらっている。身に過ぎたことをしていると思う。その気持が、自然に謙虚さを生み、三郎を親切な医者にしているのかもしれない。

じき恢復《かいふく》すると思われた所長の症状は、意外にはかばかしくなかった。軽かったとはいえ、脳溢血《のういっけつ》で倒れたうえ、二月の初めからインフルエンザにかかってしまった。

そのうえ、二月の末から軽いむくみがきて、検《しら》べてみると尿に蛋白《たんぱく》が出ていた。脳溢血にくわえて、さらに腎炎《じんえん》がおきたらしい。

この間、三郎は毎日、所長の往診を欠かさなかった。もっとも往診といっても、指示はすべて所長がする。

「熱があるからスルピリンを一筒うってくれ、薬は熱さましと、抗生物質を一二〇グラム」

いわれたとおり注射をうち、薬を処方してもっていく。

これでは、どちらが医者か患者かわからない。所長にいわれたとおりやるだけだから、看護婦が行っても同じようなものだが、三郎が行かないと所長は機嫌が悪い。一度、手術が長引いて行かなかったとき、「アクロはなにをしているのだ」と、何度もきいたらしい。

そのくせ三郎が行くと、「重病人でないのだから、毎日来なくてよい」と素っ気《そけ》ないことをいう。

だが内心は顔を見ないと淋《さび》しいらしい。

三郎は、所長が望むなら毎日行ってもかまわない。診療所から家は近いし、所長は恩人である。

三郎がこれだけ医術を覚え、島の人達から「先生」と呼ばれるのも所長のおかげである。

三郎が行くと、所長はきまって診療所のことをきく。

今日あった手術のことから入院患者の様子、さらには事務長や看護婦達のことまでさまざまである。三郎も話しながら、ときに所長の意見をきくことができる。

喘息《ぜんそく》の患者に、どれくらいの副腎皮質《ふくじん》ホルモンをつかったらいいか、指の骨折は毎日副木《シーネ》で固定しておけばいいかなど尋ねる。時にはカルテやレントゲンを持っていってきく。

床に休んでいても、所長はベッドから指揮をしているようなものである。

だが、尿に蛋白《たんぱく》がでたときには、さすがにショックだったらしい。

「そうか」といったきり、しばらく声も出なかった。

「この分じゃ、四月からは無理だな……」

口では弱気なことをいっていながら、その実、所長は四月から診療所に出るつもりでいたらしい。だが腎炎《じんえん》まで併発しては難しい。

「俺《おれ》も老いぼれたか……」所長は淋《さび》しそうに目を閉じる。

床について所長は以前より喜怒哀楽の現わし方が激しくなったようである。嬉《うれ》しいときはやたらに燥《はしゃ》ぐが、悲しいとなると極端に沈み込む。老いたうえに動脈硬化が、所長の頭を単純化させているのかもしれない。それに腎炎の追打ちである。

いずれも、すぐ生死にかかわる病気ではないが、反面、慢性で長引く病気である。外科の病気のように、手術をしてすっきりと治るというわけにいかない。

安静に、そして気長に待つだけである。そのまだるっこさが、長年外科をやってきた所長には耐え難いのかもしれない。

「東京の病院へ行く」と、所長がいい出したのは、それから半月経《た》った三月の半ばだった。

「俺はこのままでいいんだが、女房のやつがうるさくて」そんないい方をしたが、本音では二つの病気が重なって心細くなったのであろう。

「一、二ヵ月して、腎臓《じんぞう》さえよくなったらすぐ帰ってくるから、もし町長が変な医者を連れてきても、お前は遠慮せず、いままでどおりやっておれ」

「はい……」

三郎はうなずくが、そのあたりは、三郎自身で決められることではない。

「なにかあったら、ここに連絡しろ」

所長は入院する東京の国立病院の住所と電話番号を書いてくれた。

「ここの内科部長は、俺と同期だから安心だ」

「もっと早く、そちらに行ったほうが、よかったんじゃありませんか」

「そんなことはない。島で暢《の》んびり療養したから、ここまで恢復《かいふく》したんだ」

所長はそういうと、自由の利く左手で三郎の手を握った。


所長が島から去って、三郎はしばらく気が抜けたような状態になった。

これまで二ヵ月あまりも一人でやってきたのだから、事情は同じはずだった。ときどき、所長に相談したとはいえ、それはごく一部のことである。

所長がいなくなっても、ある程度やっていける自信はあった。だが現実にいないとなると、事情は大分違う。

いままでは病床でも、所長がいるという安心感があった。いざとなれば相談すればいいいと思っていた。

しかし、今度は泣いても叫んでも、島に医師らしいことをできるのは自分しかいない。少し大袈裟《おおげさ》ないい方だが、三郎は初めて、トップになった孤独を知ったような気がした。

トップはなにごとも、他人に相談できない。多少、意見をきいたところで、最後の決断はすべて自分でしなければならない。自分にすべての決断が任せられているということは、嬉《うれ》しいようで、怖い。いや、怖い部分のほうがはるかに大きい。

とくに相手は生きている患者である、下手をしたら命にかかわる。その責任のすべてが自分にかかってくる。

三郎は改めて、所長の存在の大きかったことに気がついた。

正直いって、いままで所長は自分の思うとおりやって、気楽な身分だと思っていた。一番の高給をもらって、診療所内で最も楽をしている人だと思っていた。だが、その給料のなかには、トップとしての責任料みたいなものも入っていたのかもしれない。

いざとなったら責任をとる、その心理的な負担が、下にいるときにはわからなかったが、所長がいなくなって、今度はすべての風が、まっすぐ自分に当ってくる。これまでは、所長という壁に一旦《いったん》当って、それから届いてきたものが、今度は直接吹きつけてくる。権力とともに、どっしりと責任もかぶせられたようである。

それに三郎の場合は医師の免許証がない。やっていることが法律違反だけに、一度問題を起したら大事になる。それを考えると、いっそう慎重にならざるをえない。

所長がいなくなって、町役場では緊急会議が開かれた。議題は医師の不在をどうするかということである。

そのことはいままでも何度か論じられたが、島にはまだ所長がいた。万一、問題がおきても、対外的には所長の指示の下でやった、ということで逃げきれると思っていた。

だが今度はそういうわけにいかない。所長が島にいないことは、誰の目にもはっきりしている。当座は三郎がやるとしても、そんな法律違反が、長続きするわけがない。早い話、診療のほうはどうにかなるとしても、診断書や保険の書類などが困ってしまう。たとえば、いままで診断書はすべて、所長の名前で発行されていた。

「急性虫垂炎にて、二週間の安静加療を要する」と書き、そのあとに所長の名前と判をおす。三郎が診察して、書きながら、名前は別の人である。

保険点数の請求書も、医療扶助の申請書も、処方箋《しょほうせん》も、すべて所長名である。もっとも保険の請求は、医療機関がやるのだから、その代表者として所長の名前をつかうのはかまわない。だが日常の申請書や処方箋まで、不在の所長の名前をつかうのはおかしい。

まして労災事故や交通事故の診断書など、公けに出されるもので、問題がおきると面倒なことになる。

医師でない者が診察して、他人の名前で診断するのだから、不正医療行為とともに官名詐称にもなる。

たとえその種の問題がおきないにしても、島に正式の医師がいないまま放置しておくわけにいかない。

三月の末の町議会では、この問題がとりあげられて、緊急質問までされたらしい。

「町長は、この無医村の現状をどう考えているのか」

問い詰められて町長は、

「現在、医師を招聘《しょうへい》すべく、あらゆる方面に働きかけているので、いましばらくお待ちいただきたい」と答えたという。

だが質問者は、「いまのような情況は、村木所長が倒れたときから充分予測されたのに、いままで放置していたのは、町長の怠慢ではないか」と責めたらしい。

いまや医師不在問題が、町長の責任問題にまで発展しそうである。

三郎はそれらの噂《うわさ》をききながらも、表面はわれ関せずといった態度で仕事を続けた。

二月まではインフルエンザで忙しかったが、三月に入ってからは下火になり、いくらか暇になった。手術のほうも、虫垂炎や小さな骨折がたまにあるが、他は切開や縫合といった小さなものばかりである。

だが三月の半ばに、二年前から入院していた七十三歳の老人が死んだ。病気は高血圧とリウマチだったが、結局は老衰のようなものだった。

この老人の死亡診断書を書く段になって、三郎は困ってしまった。病名を書き、死亡日時を書いたが、診断者名のところに三郎の名前を書くわけにいかない。

結局、所長の名前を借りたが、看《み》とってもいない患者の死亡診断書に名前をつかわれる所長も、迷惑といえば迷惑に違いない。

こうなると、三郎はいっそ新しい医者にきてもらいたいと思う。早くきてもらって、その医者の下で働くほうが、いくら気が楽かしれない。

ただその前に亜希子の手術だけはしておきたい。

島へ戻ってから、三郎は亜希子のところへ何度か電話をした。本当は毎日でもしたいのだが、そうなると電話代が高くなる。それに、あまり頻繁《ひんぱん》にかけると、嫌われそうな気もする。

亜希子は、昨日はどこへ行ったとか、友達の誰と飲んだとか、相変らず遊び歩いているらしい。

卒論は一月に出して、そのあとは暇らしいのに、手術はまだする気がないらしい。

「いまなら病室も空いているし、ゆっくり出来るのですが」

三郎がすすめるが、亜希子は一向にのってこない。

クッキング・スクールがあるからとか、卒業パーティがある、などといった挙句《あげく》、

「なんだか怖くなって、やめようかしら」などといい出す。

もともと、三郎はのり気ではなかったが、そういわれると、亜希子が自分から去っていくような気がする。

「傷痕《きずあと》はいまよりは、ずっときれいになります。夏までなどといわず、早くやったほうがいいですよ」

「考えとくわ」

そんな調子で、いつも電話は終る。

亜希子のような女は、やはり身近にいて、しっかりつかまえておかなければ、駄目なのかもしれない。

三郎は気ばかり焦るが、島からでは、所詮《しょせん》、手が届かない。そんな憂さを晴らすためにも、三郎は所長へときどき手紙を出す。

診療所のこと、島の様子など、とりとめもなく書くが、最後はやはり後任医師のことになる。町議会で問題になり、町長が問い詰められたことなども書いた。

所長からは相変らず、「元気でやれ、俺《おれ》の目の黒いうちは、いい加減な医者はいれさせない」と威勢のいい返事がくる。

だが、現実に所長がいないのでは仕方がない。

四月の初めに、三郎は突然、事務長に呼ばれた。彼はわざわざ外来まで呼びにきて、医局へ行って話しはじめた。

「実は、新しいお医者さんが、来てくれることになってね」

「いつからですか？」

「四月の半ばだけど、日時はまだはっきり決ってないらしい。四十二歳の、外科が専門の人で、さし当り一人で見えるらしい。いろいろ探して無理に来てもらうことになったので、月給は百万を越すんだって」

「百万……」

「それぐらい出さなければ、来てくれないもんかね」

「さあ……」

三郎の月給は、最近アップしてもらっても十五万である。

「これで、一応診療所の体面は保てるけどね」

三郎はうなずいた。ついにくるべきものがきたという感じである。そのことにとくに不満はない。

だが、自分の一つの役目が終ったことだけはたしかなようである。

新しい医師を求めて、診療所では医師会雑誌と、一部の医学関係の新聞に次のような広告を出した。

「至急医師求む。内科または外科医。両方できればなお可。三十歳から五十歳までの方。年収一千万以上、所長待遇、住宅あり、優遇す。委細面談。伊豆諸島K島診療所」

一般に、病院で医師を求めるときには、大学病院の医局に働きかけるのが普通である。そこの教授か医局長に会って、手頃な医師を派遣してもらうように交渉する。

大学には、卒業したての医師から、一通り臨床を覚えて一人前になった医師まで、いろいろいる。そのなかから適当な者に、どこの病院へ行かないか、と教授か医局長が話しかける。

以前は、本人の希望など無視して、「某君をどこの病院へ」と教授がいえば、それで決った。余程の理由がないかぎり、「いやだ」というわけにいかない。たとえ離れ島でも、行けといわれれば行かざるをえなかった。

教授が指定する行先は、その医局が関係している病院に限られる。そこから開業するときも、いちいち教授の許可がいる。

医学界がヤクザの世界と同じだといわれたのは、縄張りが決っていて、勤め先まで、すべて首領《ドン》である教授に支配されるからである。

医学部の教授が権威をもっていたのは、指導とともに、この医師の就職権まで握っていたからである。だが最近は、そんなことはほとんどなくなった。

「民主的な医局の運営」ということで、本人の意志を無視して行かせる、などということは不可能である。実際、それで行くような医局員もいない。

それどころか、医局員のほうで勝手に勤め先を見付けてきて、出ていく場合もある。開業するときも、いちいち教授に、「お伺い」などたてない。

開業したい者は勝手に開業する。

教授を頂点とした締めつけが、それだけ緩《ゆる》んできたのである。そのかぎりでは、たしかに民主的になったが、それだけ医師が我儘《わがまま》になったこともたしかである。

以前なら僻地《へきち》の病院でも、院長や町の理事者が教授に頼み、金でもつめば、医師の一人くらい廻《まわ》してもらえたのが、最近では難しくなった。

教授が「行け」といっても、本人が「いやだ」といえば、それまでである。その意味では、医局が民主化されて、最もわりをくっているのは僻地の病院ともいえる。かつて村木所長が腹を立てたのも、このあたりに原因がある。教授や医局長に頼んでも埒《らち》があかないし、といって、若い医師に直接当っても、誰も見向きもしない。みな「島ですか……」といって、首をすくめてしまう。

他に、市立病院や日赤といった、大きな病院に勤めている医師を引き抜くという手もある。だが、大病院に勤めている医師は、ほとんどが開業を狙《ねら》っている。それも都市に集中する。

稀《まれ》に他の病院へ移りたい、という医師もいるが、そういう情報は、余程本人と親しくなければわからない。それに万一わかったとしても、離島では、首を縦に振る者はまずいない。

町長や事務長も、医師集めの難しいことは、いままでの経験から充分すぎるほど知っていた。とくにいまは、大学に顔のきく村木所長もいない。

かくして今度は初めから、大学に働きかけることはあきらめた。教授や医局長に手土産を持っていって断わられるより、直接広告を出すことにした。

この場合、全国的に有名な医師会雑誌が最適である。ここには長年、「求職と求人欄」が掲載されている。働きたいとか、勤め先を変えたい、と思っている医師は必ず読むはずである。

以前は、村木所長もここに広告を出すことを考えたし、現に一度出したこともある。

ある医師から問い合わせの手紙もきてまとまりかけたが、寸前になって、二百万の仕度金を要求してきた。

「いくら島だからといって馬鹿にするな」

所長は断固として、要求を蹴《け》った。それ以来、所長は二度と雑誌に広告を出さなかった。

「大体、広告を見てくる医者などにろくなのはいない。そんな者はどうせ金目当てのはずれ者だし、なにをやってきたのか、素性もわかりやしない」

短気な所長が、腹立ちまぎれにいったのだから多少オーバーだが一般の広告で医師を求めるのは、その種の危険がないとはいえない。

やはり医者の本筋は、大学を卒《お》えたあと、大学の医局か、大きな病院に勤めて臨床の修錬をし、そのあとしかるべき病院に勤めることである。そこでさらに数年経験を積んで開業する。または初めから大学へ残って、助教授、教授の道をすすむか、大きな病院の医長とか部長になる。

雑誌の広告を見て、あちこち渡り歩く医師には、この本筋からはずれた、いわば流れ者めいた医師がいることはたしかである。

もっとも、それらの人が、すべて金だけで動く、いい加減な医師というわけではない。なかには優秀だが、教授と衝突して医局を出たとか、医学界の体質に失望して一匹狼《いっぴきおおかみ》になったという人もいる。また、差し迫っての金が欲しいため、やむなく高給のところを探し求めるという医師もいる。

広告でくる医師すべてが、いい加減というわけではないが、書類上だけで採用するのだから、その医師にどの程度の技術があり、どのような性格か、ということはなかなかわからない。

国家試験さえとおってしまえば、誰でも医師で、それ以上、いい医者か悪い医者かは容易にわからない。ある種の技能者のように、一級、二級という検定もない。口ではたいそうなことをいっても、手術はなにもできないかもしれない。あるいは酒癖が悪かったり、前の病院でなにか問題をおこした人かもしれない。

そういう不安はあるが、いまやそんな我儘《わがまま》をいっているときではない。

まず、医師を呼ぶのが先決である。

広告の文章は、厚生部長と診療所の事務長とが、いままでの広告文を参考にしてつくった。

「至急医師求む。内科または外科医。両方できればなお可」というのは、ちょっとマンションの広告のようだが、すでに出ていたのを真似《まね》たのである。大体、地方の小さな病院では、内科でもなんでもできる医師のほうがありがたい。

三十歳から五十歳まで、としたのは、あまり若すぎては困るし、といって年をとりすぎて、手術ができなかったり、往診もしてくれないような医師では困る。

理想的なことをいうと、四十代が望ましいのだが、そうもいっていられないので幅をもたせた。

今度くる医師は実質的には所長なのだが、村木所長が辞めたわけではないので、所長待遇ということにした。これで多少でも気をよくしてくれることを期待した。

二人が最も悩んだのは、「年収一千万以上」という七字である。これをいれると、いかにも金で引っぱるという印象が強い。それに書いた以上は、出さないわけにはいかなくなる。

どんな医者がくるかわからないのに、年収一千万と書くのは、冒険のような気もする。それに、いかに僻地といえども、少し高すぎる。

しかし、他の広告を見ると結構高い。概して僻地に行けば行くほど高くなる傾向がある。船しか通わない離島という事情を考えたら、これくらいは仕方がないかもしれない。

「どうせ出すなら、初めから一千万円と書いたほうがいい」

最後は厚生部長の意見で決ったが、部長はそのあとで、も見せた。
「一千万といっても、税込みだ、といって逃げる手もあるさ」と、芸の細かいところ
「これだけの餌《えさ》を見せたら、きてくれるだろう」
町長は、まるで魚釣りでもするようなことをいったが、その効果はたちまち現れた
らしい。

新しい医師が島に来たのは、四月半ばであった。
広告を出したのが三月の末だから、半月で見付かったことになる。やはり年収一千
万以上というのが、きいたのかもしれない。
もっとも実際の手取りは、それよりいくらか低い。向こうでは、手取りで一千万円
以上を要求したが、それでは町の負担があまりに大きすぎる。交渉をくり返した結
果、ボーナスも含めて、額面で千百万円ということで落着いた。
「この先生一人で、役場の吏員五人を雇えるんだからな」
町長は不満そうにつぶやいたが、背に腹は代えられない。
新しい医師は山中大三郎という。三郎の上に大の字がついているのが、妙な縁だ
が、四十二歳だという。
出身は私立のR大学医学部ということだが、大学にはほとんどいず、すぐ地方に出

て、いろいろな病院を転々としていたらしい。島にくる前は、東北の小さな町の診療所にいた。

外科が専門だが、実際は内科から産婦人科まで、なんでもやっていたらしい。その点では理想的だが、腕のほうはというとわからない。ともかく、大学や一流病院といったコースからはずれた医者らしい。

山中医師が着いたとき、栈橋には、診療所職員はもちろん、町役場の助役から町会議長まで出迎えた。

ようやく探した医者の機嫌を損ねないようにという配慮からである。

栈橋についた山中医師は、百七十五、六センチはある、大柄でがっしりした体軀《たいく》を、茶と縞《しま》のブレザーにつつみ、ネクタイはせず、下に真赤なシャツを着ている。ズボンは紺で茶のハンチングをかぶっている。

おしゃれなようで、どこかチグハグな感じである。

単身で赴任する、ということであったが、横に婦人がついている。そちらは対照的に小柄で、白いワンピースを着て、長い髪を背まで垂れ下げている。まだ二十五、六のようだが、昼間だというのに濃い化粧をして、指には赤いマニキュアをつけている。山中医師は、この女性に片腕をかしたまま颯爽《さっそう》と降りてきた。

彼を事前に知っているのは、東京で直接会って交渉をした厚生部長だけである。

「先生」

彼がまっ先に馳《か》けていって挨拶《あいさつ》をする。それに山中医師は鷹揚《おうよう》にうなずいてから、一つ大きく伸びをした。厚生部長は、医師の持っていたバッグを持って先導する。桟橋を上ったところで、助役以下、議長、診療所の事務長などが、順に名刺を出して挨拶する。それに山中医師はゆっくりとうなずく。

「これが、医師の手伝いをやっておった相川です」

厚生部長が三郎を紹介すると、山中医師は軽くうなずいただけだった。

桟橋の係員や降りた船客達は、なにごとかというように新来の二人を見ている。なかには、あれが新しくきた先生だ、とささやき合っている者もいる。

一通り挨拶が終ると、山中医師一行は、待機していた診療所の車に乗って、まっすぐ診療所横の住宅にいく。

彼等が住むのは、所長の隣りの医師用住宅である。以前は大学から出張できていた医師が泊っていたが、最近はずっと空家になっていた。

それを今度、新しい医師がくるというので、畳を替えたり障子をはり替えて新しく模様替えをしてあった。

その夜、島でただ一つの料亭の「らん月」で、山中医師歓迎会がおこなわれた。

出席者は町長以下、町会議長、助役、警察署長、小、中学校長、厚生部長など、島の名士が勢ぞろいした。三郎もその末席につらなった。

山中医師は、今度は紺の背広に、ピンクのワイシャツを着て赤い花柄のネクタイをしている。相変らず、この医師のおしゃれは、どこか一つピントがはずれている。

その横に厚化粧した彼女が、紫色のワンピースを着て、胸元に大きなネックレースを二重にぶら下げている。

全員揃《そろ》ったところで、まず町長が立上って挨拶《あいさつ》をした。

「本日、山中先生には、遠路はるばるわが島にお出でいただき、島民一同心から喜んでおります」

町長はそこで一つ咳払《せきばら》いをしてから、島に医師がいないことは、いかに不安であるか、今度、山中医師にきてもらって、島民がどれほど喜んでいるか、といったことを、大袈裟《おおげさ》な表現でくり返した。

最後は、「これをご縁に、島に末長くとどまって下さることを、島民を代表して心から希望いたします」といって頭を下げた。

続いて議長が立ち、おかげでこの島も文化的な島になり、発展することは間違いないと述べたあと、これからは、先生と裸のつき合いをさせていただきたい、といった。

二人の話をきいていて、三郎はいささか不快であった。

新しい医師を歓迎する気持はわかるが、いままで、まるで野蛮国だったようないい方をするのは、いささかいいすぎではないか。

「先生のような立派な医師を迎えられたのは、島はじまって以来……」などというのも、オーバーすぎる。

所長がきいたら怒るだろうが、残念ながら、所長はいない。

次に助役が同じような歓迎の辞を述べたあと、「ご不便なり、ご不満なことがあれば、なんなりと遠慮なく仰言《おっしゃ》って下さい」といった。

そのあと、警察署長と学校長の挨拶が続き、ようやく山中医師が指名された。彼は立上り、まず一わたりみなを見廻した。

「本日は、わたしのために、このような歓迎会を開いていただいてありがとう」

医師の声は浪曲師のように、低くてよく透る。

「みなさんの歓迎して下さる気持はよくわかりますが、そこで一つ希望があります」

彼はそこで改めて、町長のほうに向きなおってからいった。

「給料の交渉のとき、けずられたボーナス分を、なんとか増やしてもらうよう、この場でお願いしたいと思います」

町長はじめ議長や助役も、呆気《あっけ》にとられて山中医師を見上げていた。

歓迎会の席上で、給料の値上げをいい出す医師など、見たこともない。全員、呆気にとられているのを尻目《しりめ》に、山中医師は続ける。

「金はつまらぬ、金はすべてではないとはいいながら、誠意はやはり金によって現れてきます。もしここに集っているみなさんが、わたしを大切に思っているなら、そしてこの町にいつまでもいて欲しいと思うなら、即刻、わたしの要求を認めるのが、賢明な処置だと思います。いかがですか町長」

いきなり問い詰められて、町長は目を瞬かせた。

「先生、そのことはいずれまた、ここは歓迎会ですから」

厚生部長が慌《あわ》ててとりなしたが、山中医師はがっかりした顔を左右に振って、

「その問題がすっきりしないことには、歓迎されても、歓迎された気になれません」

「先生のご不満はよくわかりましたから、その点はいずれあとで」

「それじゃ認めてくれる、ということですな」

「ですから、それはあとで機会を見て、じっくりと……」

厚生部長はもみ手をするが、山中医師は許さない。

「あんたは、島へ来てくれさえしたらそのことは考える、といったでしょう。だからそのとおり要求しているんです」

「それはよくわかりましたが、ここはその、お目出度い席ですから、一つ暢《の》んびりさ

れて」

どうやら、医者に早く来て欲しいばかりに、厚生部長は曖昧《あいまい》なところを残したまま、山中医師を引っぱったらしい。

「あれを認めないかぎり、わたしは明日にも東京へ帰ります」

「先生、そう面倒なことを仰言《おっしゃ》らず、まず一杯」

ここで話し合っては不利と知ってか、厚生部長は山中医師の前にいざり寄って酒を注《つ》ぐ。

すると助役から町会議長、さらに町長まで、一斉に山中医師の前にきて酒を注ごうとする。こうされては、さすがの山中医師も悪い気はしないらしい。

「とにかく、手取りで一千万円はいただきますぞ」最後に一つ睨《にら》みをきかすと、ようやく坐《すわ》って盃《さかずき》を受けはじめた。

こんなスタートで、初めが異常だったせいか、その夜の宴会は荒れに荒れた。

酒好きの町長や町会議長はもちろん、普段はあまり飲まない助役や警察署長まで飲んで悪酔いしてしまった。

島の芸者というより、年増の未亡人であるシゲ姐《ねえ》さんや勝子、さらに島に一軒あるキャバレー「太平洋」の女の子までくわえて、どんちゃん騒ぎになった。

初めから給料アップを要求して、したたかなところを見せた山中医師も、酒には目がないらしい。次々とおし寄せる献盃《けんぱい》に、すっかり気分をよくし、途中からは歌を歌い、三味線とギターに合わせてチークダンスまでやりはじめた。

議長は大声で、「先生、ぴったりとくっつけ」と冷やかし、自分も山中夫人と踊り出す。彼女のほうも賑《にぎ》やかに遊ぶことは好きらしい。議長や助役と濃厚なチークをやるかと思うと、シゲ姐さん達とゴーゴーをやり出す。

三郎も初めのうちは、山中医師の傲慢《ごうまん》さに憤慨していたが、途中からはやけくそみたいになって飲み出した。そのうち変に調子がでてきて、みなと一緒に歌い、踊った。

「らん月」の大広間は二階なので階下に響く。あまりの騒々《そうぞう》しさにお女将《かみ》が上ってきたが、もはや止めるわけにいかない。

島の町長から警察署長まで踊り狂っているのだから、手のつけようがない。

そのうち、面倒な事件が起きた。

酔って勢いのついた山中医師が、座敷の窓から小便をしたのである。しかもそれが階下で酒を飲んで、出ようとした客の頭にかかってしまった。

その客は、「本町のサブ公」といって、本職は漁師だが、ヤクザがかっている男だからたまらない。血相変えて二階へかけ上ってくると、一物を出したままの山中医師の顔を、ぽかりと殴った。

酔ってはいても、山中医師も腕の方は自信があるらしい。すぐ殴りかえす、するとまたサブ公が殴る。

自信があるといっても、山中医師は年齢《とし》だし、酔いも深い。たちまち仰向けに倒された。

慌《あわ》てて、警察署長や三郎が止めに入ったが、そのときには、山中医師の唇は切れ、眼の縁は黒く腫《は》れていた。

「先生に、なにをするんだ」

「二階から小便しやがって、先生もなにもかもあるかあ」

そういわれると、警察署長も返す言葉がない。実際、署長自身が酔っているのだから権威はない。

「汚ねえ竿《さお》を、さっさとしまえ」

サブ公にいわれて見ると、先生はまだ男のものを出したままだった。

この事件で、座はしらけて、急にお開きになった。それでも十二時を少し過ぎていた。会が始ったのが六時だから、六時間以上飲み続けたことになる。

山中医師には彼女と厚生部長、それに助役がついて家まで送ることになった。

「もう、こんな島にはいないぞお」帰りぎわ、山中医師は大声をあげた。

「お気を悪くなさらず、あの男はきっとひっとらえますから」厚生部長と助役はひたすら平身低頭する。

翌日は金曜日だったが、山中医師は病院に出てこなかった。厚生部長と事務長が見舞に行くと、医師は額に大きなタオルを当てたままビールを飲んでいた。

一夜明けて、殴られた額と頰《ほお》はさらにどす黒くなり、唇のなかも切れているらしい。

あとで婦長が、湿布薬と化膿《かのう》どめを持っていくと、また酒を飲んでいたらしい。

「あの先生は、アル中なのかもしれませんよ」

婦長の報告で、事務長はさらに憂鬱《ゆううつ》になった。

午後には「らん月」から早くも請求書がきた。合計で十八万六千円である。

出席者は二十人で、一人五千円見当のつもりだったが、大幅に超過している。

山中医師の機嫌がよくなるにつれてピッチがあがり、追加、追加で飲んだことはたしかである。それに初めは呼ばないはずの「太平洋」の女性達まで呼んでしまった。

そのサービス料も入っているのだろうが、それにしても高い。

「少しまけろよ」

厚生部長が頼んだが、「らん月」のお女将《かみ》は首を左右に振ってきかなかった。

「これでも、喧嘩《けんか》で壊された障子と、床の間の花瓶、割れたグラス代は請求してないを押した。

そういわれては、さすがの助役も値切るわけにいかない。渋々払うということで判をおした。

山中医師は翌日も休んだ。見舞に行った婦長には、「今週はこのまま休んで、来週から出る」といったらしい。

たしかに、新任の先生が、初めから顔があざだらけ、というのではまずい。今日は土曜だから、いっそ日曜まで休んで、月曜から出たほうがいいかもしれない。それに山中医師が出てこないかぎり、給料値上げの問題もむし返されなくてすむ。

厚生部長は、今度の事件で、山中医師が帰るのではないかと心配していたが、「来週から出る」ときいてほっとした。とにかく、ここで帰られては、いままでの努力が水の泡になる。

だが狭い島だけに、今度の事件はたちまち人々の耳に伝わった。

「今度の先生は年俸が一千万円だそうだぞ」「歓迎会で二階から小便をなさったそうだ」そんな話から、「一千万円先生」「小便先生」などという綽名《あだな》までつけた人もいる。

もちろん、当の山中医師の耳にはまだ入っていない。

月曜日の朝、山中医師は定刻の九時に診療所に現れた。大柄な縞《しま》の背広に、黄色いオープン・シャツと、相変らず服装は派手だが、右の眼の縁《ふち》には、まだ殴られたあとがある。

事務長はすぐ、診療所内を案内して歩いた。もっとも案内といっても狭い診療所である。外来から病室まで案内しても十分とかからない。一通り見て廻《まわ》ったあと、山中医師は外来に来て、白衣を着た。上背があるので貫禄《かんろく》がある。

「いままで、相川君が替りに診ていましたので、なにか疑問があれば彼にきいて下さい」

事務長が説明したが、山中医師は三郎の顔をちらと見ただけで、「きくことはない」といった。

そういわれては、外来にいる必要もない。三郎は一礼して検査室に戻った。

今日からは一介の事務員兼検査技師である。それは前から覚悟していたことだが、いざ現実となると、いささか淋《さび》しい。

いままで自分が一生懸命診てきた患者が、別の医者に診られると思うと、少し口惜《くや》しい気もする。三郎は煙草を一本喫《す》ってから、机の上の本を脇《わき》に除けた。

これまで、本物の医者に負けないようにといろいろ勉強してきた。まだわからないことはあったが、一応、簡単な外来ができる程度のことまでは覚えたつもりである。

だが、それもいまとなっては無意味である。

それが大切なことのように思えたのは、所長がいたからである。所長がいてこそ、自分は医者で、所長がいなくなっては、なんの存在価値もない。

これから医学部に入ろうか……

そんなことも考えるが、いまからではとても無理である。大学受験のため、全科目勉強するのも大変だし、学校へ行く金もない。

「やはり、お前はただの事務員さ」

三郎が自分にいいきかせたとき、明子が入ってきた。右手に、血液の入った試験管を持っている。

「この人、血液を調べてくださいって」

カルテを見ると、昨日まで三郎が診ていた胃潰瘍《いかいよう》の患者である。

「これは胃の病気で、血液の病気じゃないと思うけどね」

「でも、調べろといってるわ」

三郎は仕方なく、検査伝票を受け取った。

「どうだい、今度の医者は？」

「よくわからないけど、やたらに食べもののことばかりきくのよ。患者の顔を見るとすぐ、〝あんた、なにを食うとるか〟っていうの、そして患者さんが答えると、〝うまいもの食わにゃいかん、食えば治る〃って。島の人は余程まずいものを食べてると思ってるらしいわ」

明子はそこで、急に笑い出して、

「山崎さんのお爺《じい》ちゃんが、ごぼうと人参っていうと、〃ああ、それは屁《へ》のもとだ、屁のもとを食わんで、血のもとを食え〃って。みんな大笑いしたわ」

「薬や注射は？」

「それが、こちらにないような名前ばかりいうの。そして、〃ありません〃っていうと、〃それでもここは診療所か〃って、大声で叫ぶの」

「そんなことはないよ。小さくても、必要な薬は全部揃《そろ》っているって、所長も自慢してたからね」

「おまけにこれまでのやり方をやたらにけなすのよ。〃こんな薬じゃ治らん〃とか〃まずい縫い方だ〃なんて」

「それは、誰のこと」

「笠間さんの息子さん」

「あれは皮膚が足りなくて、ああするより仕方がなかったんだよ、あのやり方は所長に教わったんだからね」

「とにかく、患者さんの前で、平気でいうのだから困るわ」

「ちょっとひどいな」

「それに、井坂さんを、退院させるっていってるわよ」

「それは無理だよ、彼は家に戻っても、食事の世話をしてくれる人がいないんだからね。表面の症状だけ診て、決められては困るな」

「あなたから、いってやるといいわ」

「でも……」

相手は、町長以下、みなが腫《は》れものにさわるように機嫌をとっている医者である。

「それに、あの先生失礼なのよ。わたし達の名前を呼ばないで、〝おい〟とか〝その顔の丸いの〟なんて呼ぶの。村瀬さんは〝ハトポッポ〟って呼ばれて、すごく怒ってるの」

「ひどい奴《やつ》だ」

「あれで、治せるのかしら。わたしはあなたのほうが、ずっといいと思うわ」

「でも、向こうは本当の医者だからね」

なにをきかれても、資格のない三郎としてはどうすることもできない。

山中医師がきて半月経《た》ったが、評判はあまり芳《かんば》しくなかった。

まず、来た早々給料のアップを要求し、強引に手取り一千万円を認めさせてしまった。厚生部長の交渉のやり方のまずさがあったとはいえ、職員達はそのやり方に、いささか呆《あき》れてしまった。

肝腎《かんじん》の患者の受けもあまりよくない。その最大の理由は威張《いば》りすぎることだった。患者が挨拶《あいさつ》しても、鼻であしらうだけで、返事をすれば、まだいいほうである。

それに言葉づかいも横柄《おうへい》すぎる。看護婦にはもちろん、患者にまで、「おい」とか「お前」と呼び捨てにする。言葉づかいでは、前の村木所長もいいとはいえないが、所長のいい方には愛嬌《あいきょう》があった。

「もう婆《ばば》あなんだから、無理しちゃいかん、ってことだ」そんな調子で、乱暴ななかに優しさがある。

だが山中医師のいい方は味も素気《そっけ》もない。「婆あだから治らん」の一言で突き放す。

それに酒好きで、病院が終ると毎晩のように酒を飲む。ときには昼間から飲んで、酒くさいこともある。婦長が見破ったとおり、アルコール中毒らしく、一日飲まないで、夕方になると、指先が小刻みに震えだす。

初めのうちは、山中医師に誘われて喜んでいた職員達も、途中からは連夜のつき合いにたまりかねて、逃げ出すようになった。

なにしろ酒が入ると、いままでに輪をかけて威張り出し、傲慢《ごうまん》になるのだからたまらない。夕方になると、また誘われるのではないかと、みな小さくなっている。

毎夜、こんな状態だから、往診の依頼があっても滅多《めった》に行かない。

「本当に悪けりゃ、こちらへくればいいだろう。大体ここの患者は甘えすぎとる」

そんなことをいって、腰を浮かそうとしない。

肝腎《かんじん》の診たてのほうも、少し怪しいところがある。別名「食わにゃ先生」という綽《あだ》名《な》ができるほどどんな患者にもすぐ、「うまいもの食わにゃ」という。それと「静かにしとれ」が口癖である。旨《うま》いものを食べて、静かにしている。それはたしかに、病気を治す原点だろうが、その程度のことなら素人でも知っている。医者なら医者らしい指示を与えて欲しいと思うが、それがさっぱり要領をえない。

「胃腸がちょっと悪いな」「心臓が少し弱っとる」そんないい方で、それ以上、具体的な説明はない。患者がきくと、「旨いもの食って、静かにしとれ」ということになる。

さらに尋ねると不機嫌になり、最終的には、「俺《おれ》のやることが信用できんのなら、他の医者へ行け」と怒り出す。

他の医者のところへ行きたくても、島には、この診療所しかないのだから、行きようがない。患者は不承不承うなずくことになる。

注射や投薬にしても、いささかおかしなところがある。ろくな薬はない、といいながら、胃腸関係の薬といえば、健胃散ばかりだし、血圧が高いというと、アプレゾリンというのをしきりにつかう。関節が痛いというと、すぐプレドニンである。それらが、その病気に無効というわけではないが、馬鹿の一つ覚えのように、やたらにつかう。

注射も、お腹が痛いといえばブスコパン、熱があるといえばスルピリンと、判でおしたように決っている。腹痛や発熱の原因を探り、それに応じて、注射や薬を変えていくというきめの細かさがない。これでは薬局で薬を買うのと変らない。単なる対症療法の域をでない。

それでも、検査だけは結構やる。軽い風邪気味の患者でも、すぐレントゲンを撮り、血液から尿まで調べだす。

血圧が高いという人に、肝臓機能を調べたり、胃の調子が悪いといってきた人に、心電図をとったりする。あまり関係のない検査をしきりにやる。

なにも知らない患者のなかには、いろいろ検査をされて、今度の先生はずいぶん熱心な方だ、と感心する者もいる。

だがなかには、不審に思って、「わたしは心臓は悪くはないのですが」ときく患者もいる。途端《とたん》に、先生は「あんたは医者に指示する気かね」と睨《にら》みつける。そういわれては、患者達はなにもいえない。

だがおかげで、三郎は忙しい。尿の検査など、所長がいたころは一日、五、六件だったのが、山中医師になってからは、二十件をこえることもある。

「どうして、こんなに検査ばかりするのかな」

三郎は不審に思うが、婦長も明子もわからない。

しかし、この理由は間もなくわかった。

今度の医師の給料のなかに、技術料というのが入っている。内容は手術と検査によって得た収入の二割が、医師に返されることになっていた。五万円の手術をすると、その二割の一万円が、正規の給料とは別に、医師にリベートとして返されるという仕掛けである。

山中医師は、この技術料を増やすために、頻繁《ひんぱん》に検査をやっているらしい。

たしかに、検査を多くやれば、診療所の収入はあがる。だが、ただの風邪に、胸のレントゲンまで撮ったり、高血圧の患者に肝機能の検査をして、保険の審査にパスするかどうかわからない。

事務長はそこを心配しているが、それ以上に困るのは患者である。必要もない検査をされて、余計な金を払わされる。

保険の本人ならともかく、家族では大変な負担になる。

「この検査、必要なのでしょうか」事務長が、怖る怖るお伺いをたてると、「必要だからやっているのだ」の一言で片付けられてしまう。

「これじゃ、前の若先生のほうがよかった」そんなことをいって、こっそり、三郎に往診を頼んでくる者もいる。

三郎はすべて断ることにしていたが、一人だけ、本町の食堂の主人が熱を出したとき往診にいった。簡単な風邪で、注射と薬だけでじき治ったが、これが二日後に、山中医師にわかってしまった。

「お前は、誰の許可をえて、やったのだ」

開口一番、例の大声で怒鳴《どな》られた。

「断ったのですが、ぜひというものですから、済みませんでした」

「許可もなしに、俺《おれ》の名前をつかって薬を出して、もし患者に万一のことがあったら、その責任は誰がとるのだ」

風邪薬ぐらいで、万一のことが起るとは思えないが、理は山中医師のほうにある。

「医師でもないのに、余計なことをやると警察につき出すぞ」

「相川君も、別に悪気じゃなく、往診して欲しいと頼まれて、仕方なく行ったわけですから、ここは一つご勘弁を……」

事務長のとりなしで、なんとか納まったが、三郎はもう二度と患者を診る気はしない。こちらから診たかったわけでもないのに、こんなにいわれては立場がない。

それでもなお、三郎に診て欲しいという患者がくる。

本人の要望もあるが、婦長や明子が、「相川さんのほうがいいわよ」というからでもある。

「山中先生に、カルテが見付からないようにしてあげるから」

そうもいってくれるが、万一のことを考えると、診ないほうが無難である。

とにかく、山中医師は、少し医学の知識がある三郎を、目の仇《かたき》にしているようだからそんな相手は、刺戟《しげき》しないにこしたことはない。

事務長や厚生部長あたりも、山中医師の不評には、いささか頭が痛いらしい。

「どうも、変な医者をつかんだようだな」昼休みのとき、事務長は三郎に、はっきりそういった。

だが巨額の金を出して招請したのを、いまさら変えるわけにもいかない。それに別の医者を、といったところで、すぐ見付かるわけもない。

「島に馴《な》れてくれれば、そう勝手なこともいわなくなるだろう」

事務長の言葉が、助役や厚生部長の共通の気持でもあった。

島に来て半月のあいだに、山中医師がやった手術は四つあった。

そのうちの二つは切り傷で、それぞれ十針と八針ずつ縫い、あとの一つは抜爪《ばっそう》で、もう一つは虫垂炎だった。

内科でも外科でも両方できる、ということだったが、山中医師はあまり手術をやりたがらない。切り傷はともかくとして、虫垂炎と思われる患者が、もう一人いたが、「たいしたことはないから、冷やして散らしたほうがいい」といって、メスを執《と》ろうとしなかった。おかげで、手術をせずに、なんとかおさまったが、一人は、本人が希望してやることになった。

同じ虫垂炎の手術でも、医師によってやり方が違う。

看護婦達は緊張して立会ったが、山中医師のやり方は少し変っていた。まず第一に、切り傷がかなり大きい。所長や三郎は四センチから、せいぜい五センチくらいのものだが、山中医師は六、七センチは切る。

「こんなところ、一、二センチ短かく切ったところで、なんの足しにもならないからな」

いいわけをいうところをみると、傷口が大きいのは、自分でも認めているらしい。

だが、もっと違うのは、腹膜を開けてからである。腸を有鉤《ゆうこう》のピンセットでつかむと、傷つける危険があるので、お腹を開くと、有鉤のピンセットは一切つかわない。それは腹の手術の基本として、三郎も看護婦も、所長から厳しくいわれていた。

だが、山中医師は平気で有鉤ピンセットをつかう。それどころか手をつっこんで、腸をわしづかみに引き出す。さらに虫垂の摘《と》り方も、切り口を一旦《いったん》、コッヘルで強く挟む手順を略したり、摘出したあとの腸の縫い方も、まわりから筒袖《つつそで》のように締めることなく、二、三度十字に糸をかけるだけである。

それですぐ異常がある、というわけでもないが、専門的にはいささか疑問である。

幸い、その患者は異常もなく、恢復《かいふく》して、普通の人より、少し長い傷口がついただけだった。

だが、それから一週間後にあった虫垂炎の手術は、意外な結果になった。

患者は十三歳の中学生で、二日前から腹痛があったらしい。診療所にきたときは、軽い前屈みで、右の下腹をおさえ、三十七度五分の熱がある。臨床的に、まず虫垂炎と見て間違いない。

三郎が調べた結果でも、白血球が増加していて、炎症が起きていることは明白だった。

「もう一日、様子を見ようか」

例によって、山中医師は、手術にはあまり気がすすまないようだった。しかし子供がかなり痛がるので、手術をすることになった。

「あの先生、あまり手術をしたがらないのは、自信がないんだと思うわ。手術はあなたのほうがずっと上手よ」

手術前、明子が検査室にきて三郎を喜ばせた。

そのまま三十分たったが、手術が終った気配はない。

なにも早いのだけがとりえではないが、普通の虫垂炎なら二、三十分あれば充分終る。どうしたのかと、外来にいってみると、手術室から、明子が出てきた。

「終ったのか」

「それが、まだなの、虫垂《アッペ》が見付からないのよ」

明子は渋い顔をして、また手術室へ戻っていった。

ベテランでも、ときどき見付けるのに手間どることがある。三郎も初めのころは苦労した。それにしても、ないわけはないのだからいずれ見付かるだろう。

そのまま、薬局に行って、薬剤師の高岡と雑談していると、明子がとびこんできた。

「先生、ラボナールを下さい」

「どうしたんだ」

「まだ見付からないんです。もう一時間だというのに、麻酔が切れてきて、患者さんが痛がるのです」

「一千万円も給料をもらって、しっかりやってくれよ」

高岡が冗談半分にいいながら、麻酔薬を渡した。

「あの医者大丈夫かね、あんた手伝ってやったら、いいんじゃないの」

「いや、僕なんか駄目です」

「しかし、あまり手術はうまくないという話じゃないか」

「僕は見たことがありませんから」

三郎と高岡が雑談しているうちに、さらに三十分経《た》った。

「おいおい、あの医者は一体なにをしてるんだい」

高岡が腕時計を見たとき、明子が再び入ってきた。

「すぐ、抗生物質を下さい」

「終ったのか？」

「いいえ、終らないけど閉じるそうです」

「そんな……」

「アッペがない、畸型《きけい》だろうって」

「馬鹿な、虫垂《アッペ》のない人間なんているものか」

「でも、傷口があるから、摘《と》ったことにするそうです」

明子はそういうと、抗生物質を持って馳《か》け出した。

「そんな、馬鹿なことって、あるのかね」

薬剤師の高岡が、呆《あき》れたように三郎を見た。

「稀《まれ》に、移動性盲腸で、虫垂《アッペ》が左のほうへ移動しているのが、あるようですが」

「それでも探せばわかるんだろう」

「もちろん、わかると思います」

「まだ見付けられないなんて、ひどいヤブだな」

たしかに、一時間以上もかかって、虫垂を摘出できないとは、かなりのヤブかもしれない。

だが、そのことより、虫垂を摘出もしないのに、摘り出したことにするほうが、もっと罪が重い。そのままお腹を閉じたら、炎症をおこしかけた虫垂は化膿《かのう》し、腹膜炎を併発するかもしれない。

たとえ、いまはお腹のなかに抗生物質をいれておさめたとしても、あとで再び虫垂炎をおこしたら、どうするのか。虫垂炎の手術を受けた患者が、また虫垂炎になる、ということになりかねない。

「ひどいねえ」

高岡はもう一度溜息《ためいき》をつくと、三郎の肘《ひじ》をつついた。

「行って、助けてやれよ」

「でも……」

向こうから呼びもしないのに、こちらから出かけて行っていいものか。

おそらくいま、山中医師は虫垂を見付けられず、苛立《いらだ》っているのであろう。

虫垂は、焦《あせ》れば焦るほどわからなくなるものである。実際、三郎も見付からなくて、三十分近く探したことがある。こういうときは、失《う》せ物を慌《あわ》てて探しているのと同じで、いっそ別の人に頼んだほうがいい。

三郎は所長を呼んで探してもらったが、目の前の小腸のすぐ裏側にあった。

「案外簡単なところにあるものなのです」

「このまま閉じたんじゃ、腹に傷をつけただけじゃないか。早く行って、探してやれよ」

「頼まれもしないのに、それに医師の免許もない者が……」

「免許のあるなしを、いっているときではないだろう」

「でも、なんといって、行ったらいいんですか」

「いかがですか、とでもいえば。早く、このままじゃ患者が可哀想だよ」

そうまでいわれては、三郎もじっとしているわけにいかない。

仕方なく薬局を出て、手術室の前へ行くと、廊下に患者を運んできた運搬車があり、その前に家族が二人、心配そうに待っていた。

「あのう、手術はまだでしょうか」

そうきかれても、三郎は答えようがない。きいた家族のほうも、長引く不安から、きいてみただけのようである。

三郎は答えず、手術室の手前の、準備室のドアを押した。

普段は、そこで衣服を脱ぎ、手術衣に着替えてから、手を洗う。その準備室を抜け、手術室へ通じるドアを開けると、なかで手術がおこなわれているのが見える。

中央の山中医師は、背を向けていて、三郎が入ってきたのに気がつかない。助手の婦長も、器械出しをやっている村瀬も、雑役係りの明子も、みな傷口を覗《のぞ》きこんでいて気がつかないらしい。

三郎はうしろから近づき、明子の横から覗きこんだ。見ると丁度、山中医師が右手でコッヘルを握ったところだった。コッヘルの先には、たしかに虫垂がとらえられている。

いま、ようやく虫垂をつかまえたところらしい。

「メス」

山中医師はそういうと、少し余裕ができたのか顔を上げた。瞬間、医師と視線がぶつかった。

まさか、三郎が見ているとは思わなかったらしい。山中医師は、一瞬眉《まゆ》を顰《ひそ》めると、急に不機嫌な表情になって怒鳴《どな》った。

「なにしにきたのだ」

「ただ、ちょっと……」

「消毒もしないで、のこのこ入ってくる奴《やつ》がいるか」

「済みません」

慌てて戻りかけた三郎に、山中医師はさらに罵声《ばせい》を浴びせた。

「馬鹿野郎、アッペはちゃんと摘《と》るから心配するな」

準備室に戻って、三郎はようやく一つ息をついた。

すごい怒りようであった。まだ、山中医師のマスクの上の目に、睨《にら》まれているような感じである。

たしかに、普通の姿で手術室に入ったのはまずかった。入る以上は帽子とマスクをして、術者の許可を得てから入っていくのが礼儀である。

だが、職員が傷口を少し覗《のぞ》くくらいなら、普段の白衣のままでよくやっている。三郎が手術で手古摺《てこず》って、所長の意見をきくときなども、所長はよく普通の白衣のままやってきた。雑役係りの明子も、麻酔薬をとりに、手術室と薬局を行き来している。

それがよいとはいえないが、手術衣に着替えてないからといって、すぐ感染が起きるわけでもない。少なくとも、虫垂炎の手術くらいで、そんなに神経質になることはない。

やはり、手術が遅れて苛立っていたところを覗かれたからだろう。

もっとも、三郎が覗いたときは、虫垂を見付けた瞬間だった。だから、怒鳴《どな》りながらも、「アッペはちゃんと摘る」と叫んだのであろう。

しかしそれにしても、まずいことをしたものだ……

こんなことになるなら、初めから、「見せていただけますか」と許可をとったほうがよかった。

こっそり入って見ていたので、山中医師は大分前から、見られていたと思ったのかもしれない。

三郎は手術をしているとき、所長に見られるだけで緊張した。今度の場合は、とくに長引いて難航しているときだった。そんな情況で覗かれたので、いっそう腹を立てたのかもしれない。

「まずいことをしちゃったよ」

三郎は高岡に、手術室でのことを話した。だが高岡はききながら、笑い出した。

「あのヤブは、やっぱりあんたを意識してるな。こりゃ面白い」

「冗談じゃないですよ。これ以上、彼に睨《にら》まれちゃたまりません」

「かまわん、かまわん。あんな医者は、どうせそのうちお払い箱だ」

高岡は簡単にいうが、当分、所長の復帰が望めない現状で、山中医師と争うのは感心しない。

亜希子が島へ来るといいだしたのは、五月の半ばである。

亜希子は三月の末に大学を卒業してからは、どこにも勤めていなかった。本人は勤めたかったようだが、両親が反対したらしい。お金には困らないし、家においておいたほうが安全と、親は考えたのかもしれない。

一旦《いったん》、亜希子は親のいうことに従ったようだが、友達がみな勤めているのを見て、また退屈になったらしい。

六月から、ある代議士の秘書として勤めることになったという。もっとも、秘書といっても、実際に国会や選挙区を走り廻《まわ》るわけでなく、事務所の電話当番らしい。当の代議士は、亜希子の父親と親しく、そこなら安心ということで、許可がでたらしい。

それでも勤め始めたら、簡単に休めないというので、急に五月中に、手術をして欲しいといいはじめたのである。

正直いって、三郎はいまは手術をやりたくない。

山中医師がくる前ならともかく、きたいまとなっては、やりにくい。こっそりやってばれたら、なんといわれるかわからない。それに、亜希子に偽医者であることもばれるかもしれない。

だが亜希子はお嬢さんだけに、いいだすときかない。

「来週早々にでも行くから、やって下さい」

「病室の準備もあるので、二、三日待って下さい。こちらから電話をしますから」

手術はやりたくないが、といって、断るのは残念である。

そうでなくても、このところ亜希子は冷たかった。電話をしても、初めのころのような熱気はない。三郎が近況をきいても、「元気よ」と答えるだけだし、島の話をしても、うなずくだけである。一度は、「いま、他の人から電話がくるので」と、一方的に切られてしまった。

「去る者は日々にうとし」というが、東京と島と、二百数十キロも離れていては、疎遠になっていくのは仕方がないのかもしれない。

離れかけている亜希子を引き戻すには、手術は絶好のチャンスである。そのあいだだけは、亜希子を完全に掌中においておける。

こんな機会はないが、山中医師のことを考えると憂鬱《ゆううつ》になる。

どうするべきか……。

考えたが名案は浮かばない。普通のことなら、明子に相談するが、これだけは話すわけにいかない。迷った末、三郎は再び高岡に相談した。

亜希子の手術以来、高岡は三郎に好意的である。診療所で、腹をわって話せるのは彼くらいなものである。

「そうか、彼女とそんな関係になっていたのか」

高岡は憮然《ぶぜん》とした表情をしたが、正直に打ち明けられると、「いや」とはいえない性質《たち》らしい。大体、島の人達は、みな根は素直で世話好きである。

「あんたを本当の医者のように見せかけて、手術ができればいいんだな」

高岡は腕を組んで考えこんだ。

「山中のヤブにばれちゃ、まずいわけだな」

「もちろん、わかってしまっては、なにもできないと思うんです」

「彼の目を誤魔化すとなると、やはり、診療所が休みの日曜日か、土曜日の午後ということになるね」

たしかに、土曜日の午後から、日曜日にかけては、山中医師は診療所に出てこない。

村木所長なら、日曜でもときどき出てきて、入院患者を診てまわることがあったが、山中医師は怠け者なので、その点はかえって好都合である。

「土曜の午後か日曜日にやるとして、彼女のほうはいいのかい」

「他の日は忙しいから、日曜日にやるといえば、なんとかなると思いますが」

「手術の器械は、その日に消毒しておけばいいわけだな」

「皮膚のケロイド部分をとって、縫合しなおすだけですから、たいした道具はいりません」

「しかし、看護婦がいなければ困るだろう」

「一人が器械出しと助手をやってくれて、一人は雑役で、二人いてくれるとやれるんですが」

休みの日の、当直の看護婦は二人しかいない。

「足りなければ、俺が手伝ってやってもいいけど、明子君にわかっちゃまずいんだろう」

「できたら内緒で……」

三郎は素直に頭を下げる。明子が、三郎と亜希子のことを知っているとは思えないが、疑っていることはたしかである。それをいま、内緒で手術をしたりすると、ますます疑われる。

「土、日で、彼女が当直でないときにやって、手伝った看護婦には口止めをする」

「そんなこと、できますか?」

「わからん、わからんがやってみるより仕方がないだろう」

そういわれると、そのとおりである。

「しかし、そこまではうまくいったとして、手術をして、すぐに帰すわけにいかないだろう」

「糸を抜くまで、一週間はいて欲しいのですが」

「でも、入院したら、ヤブにもわかっちまうぞ」

「それで考えたんですが、その間、どこか旅館にでもおく、というのはどうでしょう」

「なるほど、旅館ねえ」

島には旅館が三つある。他に民宿ならいくらでもあるが、大半は夏の観光シーズンだけ客を泊める。

「手術のあとすぐ旅館に移して、ガーゼ交換は？」

「僕が毎日、往診に行こうかと思っています」

「しかし、どうして入院させないのかと、彼女は不思議に思うだろうな」

「病室が満員だということでは……」

「なるほど」

高岡はうなずいたが、すぐ思いなおしたように、

「でも、旅館の女中にも、あんたが医者だと思わせるように、させなきゃいかんな」

「そこが気になるのですが」

「いや大丈夫だよ。俺が一緒に行って、あんたを、〝先生、先生〟って、呼んでやるよ。よし、その線でいこう」

高岡はそういうと、自信あり気に三郎の肩をぽんと叩《たた》いた。

はたして山中医師にも明子にも隠れてうまくやれるものなのか、自信はない。薬剤師の高岡が助けてくれるというのがただ一つの頼みだが、ともかく、こうなったらやるより仕方がない。

三郎は早速、亜希子に電話をしてみた。

「来週の土曜日はどうですか」

「土曜日に手術をするの」

案の定、亜希子は不審そうにきき返した。

「いまのところ、ちょっと忙がしくて手術の予定がつまっているのです。土曜日ならあいているんですが」

「でも、診療所、お休みじゃないの」

「午後は休みですけど、看護婦はいますし、そのほうが暢《の》んびり落着いてやれますから」

「でも、そんな日に悪いわ」

「いえ、僕のほうは一向にかまいません。むしろそのほうがありがたいくらいです」

土曜日の午後なら山中医師はいないし、当直は村瀬と川合の二人の看護婦である。

「普通の日で、空いている日はないんですか？」

「残念ながら……」

正直なところ、手術は週に二度もあれば多いほうである。短いあいだだが、入院したことのある亜希子が不思議に思うのは無理もない。

「このところ、ちょっと風邪や下痢の患者などが増えたものですから」

「ああ、先生は内科の患者さんも診ているわけね。忙しくて大変ね」

「いえ、そんなことはありませんが……」

「そんなに忙しいのなら、東京でやってもらおうかしら」

「いや、ぜひ来て下さい。僕等はちっともかまわないのですから」

来ないといわれると、なんのために高岡に相談したのかわからなくなる。なんとか島に引き寄せて、以前の親しさに戻るのが三郎の目的である。

「どうか気にしないで下さい。僕等みな、あなたがくるのを待っているのですから」

「明子さんって看護婦さん、お元気？」

「え、ええ……」

今回は、明子にも内緒でやるつもりである。三郎は慌《あわ》てて要領のえない返事をする。

「またみなに迷惑をかけるのは悪いから、もっと先でもいいのよ」

「いや、とにかくこちらとしては、来週の土曜日が都合がいいのです」

「じゃあ、そうしようかしら。土曜日は朝着いてもいいですか」

「できたら前の日のほうが……」

三郎としては、手術だけして帰られるのではつまらない。できることなら、その前に一、二日、島を案内したり、一緒の夜も過したい。

「そうね、考えてみるわ」

亜希子はそういってから、思い出したように、

「ところで、費用はいくらくらいかしら」

「いえ、いりません」

カルテもつくらず内緒でやるのだから、金は要らない。だが、手伝ってくれる当直の看護婦達に、口止め料として、多少の礼はしなければならない。

「そんなことされては困ります。入院は何日くらいすればいいのかしら」

「一応、抜糸するまでは島にいて欲しいのです」

「この前、わたしが入院したお部屋、空いていますか」

「あそこはふさがっているかもしれませんが」

「じゃあ、大部屋になるの？」

「いや、部屋のほうは僕がなんとかしますから……」

初めから、診療所には泊めないつもりだが、いまそれをいってしまってはまずい。

「先生が、そう言って下さると安心だわ。じゃあ、あとは寝巻きと洗面道具を持っていくだけでいいんですね」

「今度の手術は簡単で、すぐ終りますから」

「痛くないでしょうね」

「大丈夫です。二十分もあれば終ります」

「じゃあ、来週の土曜日、いえ金曜日に行くといいんですね」

「ぜひ、その日に来て下さい、待ってますから」

受話器をおいたとき、三郎の掌は汗ばんでいた。

これで亜希子のほうはなんとかうまくいきそうだが、問題は彼女が島にきてからである。

出来ることなら三郎の部屋に泊めたいが、それではたちまち噂《うわさ》になる。まわりの人にはともかく、明子にわかってはまずい。

明子との仲はこのところ順調だが、亜希子を泊めたことがわかっては大問題である。

正直に、どちらが好きかときかれたら、亜希子のほうだが、島にいるかぎり明子と争うわけにいかない。このあたりは打算的だといわれても仕方がない。

亜希子のような魅力的な女性を目前にして、知らぬ振りをしろ、といわれても無理である。男ならみな浮気の虫がおきる。いや、これは単に浮気の虫というものではないのかもしれない。

いいわけのようだが、三郎は、亜希子のなかに都会の華やかさを感じる。亜希子と際《っ》き合っていると、いつかまた東京へ戻れそうな気持になる。

明子はもちろん気立てのいい女性だが、一緒にいると、自分が確実に、この島へ埋もれていくような不安にとらわれる。

それはともかく、自分の部屋に泊められないとなると、旅館や他の家ということになる。初めは、島で最も立派な「立花旅館」を考えたが、高岡と相談した結果、民宿のほうがいいのではないか、ということになった。

たしかに旅館は部屋も立派だし、便利だが、いろいろな人が出入りする。口止めしたところで、狭い島のことだから、すぐばれてしまう。

その点、民宿なら、その家の夫婦さえ黙っていてくれればわからない。それに三郎も行き易い。

考えた末、高岡の遠縁に当る、浦野という家の一室を借りることにした。そこなら、診療所のある本町からは歩いて十五分で行けるし、海に面した岡の近くにあって、人家もあまりない。いつもは六月から民宿として開放するが、今回だけ少し早くから開けてくれるという。

幸い、二年前に瀟洒《しょうしゃ》なモルタル造りに建て替えたばかりなので、部屋も小綺麗《こぎれい》である。しかも住んでいるのは三十代の夫婦で、その妻が風邪をひいたとき、三郎は一度診察したことがある。

高岡がどう説明したのかわからないが、夫婦とも三郎を「先生」と呼んでくれるし、他には絶対いわないと、約束してくれたらしい。

「よし、これで手術の日と、部屋は決ったぞ」

世話好きの高岡は、自分のことのように張り切っている。

「問題は手術だが、土曜日の午後の当直は、村瀬と川合だな」

「それは、僕から頼みます」

「山中のヤブは、昼になったらすぐ帰るだろうな」

「土曜日の午後、診療所にいることはないでしょう」

「たまに麻雀《マージャン》をしているけど、誘われても、際《つ》き合わなきゃいいんだ」

「でも、誰かがやるといったら」

「心配するな、それは俺がうまくいって帰してやる。大体、あの医者は嫌われてるから、事情を話せば、みなわかってくれるよ」

高岡はそういってから急に、

「この際、明子君にも、正直に手術をすることをいったほうがいいんじゃないかな。医者ならともかく、看護婦にはどうせ知れるから、いっそ先にいって、頼んだほうが無難だよ」

「でも、なんていうんですか」

「向こうから頼まれたから仕方がない。自分が手がけた患者だから、やっぱり自分で治してやりたい。そういったら、彼女だってわかってくれるよ」

「…………」

「大体、あんたは、心にやましいところがあるから、変に考えすぎるんだよ」

「そんなわけでもないんですが……」

「はっきりいったほうが、村瀬君達だって手伝いやすいだろう」

「じゃあ、そうします」

高岡の話をきいているうちに、三郎もその気になってきた。

来週の土曜日までは一週間少しある。

三郎はその間、外科全書のなかの、形成美容の部分を念入りに読んだ。

縫ったあとの傷痕《きずあと》は、ケロイド体質の人は治りにくいらしい。同じ縫い方では、また盛り上ってくる。

ケロイドをなくするこつは、縫合面を正確に合わせ、表皮の部分をうずめこむように、二重に縫うことらしい。それでかなりきれいな一直線の筋になるらしい。

わざわざ、島まで来て手術をするのだから失敗は許されない。もし失敗したら、亜希子の信頼を失うとともに、愛情まで失うことになる。

翌日、三郎は練習のために、自分の下腿に、二センチほどの傷をつけて、自分で縫ってみた。麻酔は局所麻酔である。

注射のときだけ、少し痛いが仕方がない。それもすべて、亜希子の愛をつなぎとめるためである。

片方の手にピンセットを持って皮膚を合わせ、片手で受針器を持つ。一人二役でやりにくいが、なんとかこつはわかった。

二センチの傷を縫って、ガーゼを当てたが、麻酔が切れると、少しずつ痛み出した。

俺《おれ》はなんのために、こんな傷をつけたのか……。

傷を見ているうちに情けなくなったが、とにかくいまは頑張るだけである。

手術を三日後に控えた水曜日の午後、三郎は明子と他の二人の看護婦を検査室に呼んで説明した。

「実は、前に入院していた田坂亜希子という患者さんから頼まれて……」

瞬間、明子の目がきらりと光ったが、三郎はかまわず続けた。

「僕としても、一度、手をかけた患者さんだけに、なんとかきちんと治してやりたいんだが、山中先生に見付かるとまずいので……」

そのまま三人は黙ってきいている。

「土曜日の午後に手術をしたいと思っているんだが、なんとか協力してもらえないだろうか」

説明が終ると、三人は互いに顔を見合わせたあと、明子が最初に口を切った。

「それは婦長さんには、話してないのですか」

「これから話そうと思っている」

「それならかまいませんけど、ねえ」

明子がみなの同意を求めるようにいうと、他の二人もうなずいた。

「じゃあ、山中先生にわからないように、器具の消毒も、器械出しもやってくれるね」

「どうしても、というのなら仕方がありません」

「ありがとう」

三郎が頭を下げると、明子がいった。

「内緒にする以上、おごってもらいますよ」

「もちろん。鮨《すし》がいいかい、それとも……」

「そんなものじゃ駄目、もっともっと高いもの」

「なに？」

「それは、あとでゆっくり考えるわ」

明子と二人の看護婦は悪戯《いたずら》っぽく笑う。なにやら無気味だが、これで手術のほうはうまくいきそうである。

安心したところで、その夜、三郎は早速《さっそく》亜希子に電話をした。気まぐれな女性だから、いつ気が変らないともかぎらない。

「土曜日まで、あと三日ですけど、本当に来られるのですね」

「行くわ、でもちょっと困ったことがおきたの」

「どうしたんですか」

「手術のことを話したら、ママが一緒に従《つ》いていくというの。この前のお礼もしていないし、遠い島で心配だからって」

「心配なんていりませんよ。ちょっと切って、縫いなおすだけですから」

「わたしもそういったんですけど、ママは心配性なの。でもやっぱりママはいないほうがいいですね」

「本当に大丈夫ですから、僕を信用して下さい」

亜希子の母親がきては、二人でゆっくり会おうと思った計画が滅茶苦茶になる。

「じゃあやっぱり一人で行くわ」

「きっと、そうして下さい」

「で、土曜日の朝に着けばいいのね」

「なんとか金曜日に来て下さい。前の日に来てくれれば、ゆっくり話もできるし、手術の準備もできますから」

「でも前の日に、ちょっと用事があるの」

「そんなのやめて下さい。大切な手術をするわけですから……」

「じゃあ、なるたけ金曜日に着くようにするわ。でもその日、わたしはどこに泊るのかしら」

「宿はとってありますから、とにかく必ずきて下さい」

受話器をおいて、三郎は溜息《ためいき》をついた。

なんのために、こんな苦労をしてまで、面倒な手術をするのか。だがともかく、手術まであと三日しかない。

手術がうまくいきますように、そして山中医師にもわからず、亜希子との仲ももとのように親しくなれますように、三郎はいまひたすら、神に祈るだけである。

南風

金曜日に来ることを期待していたのに、亜希子は手術当日の土曜日の朝、島に着いた。

三郎はいささか不満だったが、診療所を脱け出して桟橋まで迎えに出た。

正月に東京で会って以来、半年ぶりである。船から降りてきた亜希子は、黒のコットンシャツに、キュロットというのか、木綿の浅黄色のスカートのようなズボンをはき、籐《とう》のバスケットを持っている。とくに着飾っているわけではないが、さすがに島の女性とは違って格段に目立つ。

ひとめ見た途端《とたん》、三郎は、昨日来なかった不満も吹きとんで馳《か》けつけた。

「先生、今日は」

亜希子は顔一杯に笑顔を見せて、頭を下げる。

「疲れたでしょう」

「船のなかで、よく眠れなかったの」

亜希子はそういうと、振り返り、うしろから従《つ》いてきた男から、旅行鞄《かばん》を受けとった。

「ありがとう、おじさん」

男は怪訝《けげん》そうに三郎を見、それから慌《あわ》てたように、持っていた鞄を置いて去っていく。

「彼、知っているの？」

「ううん、船で隣り合わせたら、話しかけてきたの、名刺を呉《く》れたわ」

亜希子が出すのを見ると、「株式会社緑樹苑《りょくじゅえん》　常務取締役　上島平次郎」と書いてある。

「ご存じ？」

緑樹苑といえば、この島で、熱帯植物を栽培している会社である。本店は東京だから、仕事で来たのかもしれない。

「やたらに親切で、ここに一週間いるから電話をくれ、なんていうのよ」

名刺の裏を見ると、丸い字で電話番号が書いてある。三郎が振り返ると、男も振り返っている。頭の薄い、五十半ばの小肥りの男である。船のなかで、亜希子に目をつけて近づいたのかもしれない。

「気をつけないと駄目だよ」

「あの人がうるさくて全然眠れなかったの。でも、おかげで退屈しなくてすんだわ」

三郎が心配するわりに、亜希子はけろりとしている。

「寝ていないんじゃ、疲れてるでしょう」

「たいしたことないわ、それに手術をしたら、ずっと寝ていなければならないから」

「とにかく、部屋をとってありますから、そちらに行きましょう」

「診療所に行くんじゃないの」

「手術は午後からだし、病室は混んでるので、別に民宿をとっておきました」

「でも、すぐ診療所へ行くのでしょう」

「いい病室がないので、ずっとそこにいたらどうかと思うんです」

「入院しなくてもいいんですか？」

「僕が毎日、そこへガーゼ交換に通いますから」

「大丈夫？」

「平気です。心配しないで下さい」

三郎は高岡から借りてきた車に手早く亜希子と荷物をのせると、ドアを閉めた。

栈橋から頼んであった民宿までは、車で五分とかからない。

「診療所からは少し離れているけど、静かだし、見晴らしもいいので」

民宿の前はゆるやかな段々畠になり、その先は絶壁になって、初夏の海が拡《ひろ》がっている。

「さっき降りた港はこの山の陰になります。こちらは西なので、海に沈む夕日がきれいです」

「素敵ねえ」

どうやら、亜希子は気に入ったようである。

「去年、建てなおして部屋もきれいだし、おばさんもいい人ですから」

三郎が玄関を開けようとすると、裏庭のほうから婦人がきた。畠でも、いじっていたのか、頰《ほお》にかぶっていたタオルをとりながら、頭を下げる。

「いらっしゃい」

「この前、頼んだ田坂亜希子さんです。ここのおばさん」

おばさんといっても、まだ三十そこそこだが、毎日の農作業のせいで真黒に陽灼《ひや》けしている。

「田坂です、よろしくお願いします」

亜希子が挨拶《あいさつ》をすると、おばさんはもう一度丁寧《ていねい》に頭を下げて、

「本当に綺麗《きれい》な方ですね」

見詰められて、亜希子は照れている。

「さすが、先生が選んだだけのことはありますね」

「いや、そんなんじゃないんです」

亜希子のことについて、三郎はなにもいっていないが、高岡がこっそり話したのかもしれない。

一週間もいれば、いずれわかることだから、それは仕方がないとして、あまり彼氏のような態度をとると、亜希子が怒り出すかもしれない。それはともかく、おばさんが「先生」と呼んでくれたので、三郎は一安心である。

「荷物は？」

「僕等が運びますから、大丈夫です」

「部屋は、この前のところでよろしいですね」

五日前に、三郎は高岡と一緒にこの家にきて下見をしている。部屋は二階の右端で、八畳の和室である。二方に窓があって、この家で一番見晴らしがいい。

「まだ観光シーズン前で、他には誰もいませんから」

おばさんがいうとおり、家のなかは閑散としている。部屋に入って窓を開けると、海からの風が吹き抜けていく。

「お布団はここに入っています。それからトイレはこの廊下の先です。今年の冬に建てなおして、お嬢さんが、ここに泊るはじめての人です」

おばさんはひととおり説明すると、「ごゆっくり」といって去っていく。二人きりになって、三郎は改めて亜希子を見た。

「どうですか、気にいりましたか」

「とっても」

亜希子がこっくりとうなずく。

三郎はそのまま抱き寄せたいが、明るい陽射《ひざ》しが気になる。しばらく見詰めあっているると、亜希子が少し改まった口調でいった。

「お久し振りね、先生、少し痩《や》せたんじゃありませんか」

今年の初めから、所長が病気になり、新しい医師がきて、いろいろ気苦労は多かった。

「またお世話になりますけど、よろしくお願いします」

「大丈夫です。僕を信じて下さい」

「もちろん、信じているから、ここまで来たのよ」

「亜希子さん」

三郎はこらえきれず、亜希子の前にいざり寄った。

「ぼく……」

こらえきれずにそのまま抱き寄せようとすると、亜希子は軽く上体をそらす。

「駄目よ……」

三郎はかまわずおおいかぶさるように亜希子の唇を求める。

「逢《あ》いたかった……」

それが偽《いつわ》らぬ本音である。なお強引に求めると、亜希子は今度は素直に唇を許した。

亜希子の体の感触は半年前と変っていない。相変らず、細くて頼りなく、そのくせ強く抱き締めるとしなやかなふくらみがある。

「好きです……」

三郎がさらに強く唇を吸おうとすると、亜希子がそっと顔を引いた。

「ねえ、先生。こんなことをしていては駄目よ」

「…………」

「わたしの傷、診察しなくていいんですか」

意外に冷静な声に、三郎は抱いていた腕をゆるめた。

「今日はわたし、患者さんよ」

乱れた髪をかき上げながら、亜希子はにっこり笑う。

亜希子のケロイドを見たのは、今年の初めである。それから半年で、傷痕《きずあと》はそう変るわけはないが、見ておくにこしたことはない。

「いま、ご覧になる？」

三郎がうなずくと、亜希子はゆっくりと両手でシャツを上げた。

「いくら先生でも、恥ずかしいなあ……」

亜希子はそういいながら、自分からキュロットを下げる。

白い下腹の中央に、縦《たて》に赤く盛り上った筋が走っている。それは白地に這《は》った一匹のミミズのようでもある。

「お風呂《ふろ》に入って温まると、特別目立つのよ。きれいに摘《と》れますね？」

「もちろん」

朝の光りのなかで、赤い傷痕を見るうちに、三郎の興奮は次第に醒《さ》めていった。

そのまま亜希子を民宿において、三郎が診療所へ戻ると、十一時だった。十時から、丁度一時間ほど抜け出していたことになる。

急いで検査室へ戻ると、検血の指示が出ている。他に検尿が二つ出ていたようだが、それは明子がやってくれたらしい。知らぬこととはいえ、明子に内緒で亜希子と接吻《せっぷん》してきたことに、三郎はうしろめたさを覚える。

急いで検血を終えて、薬局へ行って、高岡へ車のキイを返す。

「どうだった」

「おかげさまで、とても気に入ったようです。いま部屋で休んでいます」

「そりゃよかった。あの民宿は、島で一番綺麗《きれい》だからね」

高岡は、自分の紹介したところが気に入られてご機嫌らしい。

「山中先生はどうですか？」

「まだ、外来にいるらしいけど、もうそろそろ帰るだろう」

薬局の置時計は十一時二十分を示している。土曜の診察は十二時迄といっても、山中医師は、患者がいなくなると先に帰る。

「僕が出かけていたことは、ばれませんでしたか」

「いや、なにもいっていなかったようだけど」

三郎は薬局の窓口から、外来のほうを覗《のぞ》いてみる。廊下にあるベンチに、老人が二人坐《すわ》っている。二人とも、すでに診察は終って、会計を待っているらしい。

「ヤブは、どうせ帰り支度でもしてんだろう。あれが帰ったら、すぐはじめようか」

「一応、みんなに食事をしてもらって、一時ころからと思っているんですけど」

「俺《おれ》はかまわないけど、看護婦達のほうは？」

「それは大丈夫です。それより僕は手術の準備があるので、一時前に、彼女を民宿まで迎えに行っていただけないでしょうか」

「お安いご用だ。美人のお伴は好きだからね」

中年の高岡は、若い亜希子の手術の手伝いができるというので、浮き浮きしているらしい。

「なんなら、俺も手を消毒しようか」

「いえ、大丈夫です」

三郎が断ったとき、外来の村瀬看護婦が薬局に入ってきた。

「コーチゾン軟膏《なんこう》、一〇グラム下さい」

高岡は軟膏のビンを取り出しながら、村瀬にきいた。

「ヤブの奴《やつ》、診察はもう終ったんだろう」

「さっき、終りました」

「で、なにをしてるんだい？」

「週刊誌を読んでいるんです」

「そんなの読まずに、さっさと帰ればいいのに」

「今日は奥さんが、親島まで買物にいっていないらしいんです」

「じゃあ、奥さんが帰るまで家に戻らないのか？」

「そんなことはないと思いますが、さっき、麻雀《マージャン》でもしようかな、なんていってました」

「冗談じゃないぜ」

三郎と高岡は顔を見合わせた。

「まさか今日、手術があることを知ってるわけじゃないだろうな」

「心配するな。もし居坐《いすわ》っても、俺《おれ》がうまくいって帰してやる」

高岡が自信あり気にいうが、三郎はやはり落着かない。

そっと薬局を出て外来の前に行ってみると、廊下で、患者が村瀬から軟膏《なんこう》を受けとっている。

診察室のドアは開け放たれているが、なかは白い衝立《ついた》てで見えない。それを横目で見て、三郎は手術場に行ってみた。

中央に手術台があり、まわりはきちんと整頓されている。壁ぎわの煮沸器《しゃふつき》には消毒済みの手術器具がおさめられ、カストにはガーゼが満杯になっている。

手術の準備は完了し、あとは山中医師がいなくなれば、いつでも手術はできる状態である。

そのまま様子をうかがっていると、十二時十分前に、山中医師が外来から出てきた。いよいよ帰るのかと思ったが、白衣姿で背広に着替えていない。薬局の窓から見ていると、そのまま向かいの事務室に入っていく。

「ちょっと見てくる」

高岡が薬局を出て行った。

一人で三郎が待っていると、明子が入ってきた。彼女は今日は当直ではないが、手伝ってくれることになっている。

「手術はやるのですね」

「やるけど、まだ、あいつがいるのでね」

三郎が顎《あご》で事務室のほうをしゃくると、明子はうなずいて、

「わたし達、炊事場でご飯を食べていますから、時間になったら呼んで下さい」

「村瀬君も、残ってくれるだろうな」

「大丈夫でしょう」

明子のいい方はどこかよそよそしい。患者とはいえ、三郎が好意を抱いている女性のために、土曜日の午後に働くのが面白くないのかもしれない。

事務の窓口で、会計をしていた最後の患者が去ると、窓はすぐ白いカーテンで閉じられた。正午で、今日の診療はすべて終りである。

なお薬局の窓から廊下をうかがっていると、高岡が戻ってきた。

「やっこさん、やっぱり麻雀《マージャン》をやろうとしているよ」

「本当ですか」

「でも安心しろ。事務長は用事があるらしいし、俺と吉田は断ったから、できやしない」

診療所には、三郎も含めて六人の男性がいるが、そのうち三人が断ったら麻雀はできない。

「そばの出前を頼んでいるらしいから、それを食べたら帰るだろう。俺達も食事を終えとこう」

三郎も昼食は炊事場でとる。

そこへ行くと、明子と村瀬が先にきて食事をしていた。

「一時ころからですか?」

「多分ね」

うなずきながら、三郎は亜希子のことが気になる。民宿で一人で淋《さび》しくないか。電話をかけてやりたいが、事務室には山中医師がいる。

明子に手術の説明をしながら食事をしていると、山中医師が入ってきた。

「おい、相川君、碁をやらんか?」

三郎は慌《あわ》てて首を左右に振る。

「いえ、僕は今日は……」

「なんだデートか」

山中医師はじろりと、並んで食べている明子を見る。

「昼間から見せつけるなよ」

「そんなんじゃありません、ちょっと用事があるものですから……」

山中医師は冷ややかな視線を二人に向けると炊事場から出ていった。

「あの先生、失礼だわ」

「まあいいじゃないか、これで諦《あきら》めて帰るよ」

山中医師と明子と、両方機嫌をとらなければならない三郎は忙しい。

山中医師が帰って手術が始ったのは、午後一時からだった。

手術室で、亜希子は顔馴染《かおなじ》みの看護婦達に挨拶《あいさつ》してから、手術台の上に仰向けになった。

色白の肌は以前と変らない。もっとも、今回は前のときのように、大量出血のあとでないから、白い肌がピンク色に輝いている。

八ヵ月前、きれいに剃《そ》り落された秘所は、すでにもとに戻っているが、再び剃り落さなければならない。

明るい手術台の上で、明子が亜希子の秘所に剃刀《かみそり》を当てる。剃る者と剃られる者と、二人の女は互いに息を詰め、なにもいわない。それを見ているうちに、三郎は二人の女性が対決しているような錯覚にとらわれる。

剃毛《ていもう》し、蒼々《あおあお》となったところで消毒をする。初めヨーチンを塗り、次にハイポ・アルコールで拭《ふ》き取る。その上に、傷痕《きずあと》の部分を残して、消毒した被布をおおう。

丁度、長方形の窓のように開いた被布の中央に、赤く盛り上った傷痕が見える。

三郎は消毒したゴム手袋で触れ、まわりの皮膚の様子をたしかめてから、局所麻酔の注射をした。

「痛い……」

亜希子が小さくつぶやく。

「いま、すぐ終りますから」

傷のまわりを一通り注射すれば、痛みは消える。

高岡はとくに用事はないが、白衣を着て、うしろに立って見ている。今回のことでいろいろ世話になっているだけに、手術を見せろ、といわれて、断るわけにいかない。

麻酔を終ったところで、三郎はあらかじめメスの背で、切開予定の線を描く。傷痕を除くには、それを囲んで紡錘形《ぼうすいけい》に皮膚を切り摘らねばならない。

十センチをこす傷痕だから、かなり細長い紡錘形になる。お腹の中央部から、下は恥骨のすぐ上まで切らねばならない。

三郎は軽く目を閉じ、それから皮膚にメスを当てた。

四月の初めから、ほぼ二ヵ月ぶりに握るメスである。初めは少し不安だったが、メスを持つと、すぐ感触は戻ってきた。

三郎の手術の腕は理屈で憶《おぼ》えたものではない。村木所長から、体で叩《たた》きこまれたものである。それは、寿司屋が寿司を握り、板前が包丁をさばくのに似ている。あるいは、車の運転に似ているかもしれない。体で覚えたものは、そう簡単に忘れるものではない。

皮膚を開き、血を見てから、三郎の手つきはいっそう鮮やかになる。血が出る個所を次々とコッヘルで留め、切り除く皮膚片をペアンでつかむ。そのペアンを持ちあげ、皮下を一気に剝《は》がしていく。

メスが入ってから、ケロイドを含んだ皮膚片を摘出するまで、十分とかからない。傷痕《きずあと》が除かれ、皮下が紡錘形に開いたところで、改めて止血し、皮下組織を整える。あとは両端の皮膚を縫いあわせればいいだけだが、そこが最も難しい。

痩《や》せているようでも、女性だけあって、亜希子の皮下には、意外に脂肪がある。黄色い小さな粒が無影灯の光りで輝いている。この脂肪が、女の肌のやわらかさと丸みを保っているのである。

高岡は、マスクの上の大きな目を瞬きもせず見詰めている。

三郎は紡錘形《ぼうすいけい》に残された皮膚の辺縁を剝離《はくり》し、ある程度の余裕を持たせてからピンセットで引寄せる。両端を普通に縫い合わせたのでは、前と同じことになる。皮膚の面を正確に合わせ、小さな間隔で縫い合わせていく。複雑で、いささか根気のいる仕事である。

島まで呼んで失敗したら面目ない。それは三郎の腕の未熟さを暴露するとともに、亜希子との恋の終りでもある。

「頑張るんだ」

三郎は、自分で自分にいいきかす。一本ずつ、丁寧に針を通し、慎重に合わせていく。

「痛くありませんか」

明子が亜希子にきいている。

「いいえ……」

「もうじきですからね」

「はい」

小さくうなずく声がきこえる。

腹を縫われている女性と、手術を介助している女性と、二人の女性と関係している。

それに気がつくと、三郎は少し自慢したいような、少し無気味な気持にとらわれた。

だがそのことはすぐ忘れて縫い続ける。

すべてを縫い、傷口を一本の筋にして手術を終ったのは、一時半だった。初めの予定では、二十分くらいで終るかと思ったが、慎重にやったので、少し長引いたようである。

傷口にガーゼを当て、マスクをとって三郎は一つ大きく息をついた。

「終りましたよ」

「ありがとう」

亜希子が手術台の上でにっこりと笑う。去年、見たのと同じ、優しい笑いである。

「先生、うまくいきましたね」

突然、高岡が肩を叩《たた》いてくる。

「先生」といってくれたのは、彼の好意かもしれないが、高岡は本当に三郎の技術に感心したらしい。「いや、上手なものだ」といいながら、なおもしきりにうなずいている。

「ご苦労さん」

三郎は改めて、看護婦達に礼をいった。

手術がうまくいったこともさることながら、山中医師が現れなかったことで、三郎はほっとしていた。

このあとは、民宿に移して、毎日往診すればいい。

初めはとても不可能だと思ったが、どうやらうまくいったようである。三郎は改めて、診療所の仲間の好意が身に沁《し》みた。

手術が終ったあと、亜希子はすぐ車に移された。

「少し、外来ででも休んだほうがいいんじゃないですか」

明子が心配したが、そんなことをしていて、山中医師にでも見付かったら大事である。

お腹を切られた直後で、まだ立てない亜希子を、運搬車で診療所の玄関まで運び、そこから担架で車に移した。

車は診療所のワゴンで、寝たまま移動できるが、それにしてもいささか強引である。明子や村瀬達も、呆《あき》れて見送っている。

「いま寿司をとったから、みなで食べてくれないか」

三郎は看護婦達にいったが、明子は冷ややかに、

「寿司で、誤魔化《ごまか》そうというわけね」

「そんなつもりじゃないよ。こうでもしなければ、俺《おれ》は手術をすることができないからさ」

「でも、手術をした先生が、患者さんの家まで送るなんて、きいたことがないわ」

「彼女はたった一人で、この島に来ているんだから」

「来たのじゃなくて、呼んだのでしょう」

「とにかく、君達には感謝してるよ」

「こんなに一所懸命になってるあなたを見たのは、はじめてよ」

明子は皮肉をいうが、いまはひたすら頭を下げるより仕方がない。

「すぐ寿司がくるから……」

三郎はそれだけいって車に乗った。運転は高岡がして、三郎は寝たままの亜希子に寄り添っていく。

「忘れものはないな」

「痛み止めと、抗生物質も持ったから、大丈夫です」

高岡がきくのに三郎は答えて車は動き出す。

「痛いかい？」

「すこし……」

車が揺れる度に、亜希子は軽く眉を顰《ひそ》める。そろそろ麻酔が切れてきたのかもしれない。

「着いたら、すぐ痛み止めをあげるから」

「こんなに急に動いて、大丈夫ですか」

皮膚だけの手術とはいえ、かなり傷口は大きい。人体で、最も痛覚が鈍いのは皮膚だから、その意味では相当の負担である。それに、無理に動かして、皮下で再出血でも起きたら、またケロイドになる危険がある。理想的なことをいえば、抜糸するまで動かさないのが最良である。

「できるだけ、ゆっくり行って下さい」

運転席と隔てた金網ごしに、三郎が頼む。

「これ以上、ゆっくり走ったら止まってしまう」

高岡がいうとおり、車は最徐行で坂を上っていく。

いつもは二、三分で行けるところを、十分以上かかって、浦野家の民宿に着いたのは、午後二時だった。車のうしろの扉を開け、担架のまま降ろしてから、家のなかに運び込む。

土曜日の午後に、診療所の車が来たせいか、近所の子供達が珍しそうに集ってくる。

「このまま、まっすぐあげましょう」

担架の前は高岡が支え、後は三郎が持って玄関から階段に向かう。

「急だからね、気をつけて」

民宿のおばさんの声にうなずきながら、そろそろと担架を上げていく。途中、階段が曲っていてやり直す。

「痛い……」

担架が揺れる度に、亜希子が悲鳴をあげる。

「おい、あんまり押しちゃ駄目だよ」高岡はそんなことをいってから、慌《あわ》てて、「先生、待って下さい」といいなおす。

三郎はうなずきながら、ひたすら高岡の好意に感謝する。

ようやく二階に上り、奥の部屋に着いたところで、三郎は布団を敷いた。たしかに、これでは医者か下男か、わからない。

布団を敷き終り、亜希子を寝かせたところで、三郎は改めて高岡に頭を下げた。

「今日は、本当にご苦労さんでした」

「じゃあ、私はこれで……」

高岡は少し未練あり気に、床に寝ている亜希子を見た。それから、「先生、先に失礼します」といって、去っていった。

部屋に二人だけになって、三郎は痛み止めと抗生物質を出し、水差しを渡した。亜希子はそれを服《の》み、一息ついてから改めて三郎を見上げた。

「先生は、今夜はずっとここにいてくれるのですか」

「もちろん、いますよ」

「よかったわ」

亜希子はそういうと、ようやく安心したように目を閉じた。

正直いって、三郎は最初の切り方を間違ったようである。

去年の手術のとき、お腹を縦に切らず、横に切開したら、いまのように醜い傷痕《きずあと》は残らなかったかもしれない。そのほうが皮膚の溝に添って走るので傷の治りがいいし、痕が残ってもパンティのなかに隠れてしまう。

最近は横に切る場合が多いことは三郎も知っていたが、それでは視野が狭く、手術がやりにくい。それに、前回のときは、生きるか死ぬかが問題で、傷痕のことまで考える余裕はなかった。

ともかく、いまさらそんなことを悔いたところで仕方がない。いまは縦一筋の傷が小さくなることを願うだけである。

とにかく手術は無事終ったが、さらにいくつかの難問が控えていた。

その第一は排尿排便をどうするかである。傷口のことからいうと、抜糸するまで安静に寝ているべきである。それが無理としても、皮下の出血がおさまる二、三日間は、絶対安静にしているのが望ましい。

トイレに行けば、当然、お腹の皮膚は動く。しかも民宿のトイレは日本式の蹲《しゃ》がみこむタイプである。その姿勢で腹筋に力でも入れたら、たちまち傷に響く。

痛みはなんとか我慢するとしても、折角縫い合わせた個所がずれたり、出血がおきては一大事である。これが病院なら看護婦の手でおまるを入れたり、導尿をすることもできる。

だが、いくら医者とはいえ、民宿の八畳間で、それをやるわけにはいかない。亜希子は羞《は》ずかしがるだろうし、それ以上に三郎も羞ずかしい。

問題はそれだけでない。食事から、本やチリ紙を手にとったり、着替えまで、すべて他人の手を借りなければならない。

要するに、付ききりで看病する人が必要である。

それは、手術をする前からわかっていたことだが、そのときは、手術さえすれば、どうにかなるとたか《ヽヽ》をくっていた。

明子や村瀬にでも頼もうかとも思うが、彼女等が食事や排尿の度に、診療所から行けるわけもない。

民宿のおばさんに頼むとしても、看護に経験のない人では心もとない。それに農繁期に頼んだところで無理に決っている。どう考えたところで、三郎自身が付き添うよりなさそうである。

三郎は思いきっていってみた。

「二、三日は絶対安静にしたほうがいいので、僕が付添うことにします」

「そんなことなら、ママと一緒にくるんだったわ。いまからでも、すぐ呼ぼうかしら」

「いや、大丈夫です」

「でも、先生は診療所があるじゃありませんか」

「今日はもう終ったし、明日は日曜日です。明後日は出ますけど、どうせ暇ですから、ときどき戻ってきます」

「診療所は患者さんが一杯で忙しいのでしょう」

「心配しないで下さい。初めからそのつもりだったのですから」

今回は手術もさることながら、亜希子と一緒にいることが目的でもある。その点からいえば、付添いは望むところでもある。三郎は心を決めた。

土曜から日曜日と、三郎はずっと亜希子の横に付添った。民宿のおばさんには別に布団と、食事を一つ余計に出してもらうことにした。

お腹の傷は十センチ以上もあるので、上体を軽く捻《ひね》っただけでもひりひりと痛む。もっとも、内臓をいじったわけではないので、なにを食べても心配はない。

土曜日の夕方から、亜希子は軽く食欲が出たので、三郎は横について、食べさせてやった。

食事は特別に頼んだので、なかなかいい。新鮮な魚や貝が並んでいる。ご飯を口に運んでやり、水差しに入れた味噌汁《みそしる》を飲ませていると、なにやら以前から、夫婦であったような錯覚にとらわれる。知らない人が見たら、病む妻を優しく看護している夫と思うに違いない。

食事の前に、三郎は外へ出て、亜希子のために女性週刊誌と甘いお菓子、果物、さらにおまるまで買ってきた。

亜希子はトイレに行きたがったが、三郎が説得すると、渋々納得した。

病気をしたからといって、すぐおまるはつかえないものだが、亜希子は去年経験があるだけに、さほど苦痛ではないらしい。それでもさすがに、排泄物《はいせつぶつ》を三郎が捨てに行くときには抵抗した。

「やめて、それだけはおばさんに頼んで」

亜希子が何度もいうので、三郎は一旦《いったん》廊下にだけ出し、あとで一人で捨てにいく。

亜希子は、汚いものを見られては、三郎が幻滅を感じると思ったのかもしれないが、そんなことをいえば、三郎は亜希子のお腹から子宮まで見ている。いまさら、排泄物を見たところで、亜希子への愛は変らない。それどころか、そんな羞《は》ずかしいものを見せざるをえない亜希子を、いっそう愛《いと》しいと思う。

日曜日も、三郎はほとんど亜希子の横に居続けた。

その間三郎は島のこと、病気になった所長のこと、東京にいる母のことなどを話し、亜希子は最近見た映画からよく行くディスコ、さらに仲のいい友達のことなどを話した。そして話につかれると、二人は互いに本を読み、ときに仮寝をした。

夜、寝るときは、二つ並べて布団を敷き、接吻《せっぷん》をし、手を握り合って眠る。

日曜日の夕方、高岡が見舞に来たが、亜希子にジュースを飲ませている三郎を見て、「まるで夫婦のようだ」と羨《うらやま》しそうな顔をした。

翌日の月曜日、三郎は亜希子に朝食を食べさせてから診療所へ行った。

着くとすぐ外来へ行き、山中医師の様子をうかがったが、手術に気付いた様子はない。安心して、検査室で仕事をしていると、明子が、新しい検尿の指示を持って入ってきた。

「蛋白《たんぱく》と糖を検《しら》べて欲しいそうです」

「土曜日はありがとう」

三郎が頭を下げると、明子は尿の入ったガラスのコップを少し乱暴に台に置いた。

「土曜日も日曜日も、家にはいらっしゃらなかったのですね」

「ちょっと用事があったものだから……」

「大変ですね。看病、頑張って下さい」

明子はそれだけいうと、胸をそびやかすようにして出ていった。

すでに三郎が亜希子の横に居続けたことを知っているらしい。狭い町のことだから、いずれわかることは覚悟していたが、こんなに早いとは思わなかった。

どうやら、これで明子とのあいだにまた一騒動おきそうである。だが、といっていまさら亜希子の付添いを止《や》めるわけにはいかない。

昼休みに一旦《いったん》戻り、亜希子に昼食を食べさせ、また診療所に戻り、夕方五時に終ると、またまっすぐ民宿に帰る。

一人で淋《さび》しかったのか、亜希子は三郎を見ると、ほっとしたように笑顔を見せる。

「診療所へ行っているあいだ、おばさんがきて、あなたのこと話していったわ」

「なんて？」

「とっても優しくて、いい先生だって、人気があるのね」

「それだけ？」

医者でないことがばれはしなかったかと気になるが、その点は大丈夫らしい。

「もう一人、診療所にすごくヤブの先生がいるんですって」

「そうでもないけど……」

「手術も下手なくせに威張ってばかりいて。おばさん、あれはニセ医者じゃないか、なんていってたわ」

「まさか……」

慌《あわ》てて首を振ると、亜希子は三郎を見て、

「わたし、初めは先生がニセ医者じゃないかと思ったのよ」

「どうして？」

「だって、あんまり若いし、頼りなさそうだったので」

「………」

「ご免なさい、冗談よ」

亜希子は悪戯《いたずら》っぽく笑ってから、

「わたし、今度のことで、先生を本当に見なおしたわ。先生がこんなに優しく、親切にして下さるとは思わなかったの」

「そんなこと……」

「先生には、とっても感謝してるわ。今度いつ、東京へ来られますか」

「八月のお盆休みには帰れると思うけど」

「そのとき、どこかに旅行に行きましょうか」

「一緒に行けるんですか」

「箱根か、でも夏だから北海道のほうがいいかもしれないわね」

「僕はスキーは少し自信があるのです。北海道は冬もいいですよ」

「そうね……」

亜希子はうなずいてから、急に思い出したように、

「でも、冬にはもう会えないかもしれないわ。わたし、結婚するかもしれないんです」

「本当ですか」

三郎は慌てて体をのりだす。

「わたし、もう二十三でしょう。先生はいくつですか」

「二十八ですけど。その結婚の相手は誰ですか」

「先生の知らない人よ」

「でも、まだ若いじゃありませんか」

「わたしもそう思うけど、ママがうるさいの。早く結婚しなければ、いい人がきてくれないって。わたしの家は女の姉妹だけでしょう。だから養子をもらわなければならないの」

「じゃあ、相手はお医者さんですか」

「そうらしいわ」

「そうらしいって、あなたの結婚する相手じゃありませんか」

「でも、あまり関心ないの。誰でもいいのよ」

「どうして、そんな自棄《やけ》っぱちなことをいうんですか」

「先生も知っているとおり、わたしはもう充分遊んだから、結婚する相手は親に任せてるの。恋愛と結婚は別でしょう」

「しかし……」

「どうせ、わたしは傷ものだから」

「そんなことはありませんよ」

「先生だけよ、そういって下さるのは」

亜希子はそっと目を閉じた。大きな目に蓋《ふた》を閉じたように黒い睫《まつげ》がおおっている。

三郎は亜希子と結婚するという相手の男を想像した。亜希子の両親が選ぶのだから、医学部を出た秀才なのであろう。養子とはいえ、将来は亜希子の父の大病院を継ぐのだから、血筋のいい家の青年に違いない。

三郎はその青年がモーニングを着て、花嫁姿の亜希子と並んで写真を撮る姿を想像した。すると急に息が詰まりそうになった。

「亜希子さん」

「なあに」

亜希子が目を閉じたままつぶやく。その上から三郎はそっと唇をおおった。

亜希子は素直に受けたが、やがて自分のほうから舌を出してきた。互いに舌をからませているうちに、三郎は耐えきれなくなって、亜希子の下半身をまさぐった。

「駄目よ、先生」

亜希子の落着いた声が耳元できこえる。

「わたし、病人よ」

それは誰よりも三郎が一番よく知っている。いま、セックスなどしては、折角《せっかく》の手術が台無しである。

「ちょっと、触るだけ……」

「そんなことされては、わたしが辛《つら》くなるわ」

「でも……」

「待って」

亜希子はそういうと、自分から右手を三郎の股間《こかん》に近づけた。

「わたしが触ってあげる」

「……」

「よくしてあげます」

三郎の男性はすでにズボンのなかで、息苦しいほど硬直している。亜希子はゆっくりとファスナーをはずし、しっかりと三郎のものを握った。

「わたしは動けないから、もっと上にきて」

いわれるままに、三郎が躯《からだ》を移動すると、亜希子はしっかりと握り直し、やわらかい唇を、三郎のそれに当てた。

一週間は夢のように過ぎた。四日目から亜希子はトイレに行けるようになったが、三郎はなお泊り続けた。

糸を抜いたのは手術して八日目だった。傷痕《きずあと》はなお赤く筋が残っていたが、以前のようなケロイドは消え、細い一直線の筋になっていた。

一、二ヵ月も経《た》てば、傷痕の赤味はいまよりはずいぶん薄れるはずだった。

「よかったわ」亜希子はそういって、「あなたはやっぱり立派なお医者さんだわ」といった。

三郎はなにも答えず、糸を抜いたばかりの亜希子を一晩だけ、しっかりと抱きしめた。

糸を抜いたあと、亜希子は島に一日いて帰って行った。

傷が治った体を、ゆっくり愛し合えなかったのは残念だが、十日間の滞在で、二人のあいだは完全にもとに戻った。

少なくとも、三郎はそう信じている。

いま思い出しても、三郎にとってその十日間は夢のようである。手術をしたあとの彼女を看病しながら、三郎は、新婚時代を過しているような錯覚にとらわれた。医者と患者、看護する者とされる者という関係があったにしても、亜希子は従順であった。三郎が帰るのをいつも待っていた。

そして島を去るときには、「あなたのご恩は一生忘れないわ」ともいった。その言葉も嬉《うれ》しかったが、それ以上に、「先生」でなく、「あなた」と呼んでくれたことに感動した。とにかく、十日間は甘い蜜《みつ》のような期間であった。

だが、そういいことばかりが続くことはないらしい。亜希子が帰ったあと、明子とのあいだは再び険悪になってきた。もちろん、三郎はある程度予測はしていたが、あとで話せばわかってくれるとたか《ヽ》をくくっていた。

しかし今度の明子はいささか様子が違う。面と向かって、三郎を責めるようなことは一言もいわない。診療所での態度も前と変らない。

だが、三郎が一緒に食事をしたり、家にくるように誘っても笑って取り合わない。決してとげとげしくはないが、それだけに冷ややかさが、かえって無気味である。

「若い女だから、そのうち機嫌をなおすだろう」

高岡はそんなふうにいうが、そう甘くはなさそうである。

明子がいなくても、さし当りの生活に支障はないが、はっきりいって彼女と愛し合えなくなったのは辛《つら》い。彼女を、セックスの対象としてだけ、見ていたわけではないが、欲望をぶつける相手がいないのは、若い三郎にとっては苦しい。

これが都会なら、いろいろ処理の方法もあるが、島では難しい。島から若者が去っていくのは、適当な仕事がないこともさることながら、まわりが清潔すぎて、遊びにくいところが一つの原因かもしれない。

それといま一つまずいことは、亜希子が帰った一週間後に、山中医師に、手術のことがばれたことである。

その日、検査室で仕事をしていると、突然山中医師が入ってきた。

「君は、俺《おれ》に隠れて手術をやったそうだな」

いきなりいわれて、きょとんとしていると山中医師は三郎を睨《にら》みつけたまま、

「半月前の土曜日の午後、鈴木や村瀬に手伝わせてやったろう」

そこまでいわれては、隠しようがない。

「ちょっと知っている人で、無理に頼まれたものですから……」

「君の彼女かなにか知らんが、東京からわざわざ呼んで、本物の医者のように思いこませてやったそうだな。医師の免許もないのに、よくも図々しくやったものだ」

「済みません」

「済みませんで、済むと思うのか」

突然、山中医師は腹立たしげに床を踏みつけると、

「大体、お前は、ちょっと医者の真似《まね》ごとができると思って、俺を舐《な》めておる。だが俺は免許があって、お前はないんだ。俺は大学を出ているが、お前は高校しか出ておらん。少し手先が器用かもしらんが、医学の基礎教育はなにも受けていない」

「………」

「前には勝手に往診して、今度は手術までやった。しかも俺の名前をかたってやっている」

「そんなことはありません。今度の場合はカルテもつくっていません」

「カルテをつくっていなくても、万一、事故がおきたら、所長代行である俺の責任になる。お前はそんなことを考えたことがあるのか」

医療事故なら、山中医師より自分がやったほうが起きないと思うが、そうもいえない。

「何度いってもわからないのなら、今度こそ警察につき出すぞ」

そういうと山中医師はいきなり、三郎の白衣の襟元《えりもと》をとらえた。

「いいか、今度やったら許さん、もう絶対しません、と誓ってみろ」

「ゼッタイ、シマセン」

三郎は喉《のど》が詰りながら、嗄《しゃ》がれ声でいう。

「俺を馬鹿にするな」

山中医師はそういうと襟を離し、床に唾《つば》を吐いて出ていった。

一人になって、三郎は一つ大きく呼吸をした。それから腰が抜けたように、横の椅《い》子《す》に坐《すわ》り込んだ。

まったく凄《すご》い見幕であった。突然、襟元をとらえられたときは、殴られるのかと思った。

とにかく、これで山中医師とのあいだはまた悪くなった。これまでもよくはなかったが、今度は絶望的である。これからどんな意地悪をされるか、考えるだけで憂鬱《ゆううつ》になる。

だがそれ以上に気になるのは、手術をしたことが、どうして山中医師にわかったか、ということである。いまごろになって彼が突然いい出したところをみると、誰かが密告したに違いない。

それは誰なのか……

手術をしたのをはっきりわかっているのは、明子と村瀬と高岡である。他に土曜日の当直の川合、事務当直だった吉田も知っているが、彼らは手術を直接見ていない。

まさか明子や村瀬がいうだろうか。とすると高岡か……。

三郎は急に人間がわからなくなってきた。

診療所での毎日は針の筵《むしろ》にいるようなものだが、亜希子からは再び長距離電話がくるようになった。二日か三日に一度、ときには毎日続けてくる。

傷痕《きずあと》は順調で、横に糸をかけた部分の赤味も少しずつ薄れてきたらしい。亜希子の父も、手術の痕を見て感心したらしい。

「パパがよろしくっていってたわ」

そういわれると嬉《うれ》しいが、三郎はそのことより亜希子の結婚のほうが気になる。

「相手の人、決ったのですか」

「そんなの、まだ先のことよ」

亜希子は簡単にはぐらかして、

「とにかく島は遠いわ、早く帰ってらっしゃいよ」

三郎も帰れるものなら、いますぐにも帰りたい。

「八月にあなたが帰ってきたら、山中湖の別荘に行こうと思っているの。そのあいだは二人きりで、誰も別荘に入れないの」

そんなことをいわれると、ますます島を抜け出したくなるが、いまさら東京に戻って、適当な仕事があるものか。

たとえあっても、医師として誤魔化《ごまか》すことは難しい。そしてそれは、亜希子と別れることにつながる。いずれ亜希子は結婚するのだから、別れることにはなるが、それまで折角《せっかく》の夢をこわしたくはない。

「明子さんや、高岡さんにもよろしくね」

亜希子は屈託なくいうが、その二人もいまや信用できない。

ともかく、いまはひたすら八月を待つだけである。


七月になり、島には再び観光客が訪れてきた。今年も、はしりは学生達である。亜希子が泊った民宿も、学生達が入りはじめたようである。

島に再び、都会の原色があふれ出す。

だが三郎の気持は相変らず冴《さ》えない。

山中医師は口もきいてくれないし、明子もよそよそしい。二人が廊下で立話などしていると、ふと二人は愛し合っているのではないかなどと疑ってしまう。

自分が亜希子と勝手なことをしているだけに、みな疑わしく見える。

山中医師に告げ口した相手は依然としてわからない。明子や高岡に、それとなく当ってみるが、いずれも驚いた顔をするだけだ。とぼけているのかと思うが、彼等の態度からはわからない。やっぱり彼等は味方だと思いながら、いま一つ信用できない。

そんな状態のまま、一ヵ月過ぎた八月の初め、三郎は突然、町長に呼ばれた。

いままで町長に直接声をかけられたことさえないのに、診療所が終ったあと家まで来て欲しいという。

いよいよ山中医師とのことで、馘《くび》になるのかもしれない。それならそれでもいいと覚悟を決め、畑のなかの大邸宅に行くと、応接間に通された。

そこでしばらく待っていると、浴衣姿《ゆかたすがた》の町長が現れた。

「忙しいのに、ご苦労さん」

町長はそういうと自分からビールを注《つ》ぎ診療所のことなどきかれて雑談していると、急に、声をひそめていった。

「実はうちの孫のことで、君と相談したいと思ったんだが、二ヵ月前に肢《あし》を折ってね」

三郎はその子のことなら知っている。たしか樹に登って落ちたときいたが、すぐ診療所に運ばれて手術を受けたはずである。

もちろん手術をしたのは山中医師である。

「幸い快《よ》くなって、三日前にギプスを除《の》けたのだが、足が曲がってしまった」

「曲がったといいますと」

「足というものは膝《ひざ》の皿骨《さらぼね》と並んでまっすぐ前を向いているものだろう。それが孫のは横を向いて、アヒルのように外向きになっておる」

アヒルときいて三郎は危うく笑いかけた。

「そういうことって、あるのかね」

いきなりそういわれても三郎にはわからない。

「とにかく診てくれないか」

町長は奥のほうに向かって、「おうい」と呼んだ。すぐ女性の返事がして、三十くらいの婦人が、少年を連れて現れた。婦人は少年の母親で、町長の息子の嫁である。少年は長いあいだ、ギプスを巻いたまま家のなかにいたせいか顔は蒼白《あおじろ》く、痩《や》せている。だが太い眉《まゆ》と、横に張った小鼻は町長によく似ている。

「このおじさんに、よく診てもらいなさい」

町長にいわれて、少年はそろそろとソファに横になった。

ギプスをはずしたばかりで、少年の肢は細く、乾ききった皮膚がぼろぼろと落ちてくる。

「ちゃんと、まっすぐ上を向いてみろ」

町長にいわれて、少年は仰向けになって足をそろえた。

たしかに少年の右足は軽く外側に傾いている。足の出し方のせいかと、両膝を揃《そろ》え、足首を固定してみても、角度にして二十度くらい外向きになっている。

「怪我《けが》する前は、まっすぐだったのですね」

「もちろん、わしの孫に、そんな子がおるわけがない」

町長は怒ったようにいうと、孫のほうを見て、

「そうだろう。ちゃんとしとったな」

少年は大きな目でうなずく。

「この、折れたところから曲っとるだろう」

町長のいうとおり、下腿《かたい》の下三分の一の、傷口のあたりから、急に外側に曲ってい
る。

「歩けるんですか」

「まだはずしたばかりで怖がっとるが、武夫、少し歩いてみろ」

町長にいわれて、少年は母親に手を引かれてゆっくりと歩いた。まだ自信はないら
しく、右足を引きずるが、着地するとき、足はたしかに外を向いている。

「もう痛くはないんですね」

三郎は改めて足に触ってみたが、少年は不安そうに首だけ左右に振った。

ギプスをはずしたばかりで、足首の動きは悪いが、他にとくに腫《は》れたり、痛いとこ
ろはないようである。

「よろしいですよ」

三郎がいうと、少年は母と一緒にお辞儀《じぎ》をして、部屋を出ていった。二人だけにな
ると、町長は咳払《せきばら》いをしてからいった。

「どうだね、やっぱり曲っとるだろう」

「そのようですが、山中先生はなんと仰言《おっしゃ》ったのですか」

「それが、本当は切断するところを無理に接《つ》いだのだから、少し曲るのくらい仕方がないだろう、という」

「まさか、そんなことはありませんよ」

少年のレントゲン写真は、三郎も見て覚えているが、小さな骨片はあったが、ごく普通の骨折であった。手術どころか、普通の整復だけでも治るような感じであった。

「わしもそう思ったから、ちゃんと、まっすぐ接《つ》いでくれなければ困る、といってやった。そうしたらそのいい草がふるっている。どうせ男の子だから、少しぐらい外股《そとまた》のほうがいいですよ、ときた。まったく呆《あき》れてものもいえん」

町長ならずとも、可愛《かわい》い孫の足を曲げて接けられたのではたまらない。

「どうかね、これは治ると思うかね」

「治ると思いますが、もう一度、骨を切り離して、接ぎなおさなければいけないでしょう」

「じゃあ、また手術かね」

「放っといても、ある程度は戻ると思いますが、完全にはちょっと……」

「君でできるかね」

「できないわけではありませんが、僕は医者じゃありませんから、東京のほうの病院にでも連れていかれたらどうでしょう」

「そうなると、また二、三ヵ月学校を休ませねばならんな」

「まだ小さいから、骨はすぐ接くと思いますけど」

「あのヤブ医者め、月給を百万円もとりやがって、骨の手術一つもできやしない」

町長は吐き捨てるようにいうと、さらに続けた。

「厚生部長のやつ、まったく困った医者を連れてきたものだ」

しかし山中医師と直接交渉したのは厚生部長だが、最終的に採用と決めたのは町長である。しかも「これを縁に、末長く島にとどまって欲しい」と歓迎会の席上で述べたのは町長自身である。いまさら厚生部長を責めるのは、八つ当りというものである。

「あの医者は、前からわしは怪しいと思っていた」

町長はそういうと、やはり泊村の雑貨店の息子が、足の骨を折って、骨は接いたが膝《ひざ》が曲らなくなったこと、助役の奥さんがリウマチだといわれて治療を受けているが、少しも快《よ》くならないこと、大岬の川端という老人が、大丈夫だといわれて退院した三日後に死んだこと、小学校の教頭が、胃炎だといわれて通っていたが、東京の病院に行って診てもらったら胃癌《いがん》だとわかって大騒ぎになったこと、などを話しはじめた。

　さすがに町長だけに、いろいろなことを知っている。

「あのヤブ医者のおかげで、われわれの寿命が縮んでしまう」

　全部が全部、山中医師の責任ともいえないが、一度不信を抱いた町長の気持は変らないらしい。

「町民の評判は圧倒的に君のほうがいい。今度からは君も一緒に診察するようにしたらどうかな」

「そんなことはできませんよ。第一そんなことをしたら、山中先生が怒って辞めてしまいますよ」

「辞めたってかまわんよ。あのヤブがいなくなったほうが、君もやりやすいだろう」

「それじゃまるで、僕が追い出すようなものじゃありませんか」

「いや、これは島民全員の要望だ」

「でも、山中先生がいなくなったあと、どうするのですか」

「もう医者を呼ぶのはこりごりだ。あとは君にやってもらう」

「しかし、僕はご存知のとおり医師免許がないんですよ」

「免許持ったヤブ医者より、持っていない真面目《まじめ》な医者のほうが安全だ。前のように、表向きは村木所長の名前をかりればいいだろう」

年俸一千万円も出して医者を呼び、不都合だからといって半年もせずに追い出すのでは、いささか勝手すぎる。

「いま、外科のほうの診察室が空いているらしいから、そちらのほうでやってみてはどうだ」

「折角《せっかく》ですが、僕は遠慮します」

いまでさえ相当憎まれているのに、これ以上、外科で診察などしたら、なんといわれるかわからない。それこそあの巨体で殴り倒されるかもしれない。

「みんなの希望だといえばいいだろう」

「そのことを、町長さんから、はっきり山中先生にいってくれるのですか」

「わしの立場としてはいえないが……」

「それじゃ駄目ですよ」

「君も意外に意気地《いくじ》がないな」

意気地がないというが、自分から呼んどいて、邪魔になったから追い出す手先に、三郎をつかおうというのは虫が良すぎる。

「村木所長が戻ってくれると一番いいんだが」

それは島民すべての願いである。しかし噂《うわさ》によると所長の恢復《かいふく》は、あまりはかばかしくないらしい。日中は散歩したりしているようだが、気力のほうが大分衰えているらしい。

「とにかく、あんな医者がおることは、わが島全体の恥だ」

孫の足首を曲げられて、町長はおおいに憤慨《ふんがい》しているが、面と向かって山中医師にそういう勇気まではなさそうだ。

八月に入って島はますます観光客で賑《にぎ》わいはじめた。

例年のように、診療所には腹痛とか打身といった患者が増えてきたが、去年の亜希子のような重病人はこない。

町長は威勢のいいことをいったが、孫を東京の病院へ行かせることでさえ、山中医師へいえず、結局、病床にいる村木所長の紹介で、世田谷にある国立病院へこっそり移したらしい。

裏ではみな悪口をいっていても、島でただ一人の医師に、面と向かって文句をいうことは、なかなかできないようである。

八月の第一土曜から、三郎は一週間の休暇をとって東京へ帰った。

夏といっても、島の人々はあまり出かけない。みな島で生まれた人達だし、出かけたところで、島よりいいところがあるとも思えない。それに往復の船の混雑を考えると、出かけるのが億劫《おっくう》になるのも無理はない。

三郎は土曜の夜の竹芝桟橋直行便に乗ったが、それも大変な混みようであった。正規の座席はもちろん、通路にまで若者が新聞など敷いて座り込んでいる。定員オーバーを承知で、船会社は客の要望におされて乗せてしまうらしい。

こんな小さな島のどこがいいのか、三郎には不思議だが、それは島に住んでいる者の感じ方なのかもしれない。

翌朝、竹芝に着いて、まっすぐ下町の実家へ帰った。

噂《うわさ》にきいたとおり、東京は暑い。緯度からいうと、島のほうがはるかに南なのに、東京の暑さのほうがこたえる。

実家の母は元気だった。

「こんな暑いときに、よく帰ってきたね」

みなが東京を抜け出すときに戻ってきた息子に、母はあきれ顔だが、三郎にとっては久しぶりの東京である。暑くても、都会のビルを見、人ごみにもまれてほっとする。

「お盆ころにでもなれば、少しはしのぎやすいのに」

母はそんなことをいうが、八月の初めに帰ったのは、三郎の都合だけではない。この日曜日からなら暇だと、亜希子がいったからである。

「俺《おれ》、ちょっと出かけてくる」

朝着いて、昼過ぎには早くも出かける息子に、母親は驚いているが、亜希子に会わなければならない。

約束の場所は六本木の交差点に近い喫茶店に、三時である。

時間より十分ほど先にいって待っていると、やがて亜希子が現れた。相変らずすらりとした体に、オレンジ色の無地のワンピースを着て、素足にサンダルといった軽装である。

亜希子は店のなかを見廻《みまわ》し、三郎を見つけると手を挙げた。

「お久し振り」

「ええ……」

いつものことだが、東京で会うと三郎はしどろもどろになる。

「暑いわね、わたし焼けたでしょう」

「海へ行ったのですか？」

「おかげで、少し深めのビキニなら平気なの。もう五、六回行ったけど、これでも肌が白いので、小麦色に焼くのに苦労したのよ」

たしかに、亜希子の顔から胸は小麦色に焼け、そこにオレンジ色のワンピースがよく似合う。

「明日から山中湖、行けるでしょう」

「もちろん、お伴します」

「今日妹達が帰ってきて、明日からは私達だけなの。夕方までには着きたいから、いまくらいの時間に、出かけましょうか」

東京に戻ってきた最大の目的は、亜希子と別荘に行くことだから、もちろん異論はない。

「でも、わたしの車がちょっと具合が悪いので、妹のを借りることにしたの。ベンベーで小さいけどいいでしょう」

「もちろん、かまいません」

亜希子はカプリオーレを持っていたから、姉妹が一台ずつ外車を持っていることになる。

「ところで、今日はゆっくりできるのでしょう。あとで、わたしの家にきて欲しいの、今日はパパもママもいるから紹介するわ」

「しかし……」

「平気、みんなあなたのファンだから。ねえ、出ましょうよ」

亜希子はそれだけいうとさっさと立上る。三郎は伝票を持ってあとを追う。

外へ出ると、午後の陽射《ひざ》しが強い。

「どこへ行きますか」

本当は、三郎はホテルへ行きたいが、明るい光りの下ではいい出せない。そのまま交差点の端で立っていると、亜希子がいった。

「そうそう、まず先生に傷を見てもらわなくちゃ」

「じゃあ、ちょっと行きましょうか」

チャンスとばかり、三郎は近づいてきた車に手を挙げる。

正月に行ったことのある千駄ケ谷のホテルの名前をいったが、亜希子は黙っている。初めから彼女もそのつもりだったのかもしれない。

部屋に入って、案内の女中が去ると、三郎は待ちかまえていたように亜希子を抱きしめた。

ワンピースを脱がせると、下はノーブラで、体につけているのはパンティだけだった。

「ねえ、きれいになったでしょう」

亜希子は裸になると、あせる三郎をおさえてお腹を見せた。中央に、細い傷痕《きずあと》が一つ走っている。まだうっすらと赤味を帯びているが、ほとんど一直線である。

「島では、本当に親切にしてくれてありがとう」

亜希子はそういうと、今度は自分のほうから腕をまわしてきた。

前は手術の直後で思いきり抱き締めることもできなかったが、今日は安心である。

そのまま、二度も達して、抱き合って眠り、目が覚めたのは五時を過ぎていた。

「お腹《なか》がすいたわね」

亜希子は床の中で急に思い出したようにいう。

「ねえ、早くシャワーを浴びて、家に行きましょうよ」

「でも、お父さんやお母さん、僕等のこと知っているんですか」

「はっきりは知らないだろうけど、大体のことは察してるんじゃない」

亜希子は他人ごとのようにいうと、ホテルの部屋から自分の家に電話をする。

「いま赤坂にいるの、これから先生と一緒に戻りますから……もちろん、食事はまだよ」

電話を終るとすぐ服を着はじめる。

「こんな恰好《かっこう》で、いいんですか」

三郎は紺のズボンに、細い縞柄《しまがら》のオープン・シャツを着ているだけである。

「平気、うちはそんなことはかまわないから。パパも待っていますって」

「しかし、急に行っては……」

三郎は亜希子の実家へ行ってはみたいが、父親に会って偽医者《にせ》であることがばれるのではないかと不安である。だが亜希子はかまわず、自分でフロントに電話をかけて車を呼ぶ。

亜希子の家は渋谷に近い松濤町《しょうとうちょう》にあった。

坪、百万はするという高級住宅地だが、その閑静な一角に長い石の塀を巡らしている。西陽《にしび》の当る門を入ると、右手に茂みがあり、その奥に庭が拡《ひろ》がっている。家は白い洋館で、玄関の壁にステンド・グラスが張り巡らされている。

「開けて、お客さまよ」

亜希子がドアのチャイムを鳴らしていうと、なかからお手伝いさんらしい年輩の女性が出てきてスリッパを揃《そろ》えてくれる。外側は洋風に見えたが、なかは木の目の多い、落ち着いたつくりである。

「どうぞ」亜希子は左手の応接間に案内すると、「ここで待っていて、すぐ来ますから」といって出ていった。

一人になって見廻《みまわ》すと、応接間だけで二十畳は軽くある。中央に大きな応接セットがあり、床は淡い藤色《ふじいろ》の絨毯《じゅうたん》が敷きつめられている。

調度はすべて渋い褐色で統一され、左手の壁に、三郎も一目でわかる有名な画家の描いた三十号近い薔薇《ばら》の絵がかかっている。

正面の窓からは広々とした芝生が見渡され、シェパードらしい犬が一匹横を向いたまま坐《すわ》っている。

やがてドアが開き、亜希子と一緒に中年の婦人が現れた。小柄な体に水色のワンピースを着て、三十代のようにしか見えない。

「亜希子の母でございます。今日はようこそ、おいでくださいました」

「はあ……」

三郎は慌《あわ》てて立上り、頭を下げる。

「やあ、いらっしゃい」

顔を上げる間もなく、今度は田坂院長が現れる。今日はどこにも出かけなかったのか、和服姿である。

「前に島でお目にかかりましたな、今度はまた亜希子がすっかりお世話になりまして」

三郎はなんといっていいのかわからず、ひたすら頭を下げる。

「どうぞ、おかけになって、いますぐ食事の用意をしますから」

亜希子の母親がいうと、院長が坐《すわ》りながら、

「食事よりまず酒のほうがいいよ。先生は大分飲まれるんだろう」

院長がきくと、亜希子は三郎のほうを見て、

「ブランディが好きよね」

「いえ、僕は……」

「じゃあ、レミイがいい。それと氷と水と、ビールも持ってきたらいい。お前も飲むか」

「いま着替えてくるわ」

女性達が去って、部屋には院長と三郎と二人だけになる。

「先生のお話は亜希子からよくきいています。本当に若いのに、立派な腕前で、今度の手術にも感心いたしました」

「いえ、そんな……」

「一度、先生とゆっくりお話したいと思っていたのですが、まあどうぞ」

田坂院長はテーブルの上の煙草ケースを三郎のほうに差し出し、そこから一本抜き取ってからいった。

「先生は、東都大学の出身だと仰言《おっしゃ》いましたね」

「はあ……」

「この前、外科の教授と会いましてね」

瞬間、三郎は背筋が寒くなる。

三郎が最も恐れていたことは、亜希子の父に、大学についてきかれることである。そこをつかれると答えようがない。

三郎は両手を膝《ひざ》にのせて、ひたすら小さくなっているが、田坂院長はさらに続ける。

「あそこの第一外科の重井教授は、僕と同期でしてね。この前会ったので、あなたの話をしたのです。地方だけど、なかなか優秀な医者がいるって。彼はうなずいていたけど、あなたのことはよく知らないらしい。教授というのは雲の上にいるようなものだから、若い医師の一人一人までは覚えていないのも無理はないけど」

「東都には、第一外科と第二外科があるはずですが、先生はどちらの出身ですか？」

覚えているもいないも、初めから大学にいないのだから、知るわけはない。

「僕は、ずっと地方で……」

「亜希子からうかがいましたが、あなたは学生のときから、僻地《へきち》の医療に関心があって、医者になるとすぐ、自分から望んで地方に出たそうですね。感心しましたよ」

「いえ……」

「でも、若いうちから地方に出てしまうと、技術が我流《がりゅう》になってしまって、手術など、なかなかきちんと教われないものだが、あなたは立派なものだ。地方では誰に教わったのですか」

「島で、村木所長の下にいただけです」

「あの先生は立派な先生なんですよ。わたしもあとで知ったのですが、一時は教授になるかと噂《うわさ》されたほどの方で、僻地にいっても、ああいういい先生の下につくと、あなたのような立派な医者ができるというわけですな」

田坂院長は改めて三郎を見る。見詰められて、三郎はますます小さくなって目を伏せる。

「まあ、そんな堅くならず、一杯やりましょう。おうい」

田坂院長が呼ぶのを待っていたように亜希子がビールとブランディを持って現れた。今度は涼しそうな白のワンピースを着ている。

「まずビールがいいでしょう。お前が注《つ》いであげなさい」

亜希子は両手でビンを持って、三郎に注いでくれる。

「じゃあ、ようこそ」

田坂院長がグラスを持上げるのに三郎は合わせて、一気に飲み干す。急に、全身の血が走りはじめた感じである。いつもならビール一杯ぐらいではどうということもないのだが、今日は少し異常である。

「よかったら、ブランディをいかがです」

「はあ……」

「亜希子もどうだ」

「いただくわ」

亜希子は、今度は自分と三郎と二つのグラスに氷をいれブランディのオン・ザ・ロックにする。

「わたしはあまりうるさいことをいうのは嫌いでしてね。子供も自由に伸び伸び育てるという方針でやってきたのです。おかげで、この子もちょっと間違いをおかしましたが」

「パパ、余計なこといわないで」

亜希子に睨《にら》まれて、父親はかえって開きなおったように、

「相川君は、みんなご存じだから隠すこともないだろう。そんなわけで去年は大変な失態をお見せしましたが、でも性格は悪くはないと思うんです。わたしはかねがね子供達に、欺《だま》すより、欺されるようになれ、といっているんです」

「パパ、いっときますけど、わたしは別に欺されたわけじゃないのよ。もうそんな話は結構よ」

「わかった。とにかくそんなわけでした。どうぞ気軽にやって下さい」

田坂院長が急に亜希子の不始末のことをいいだしたのは、どういうわけなのか。父親として一言弁明しておきたかったのかもしれないが、それにしても、いまいいだすほどのことでもない。

それはともかく院長は医師会のボスというイメージには程遠い気さくな人である。少なくとも家庭にいるかぎりでは善良な父であり、夫であるらしい。

「ビールは腹がふくれますから、ブランディをどうぞ」

お手伝いさんが海苔《のり》で巻いたチーズのカクテルピックと、三色胡瓜《きゅうり》、サラミのカナッペなどを盛りつけたオードブルを持ってくる。さらにハムのキャベツ巻き、牛肉のソース焼、ツナのレモンサンドなど、広いテーブルはたちまち料理で一杯になる。三郎がくることを承知でつくっておいたに違いない。

「僕はいま軽い糖尿病でしてね。あまり飲まないようにしているんだが、あなたは若いんだからどんどん飲んで、食べてください」

いつもの三郎なら、こんな料理を目にしたら、たちまち食べるのだが、今日は緊張しているせいか、さほど食欲がわかない。といって黙っていると、またなにかきかれそうなので、グラスを口に持っていく回数ばかりがふえる。

いままで安いウイスキーだけ飲んでいた三郎には、高級ブランディの口当りはこたえられない。

「あなたは、スポーツでもやっていたのですか」

「高校までは体操の選手でしたが、そのあとはあまり……」

「なるほど、それで体が引締っているのか」

院長は改めて品定めでもするように三郎を見てから、

「手も足も大きくて指も長い。いや、外科医は指が長いのがいいんですよ。大体、指の長い人は器用だし、いろいろ奥まで届く。産婦人科なんかは長い奴《やつ》にかなわん」

「パパ……」

亜希子に再び睨《にら》まれて、院長は慌《あわ》てて手を振り、

「いや、これは本当だから仕方がない。そうだろう相川君」

「はあ……」

「しかし君のような若くて腕のいい医者を、あんな島においとくのはもったいない。そういっては島の人達が怒るかもしれないが」

「わたしなどはまだまだ未熟です」

「島は退屈でしょう。朝は何時におきるのですか？」

そんな話から、島での生活、診療所のこと、趣味のことなどに話が移る。亜希子は二人の話をきいて、ときどき笑ったりしながらブランディを飲んでいる。

そのうちに亜希子の母親と妹まで出てきて、話にくわわる。妹は亜希子より二つ三つ若いが、やはり美人である。母の横に坐《すわ》って控え目にしているが、若い女性特有の意地悪さで、ときどき観察するように三郎を見る。

だが、亜希子の父も母も気持のいい人である。三郎は次第に酔いがまわり、緊張が解けてきた。

話は亜希子の父が何度か行った外国旅行のことになり、アルバムまで見せてくれ

る。なかに一枚、女性と親しげに寄り添っている写真が出てきて、妻と娘達から攻撃される。

「怪しい女性じゃない。これは自由ケ丘の折田院長が連れてきた人でね……」

「あなたも連れていったことがわかっているのですから、白状なさい」

「パパ、罪滅しに、ヴィトンのバッグ買って」

女性達の総攻撃に、院長は次々と高価な約束をさせられる。一通り騒ぎがおさまったところで、女性達は勝ち誇ったように引上げる。

「いや、まったく女というのは勘が鋭いから、かないませんよ」

院長はお絞りで、首のまわりを拭《ふ》いてから、急に改まった調子で、

「ところで、あなたのご両親は？」

「母親が江戸川区にいます。父は僕の小さいときに死にました」

「すると、いまはお一人で？」

「妹と一緒にいますが……」

「お元気ですか」

「ええ……」

三郎は、近くの製油工場で働いている、といいかけてやめた。

「じゃ、あなたは長男ということですな」

院長は一人でうなずき、ブランディを舐《な》めるように飲んでから、

「実は、今日お会いした早々、こんなことをいうのはなんですが、あなた、うちの亜希子を嫁にもらってくれる気はありませんか」

「えっ……」

三郎がグラスを持ったまま、ポカンと口をあけていると、院長が煙草を銜《くわ》え、火をつけてからいった。

「あの娘もそろそろ年齢《とし》ですし、いつまでも遊ばせておくわけにもいかないので」

「しかし、亜希子さんが……」

「亜希子のほうなら心配いりません。あの娘はあなたを好きなようですから」

「………」

「こんなことはわたしからいうより、人を介して正式にお話しすべきことかもしれません。あるいは当節風にいうと亜希子自身からいうべきことかもしれませんが、あれも女ですし、それにちょっと病院のこととかからんでくるものですから」

「といいますと……」

「こちらの勝手なことばかりいわせていただくと、ご承知のとおり、うちは娘だけ二人でして、亜希子が結婚するとなると、婿《むこ》をとるということになります。婿にきていただくということは、わたしの息子になってもらうということでして。もちろん、い

ずれはこの病院も継いでいただくことになる」

「…………」

三郎は院長の言葉が信じられず、ただぼんやり院長を見ている。

「もちろん、婿になったからといって、お母さんを捨てろ、などというわけではありません。お母さんはお母さんで一緒に引きとられても、別々に住まわれても一向にかまいません。わたしのほうでも出来るだけのことはさせていただきます。ただ戸籍の上だけは、やはりうちのほうに入ってもらわないと困るので、その点ではあなたに多少の迷惑をかけることになるかもしれません」

「しかし、亜希子さんと結婚する人なら、まだ他にも沢山……」

「たしかにいないわけではないのですが、みな一長一短でして。この男ならと思えば、亜希子があまり気がすすまないというし、優秀な男だと思うと、病院や金だけが目当てだったり、養子ということに抵抗があったり、なかなか難しいのです」

「でも、亜希子さんは、秋ごろに結婚するといっていましたが」

「そのつもりで話はすすんでいたのです。相手の男性も家柄もよかったのですが、どうも亜希子のほうで気がすすまないらしくて、これだけは本人がのり気にならなければ、どうしようもありません。亜希子にかわって、この際、わたしからはっきりおききしますが、あなたは亜希子を好きですか」

「もちろん、好きです」

院長は白髪のまじった頭を、静かに下げた。

「ありがとう」

「わたしも、このところ糖尿病が少しずつすすんできて、根気がなくなったし、視力が弱ってきて。まだ二、三年は大丈夫だと思いますが、いずれ細かい手術はできなくなると思います。もちろんいまも、普通の患者の手術は、ほとんど他の医者にやってもらっているのですが」

「…………」

「とくに急いでいるというわけでもないのですが、このところ病気がちになってから、わたしもちょっと気が弱くなりましてね。できることなら早く、亜希子の相手を探して安心したいと思いまして。なにせこういう病院というのは、継ぐ者がなければどうしようもない無用の長物でして、古いレントゲン器械や手術器具は売れば二束三文ですし、建物も病院以外にはつかえません。アパートにも、といってスーパーにもならない。わたしの友達で、やはり下町で大きな病院をやっていたのですが、そこも娘しかいなくて、医者で養子にきてくれる人を探したのですが適当な相手がいない。おまけに本人は腎臓《じんぞう》が悪くて入院しなければならない。一時は他の医者を頼んでやっていたけど、その医者も怠け者で赤字になる。結局、建物は壊して、土地は売って引揚げました。わたしのところは折角《せっかく》ここまでやってきたのですからね、そんな破目《はめ》にだけはなりたくないと思って……」

院長はそこで思い出したように苦笑してから、

「いや、突然妙な話で、驚かれたでしょうが、わたしの気持はいまいったようなことでして。もちろん、いますぐ返事を、ということではないのです。あなたもいろいろ事情があるでしょうから、一応考えていただきたいというだけで、近いうちにまたお会いできればと思いますが」

「しかし、僕は……」

「いやいや、あなたは若いのに医者としての腕もいいし、第一、性格がいい。亜希子もいっていたけど、いまごろ島に自分から希望していく者などいない。それに若い医者にありがちな、自分勝手な生意気なところがない。わたしは会って第六感でわかる。あなたは医者には珍しい控え目な人だ。初め亜希子からきかされたときは、正直いって不満だったけど、今日お会いして安心しました」

「…………」

「まあそんなわけなので、ゆっくり考えてみて下さい」

院長はそういうと、ドアのほうに向かって「亜希子」と呼んだ。

もしかすると、食事の途中で女性達が去り、院長が三郎に打診するというのは、すでに打合わせずみだったのかもしれない。

「いま、亜希子がきますから」

院長はそういうと立上った。

「わたしはちょっと用事があるので、ゆっくり遊んでって下さい」

「どうも……」

三郎は深々と頭を下げて、院長を見送る。

部屋に一人だけになって、三郎はうなずきあたりを見廻《みまわ》す。この家も、病院も、亜希子も、みんな自分のものになる。

本当なのか。

三郎は自分の頰《ほお》をつねりながら、改めてあたりを見廻した。

応接間から田坂院長が去ると、待ちかねていたように亜希子が現れた。このあたり、あらかじめ打合わせずみのようでもある。

「これからは二人だけですから、ゆっくり飲んで下さい」

改めて亜希子がブランディを注《つ》いでくれるが、三郎は飲むどころではない。

いま亜希子の父にいわれたことで、頭の中はいっぱいである。

亜希子の父は本気で、自分と亜希子を一緒にさせようとしているのだろうか。そして将来は病院まで、自分に継がせるつもりなのだろうか。

「まさか……」

三郎が思わず口走ると、亜希子が怪訝《けげん》そうな顔できく。

「どうしたの？」

「いえ……」

一体、この亜希子は、父親が自分と結婚させようとしていることを知っているのか。

強引に家に誘われて、きてみると夕食の用意ができていて、父親が待っていた。母や妹まで挨拶《あいさつ》に出てきて、しかも途中で部屋から去ったところで、父親が結婚話を切り出した。その手順の良さを考えると、今日のことはあらかじめ、仕組まれていたのかもしれない。

だが、亜希子のいつもと変らぬ陽気な表情を見ていると、そうでもないような気もする。

「実はいま、お父さんから、〝あなたと結婚しないか〟といわれました」

そうきいてみたいが、きくとたちまち亜希子に「それは冗談よ」と笑われそうな気がする。

いくらプレイ・ガールでも、亜希子のような良家の子女を、本当に自分にくれるつもりなのだろうか。おまけに東京でも有数の大病院を継がせるなど……あれはアルコールが入って機嫌がよくなった院長の気まぐれなのかもしれない。そんなことを本気にしては駄目だ。三郎は拳《こぶし》でとんとんと頭を叩《たた》く。

「なにか心配ごとでもあるのですか」

「いや、別に……」

気をとり直すように、三郎はブランディを飲む。

瞬間、喉《のど》の奥が灼《や》きつく。むせて咳《せき》がでて、おさまったところで、三郎は急に両手を膝《ひざ》にのせて亜希子のほうに向きなおった。

「実は、いま……お父さんから、お話をきいたのです」

「なあに」

亜希子はソファに背を凭《もた》せ、赤いマニキュアを塗った指でブランディ・グラスを持ったまま首を傾ける。

「あのう、突然で、僕も信じられないんですけど……」

三郎はそこで、ブランディを飲み干してからいった。

「お父さんが、あなたと結婚しろと……」

「パパ、そのこと話したんですか」

一瞬、亜希子の頰《ほお》に朱が走ったように見えたが、すぐにっこり笑って、

「で、先生はなんとお答えになったんですか？」

「その、あまり突然なので……」

「そうよ、パパは性急すぎるのよ」

「それはいいんですが、それより本当に亜希子さんは……」

「なあに」

「お父さんは、亜希子さんが僕を気にいっていると……」

「そんなことまでいったの。わたし、先生を大好きよ」

「それでは、あのう、本気で僕と結婚を……」

「先生さえよければ」

「それ本当ですね」

亜希子はグラスを持ったままゆっくりとうなずく。

「亜希子さん……」

両手を膝《ひざ》にのせたまま、三郎は、深々と頭を下げた。

「ありがとうございました」

「先生、急にお辞儀《じぎ》などをなさってどうしたんですか、男の人はもっと堂々としているものよ」

「しかし、僕は嬉《うれ》しくて、ありがたくて……」

「先生は、とってもいい方ね」

亜希子はそういうと、自分から三郎の横にきてそっと唇をさし出した。

（下巻へ続く）

本書は、一九八二年十一月に小社より単行本として刊行され、一九八五年十二月に講談社文庫に収録された作品の新装版です。

この作品における医療をめぐる状況・法律等は執筆当時のものであり、現在とは異なる部分があります。(編集部)

|著者|渡辺淳一　1933年北海道生まれ。札幌医大卒。整形外科医ののち、『光と影』で直木賞を受賞。'80年『遠き落日』『長崎ロシア遊女館』で吉川英治文学賞。2003年、菊池寛賞受賞。著書は他に『ひとひらの雪』『化身』『無影燈』『うたかた』『失楽園』『男と女』『化粧』『キッス・キッス・キッス』『エ・アロール　それがどうしたの』『あじさい日記』『熟年革命』『欲情の作法』『幸せ上手』『孤舟』『天上紅蓮』など多数。

新装版《しんそうばん》　雲《くも》の階段《かいだん》(上)
渡辺淳一《わたなべじゅんいち》

2013年3月15日第1刷発行
2013年4月15日第3刷発行

発行者――鈴木　哲
発行所――株式会社　講談社
東京都文京区音羽2-12-21　〒112-8001
電話　出版部（03）5395-3510
　　　販売部（03）5395-5817
　　　業務部（03）5395-3615
Printed in Japan

講談社文庫
定価はカバーに
表示してあります

デザイン―菊地信義
製版―――慶昌堂印刷株式会社
印刷―――慶昌堂印刷株式会社
製本―――株式会社千曲堂

ISBN978-4-06-277207-5

講談社文庫刊行の辞

二十一世紀の到来を目睫に望みながら、われわれはいま、人類史上かつて例を見ない巨大な転換期をむかえようとしている。

世界も、日本も、激動の予兆に対する期待とおののきを内に蔵して、未知の時代に歩み入ろうとしている。このときにあたり、創業の人野間清治の「ナショナル・エデュケイター」への志を現代に甦らせようと意図して、われわれはここに古今の文芸作品はいうまでもなく、ひろく人文・社会・自然の諸科学から東西の名著を網羅する、新しい綜合文庫の発刊を決意した。

激動の転換期はまた断絶の時代である。われわれは戦後二十五年間の出版文化のありかたへの深い反省をこめて、この断絶の時代にあえて人間的な持続を求めようとする。いたずらに浮薄な商業主義のあだ花を追い求めることなく、長期にわたって良書に生命をあたえようとつとめるところにしか、今後の出版文化の真の繁栄はあり得ないと信じるからである。

同時にわれわれはこの綜合文庫の刊行を通じて、人文・社会・自然の諸科学が、結局人間の学にほかならないことを立証しようと願っている。かつて知識とは、「汝自身を知る」ことにつきていた。現代社会の瑣末な情報の氾濫のなかから、力強い知識の源泉を掘り起し、技術文明のただなかに、生きた人間の姿を復活させること。それこそわれわれの切なる希求である。

われわれは権威に盲従せず、俗流に媚びることなく、渾然一体となって日本の「草の根」をかたちづくる若く新しい世代の人々に、心をこめてこの新しい綜合文庫をおくり届けたい。それは知識の泉であるとともに感受性のふるさとであり、もっとも有機的に組織され、社会に開かれた万人のための大学をめざしている。大方の支援と協力を衷心より切望してやまない。

一九七一年七月

野間省一

吉本隆明
マス・イメージ論
文学、漫画、歌謡曲、CM等に表出する言葉やイメージを産み出す「現在」の正体の解明に挑む評論集。〝戦後思想界の巨人〟が新側面を示し、反響を呼んだ、問題作。
解説＝鹿島茂　年譜＝高橋忠義
よB7
978-4-06-290190-1

福永武彦
死の島　下
東京から広島へと列車で向かう、ある一日の物語が人類の未来へとつながる道を指し示し、人間の根源的な「生と死」における魂の問題を突きつめた、後世へと残したい小説。
解説＝富岡幸一郎　年譜＝曾根博義
ふC7
978-4-06-290187-1

講談社文芸文庫・編
昭和戦前傑作落語選集
昭和三年から十五年まで、「講談倶楽部」や「キング」などに掲載された名作落語。柳家権太楼、柳家金語楼、桂文楽、古今亭志ん生、三遊亭金馬、春風亭柳好らの熱演を再現。
解説＝三代目柳家権太楼
こJ26
978-4-06-290188-8

講談社文庫　目録

和久峻三　京都東山「哲学の道」殺人事件〈赤かぶ検事シリーズ〉
和久峻三　熊野路安珍清姫殺人事件〈赤かぶ検事シリーズ〉
和久峻三　京都冬の旅殺人事件〈赤かぶ検事シリーズ〉
和久峻三　京都・鎌倉・大和 あじさい古都の寺殺人ライン〈赤かぶ検事シリーズ〉
和久峻三　飛騨高山からくり人形殺人事件〈赤かぶ検事シリーズ〉
和久峻三　遠野・京都 橋姫鬼女伝説の旅殺人事件〈赤かぶ検事シリーズ〉
和久峻三　悪女の玉手箱〈告発弁護士シリーズ〉
和久峻三　危険な依頼人〈告発弁護士・猪狩文助〉
和久峻三　証拠崩し〈告発弁護士・猪狩文助〉
和久峻三　Zの悲劇〈告発弁護士・猪狩文助〉
和久峻三　日本三大水仙郷殺人ライン〈赤かぶ検事シリーズ〉
和久峻三　伊豆死刑台の吊り橋〈赤かぶ検事シリーズ〉
若竹七海　閉ざされた夏
若竹七海　船上にて
渡辺容子　左手に告げるなかれ
渡辺容子　ターニング・ポイント〈ボディガード八木薔子《しょうこ》〉
渡辺容子　無制限
渡辺容子　薔薇恋
渡辺容子　流さるる石のごとく
和田はつ子　猫始末〈お医者同心 中原龍之介〉
和田はつ子　なみだ菖《しょう》蒲《ぶ》〈お医者同心 中原龍之介〉
和田はつ子　走り火〈お医者同心 中原龍之介〉
和田はつ子　冬亀〈お医者同心 中原龍之介〉
和田はつ子　花《はな》御《み》堂《どう》〈お医者同心 中原龍之介〉
和田はつ子　お十夜恋〈お医者同心 中原龍之介〉
和田はつ子　金魚心〈お医者同心 中原龍之介〉
渡辺篤史　渡辺篤史のこんな家を建てたい
わかぎゑふ　大阪弁の詰め合わせ
渡辺球　俺たちの宝島
渡辺精一　三國志人物事典 (上)(中)(下)
輪渡《わたり》颯介　掘割で笑う女〈浪人左門あやかし指南〉
輪渡颯介　百物語〈浪人左門あやかし指南〉
輪渡颯介　無縁塚〈浪人左門あやかし指南〉
輪渡颯介　狐憑きの娘〈浪人左門あやかし指南〉

江戸川乱歩賞全集 日本推理作家協会編

古典

海外作品

小説

講談社文庫　海外作品

P・コーンウェル 相原真理子訳　証拠・死体
P・コーンウェル 相原真理子訳　遺留品
P・コーンウェル 相原真理子訳　真犯人
P・コーンウェル 相原真理子訳　死体農場
P・コーンウェル 相原真理子訳　私刑
P・コーンウェル 相原真理子訳　死因
P・コーンウェル 相原真理子訳　接触
P・コーンウェル 相原真理子訳　業火
P・コーンウェル 相原真理子訳　警告
P・コーンウェル 相原真理子訳　審問(上)(下)
P・コーンウェル 相原真理子訳　黒《くろ》蠅《ばえ》(上)(下)
P・コーンウェル 相原真理子訳　痕跡(上)(下)
P・コーンウェル 相原真理子訳　神の手(上)(下)
P・コーンウェル 相原真理子訳　スズメバチの巣
P・コーンウェル 相原真理子訳　サザンクロス
P・コーンウェル 矢沢聖子訳　女性署長ハマー(上)(下)

P・コーンウェル 相原真理子訳　捜査官ガラーノ
P・コーンウェル 相原真理子訳　前線〈捜査官ガラーノ〉
P・コーンウェル 相原真理子訳　異邦人(上)(下)
P・コーンウェル 池田真紀子訳　スカーペッタ(上)(下)
P・コーンウェル 池田真紀子訳　核心〈スカーペッタ〉(上)(下)
P・コーンウェル 池田真紀子訳　変死体(上)(下)
P・コーンウェル 池田真紀子訳　血霧(上)(下)
R・ゴダード 加地美知子訳　秘められた伝言(上)(下)
R・ゴダード 加地美知子訳　悠久の窓(上)(下)
R・ゴダード 加地美知子訳　最期の喝采
R・ゴダード 加地美知子訳　眩惑されて(上)(下)
R・ゴダード 越前敏弥訳　還らざる日々(上)(下)
R・ゴダード 北田絵里子訳　遠き面影(上)(下)
R・ゴダード 北田絵里子訳　封印された系譜(上)(下)
R・ゴダード 北田絵里子訳　隠し絵の囚人(上)(下)
マイクル・コナリー 古沢嘉通訳　夜より暗き闇(上)(下)

マイクル・コナリー 古沢嘉通訳　暗く聖なる夜(上)(下)
マイクル・コナリー 古沢嘉通訳　天使と罪の街(上)(下)
マイクル・コナリー 古沢嘉通訳　終決者たち(上)(下)
マイクル・コナリー 古沢嘉通訳　リンカーン弁護士(上)(下)
マイクル・コナリー 古沢嘉通訳　エコー・パーク(上)(下)
マイクル・コナリー 古沢嘉通訳　死角〈オーバールック〉
マイクル・コナリー 古沢嘉通訳　真鍮《しんちゅう》の評決〈リンカーン弁護士〉(上)(下)
マイクル・コナリー 古沢嘉通訳　スケアクロウ(上)(下)
ハーラン・コーベン 佐藤耕士訳　唇を閉ざせ(上)(下)
ジョン・コナリー 北澤和彦訳　死せるものすべてに(上)(下)
ジョン・コナリー 北澤和彦訳　奇怪な果実(上)(下)
マーティナ・コール 小津薫訳　顔のない女(上)(下)
ルイス・サッカー 幸田敦子訳　穴〈HOLES〉
アイリス・ジョハンセン 北沢あかね訳　見えない絆
ゲイリー・シュミット 上野元美訳　最高の子〈牛小屋と僕と大統領〉
エリック・ジャコメッティ ジャック・ラヴェンヌ 吉田花子訳　ヒラムの儀式(上)(下)

講談社文庫　海外作品

サラ・ストロマイヤー　細美遙子訳　バブルズはご機嫌ななめ
ダニエル・スアレース　上野元美訳　デーモン(上)(下)
テイラー・スティーヴンス　北沢あかね訳　インフォメーショニスト〈上・潜入篇〉〈下・死闘篇〉
ロバート・K・タネンボーム　菅沼裕乃訳　さりげない殺人者
キャロル・N・ダグラス著・編　青木多香子訳　ホワイトハウスのペット探偵
L・チャイルド　小林宏明訳　警鐘(上)(下)
L・チャイルド　小林宏明訳　前夜(上)(下)
L・チャイルド　小林宏明訳　新装版 キリング・フロアー(上)(下)
L・チャイルド　小林宏明訳　アウトロー(上)(下)
ネルソン・デミル　白石　朗訳　王者のゲーム(上)(下)
ネルソン・デミル　白石　朗訳　アップ・カントリー〈兵士の帰還〉(上)(下)
ネルソン・デミル　白石　朗訳　ニューヨーク大聖堂(上)(下)
ネルソン・デミル　白石　朗訳　ナイトフォール(上)(下)
ネルソン・デミル　白石　朗訳　ワイルドファイア(上)(下)
ネルソン・デミル　白石　朗訳　ゲートハウス(上)(下)
ネルソン・デミル　白石　朗訳　獅子の血戦(上)(下)

ジェフリー・ディーヴァー　越前敏弥訳　死の教訓(上)(下)
ジェフリー・ディーヴァー　越前敏弥訳　死の開幕
アンドリュー・テイラー　越前敏弥訳　天使の遊戯
アンドリュー・テイラー　越前敏弥訳　天使の背徳
アンドリュー・テイラー　越前敏弥訳　天使の鬱屈
ハックスリー　松村達雄訳　すばらしい新世界
ジェームズ・パターソン　小林宏明訳　闇に薔薇
ジェームズ・パターソン　小林宏明訳　血と薔薇
デイヴィッド・ハンドラー　北沢あかね訳　殺人小説家
デイヴィッド・ハンドラー　北沢あかね訳　ブルー・ブラッド
デイヴィッド・ハンドラー　北沢あかね訳　芸術家の奇館
デイヴィッド・ハンドラー　北沢あかね訳　シルバー・スター
デイヴィッド・ハンドラー　北沢あかね訳　ダーク・サンライズ
デイヴィッド・ハンドラー　北沢あかね訳　ゴールデン・パラシュート
T・J・パーカー　渋谷比佐子訳　ブルー・アワー(上)(下)
T・J・パーカー　渋谷比佐子訳　レッド・ライト(上)(下)

A・パブロック　小津　薫訳　死体絵画
ジャン・バーク　渋谷比佐子訳　骨(上)(下)
ジャン・バーク　渋谷比佐子訳　汚れた翼(上)(下)
ジャン・バーク　渋谷比佐子訳　私刑連鎖犯(上)(下)
ジョン・ハーヴェイ　日暮雅通訳　血と肉を分けた者
ロバート・ハリス　熊谷千寿訳　ゴーストライター
ジム・フジッリ　公手成幸訳　NYPI
A・ヘンリー　小西敦子訳　フェルメール殺人事件
A・ヘンリー　小西敦子訳　ミッシング・ベイビー殺人事件
C・J・ボックス　野口百合子訳　沈黙の森
C・J・ボックス　野口百合子訳　凍れる森
C・J・ボックス　野口百合子訳　神の獲物
C・J・ボックス　野口百合子訳　震える山
C・J・ボックス　野口百合子訳　裁きの曠《こう》野《や》
R・ボウエン　羽田詩津子訳　口は災い
R・ボウエン　羽田詩津子訳　押しかけ探偵

フィオナ・マウンテン　竹内さなみ訳　死より蒼く
P・マーゴリン　井坂　清訳　女神の天秤
C・G・ムーア　井坂　清訳　最後の儀式
クリス・ムーニー　高橋佳奈子訳　贖罪の日
ボブ・モリス　高山祥子訳　震える熱帯
ボブ・モリス　高山祥子訳　ジャマイカの迷宮
クリストファー・ライク　北澤和彦訳　欺瞞の法則(上)(下)
ウィリアム・ラシュナー　北澤和彦訳　独善(上)(下)
P・リンゼイ　笹野洋子訳　目撃
P・リンゼイ　笹野洋子訳　宿敵
P・リンゼイ　笹野洋子訳　殺戮
P・リンゼイ　笹野洋子訳　覇者(上)(下)
P・リンゼイ　笹野洋子訳　鉄槌
P・リンゼイ　笹野洋子訳　応酬
ギリアン・リンスコット　加地美知子訳　姿なき殺人
スー・リム　野間けい子訳　オトメノナヤミ

G・ルッカ　古沢嘉通訳　守護者《キーパー》
G・ルッカ　古沢嘉通訳　奪回者
G・ルッカ　古沢嘉通訳　暗殺者《キラー》
G・ルッカ　古沢嘉通訳　耽溺者《ジャンキー》
G・ルッカ　飯干京子訳　逸脱者(上)(下)
G・ルッカ　飯干京子訳　哀国者
G・ルッカ　飯干京子訳　回帰者
ポール・ルバイン　細美遙子訳　マイアミ弁護士〈ソロモン&ロード〉(上)(下)
ポール・ルバイン　細美遙子訳　深海のアリバイ〈マイアミ弁護士 ソロモン&ロード〉(上)(下)
ジェド・ルーベンフェルド　鈴木　恵訳　殺人者は夢を見るか(上)(下)
D・レオン　北條元子訳　ヴェネツィア殺人事件
D・レオン　北條元子訳　ヴェネツィア刑事はランチに帰宅する
N・ロバーツ　加藤しをり訳　スキャンダル(上)(下)
N・ロバーツ　加藤しをり訳　イリュージョン(上)(下)
ピーター・ロビンスン　幸田敦子訳　誰もが戻れない
ピーター・ロビンスン　野の水生訳　渇いた季節

ピーター・ロビンスン　野の水生訳　エミリーの不在(上)(下)
ピーター・ロビンスン　野の水生訳　余波(上)(下)

ノンフィクション

W・アービング　江間章子訳　アルハンブラ物語
L・アームストロング　安次嶺佳子訳　ただマイヨ・ジョーヌのためでなく
P・コーンウェル　相原真理子訳　真相〈"切り裂きジャック"は誰なのか?〉(上)(下)
ピーター・スターク　徳川家広訳　ラスト・ブレス〈死ぬための技術〉
M・セリグマン　山村宜子訳　オプティミストはなぜ成功するか
ユン・チアン　土屋京子訳　ワイルド・スワン 全三冊
J・マイヨール　関　邦博編訳　イルカと、海へ還る日
エイドリアン・メイヤー　竹内さなみ訳　驚異の戦争〈古代の生物化学兵器〉
J・ラーベ　E・ヴィッケルト編　南京の真実
マイケル・J・ロオジエ　引き寄せの法則
J・D・ワトソン　江上・中村訳　二重らせん

講談社文庫　海外作品

児童文学

エーリッヒ・ケストナー　山口四郎訳　飛ぶ教室
L・M・モンゴメリー　掛川恭子訳　赤毛のアン
L・M・モンゴメリー　掛川恭子訳　アンの青春
L・M・モンゴメリー　掛川恭子訳　アンの愛情
L・M・モンゴメリー　掛川恭子訳　アンの幸福
L・M・モンゴメリー　掛川恭子訳　アンの夢の家
L・M・モンゴメリー　掛川恭子訳　アンの愛の家庭
L・M・モンゴメリー　掛川恭子訳　虹の谷のアン
L・M・モンゴメリー　掛川恭子訳　アンの娘リラ
L・M・モンゴメリー　掛川恭子訳　アンの友だち
L・M・モンゴメリー　掛川恭子訳　アンをめぐる人々
トーベ・ヤンソン　下村隆一訳　新装版　ムーミン谷の彗星
トーベ・ヤンソン　山室　静訳　新装版　たのしいムーミン一家
トーベ・ヤンソン　小野寺百合子訳　新装版　ムーミンパパの思い出
トーベ・ヤンソン　下村隆一訳　新装版　ムーミン谷の夏まつり
トーベ・ヤンソン　山室　静訳　新装版　ムーミン谷の冬
トーベ・ヤンソン　山室　静訳　新装版　ムーミン谷の仲間たち
トーベ・ヤンソン　小野寺百合子訳　新装版　ムーミンパパ海へいく
トーベ・ヤンソン　鈴木徹郎訳　新装版　ムーミン谷の十一月
トーベ・ヤンソン　冨原眞弓訳　小さなトロールと大きな洪水
リンドグレーン　尾崎　義訳　長くつ下のピッピ
L・ワイルダー　こだま・渡辺訳　大きな森の小さな家
L・ワイルダー　こだま・渡辺訳　大草原の小さな家
L・ワイルダー　こだま・渡辺訳　プラム川の土手で
L・ワイルダー　こだま・渡辺訳　シルバー湖のほとりで
L・ワイルダー　こだま・渡辺訳　農場の少年
L・ワイルダー　こだま・渡辺訳　大草原の小さな町
L・ワイルダー　こだま・渡辺訳　この輝かしい日々
ルイス・サッカー　幸田敦子訳　穴　〈HOLES〉

講談社文庫　エッセイ&ノンフィクション作品

阿川弘之　春風落月
阿刀田 高　ミステリー主義
相沢忠洋　「岩宿」の発見〈幻の旧石器を求めて〉
W・アービング 江間章子訳　アルハンブラ物語
浅野健一　新・犯罪報道の犯罪
安部譲二　絶滅危惧種の遺言
阿井渉介　うなぎ丸の航海
明石散人　龍安寺石庭の謎〈スペース・ガーデン〉
明石散人　ジェームス・ディーンの向こうに日本が視える
明石散人　謎ジパング〈誰も知らない日本史〉
明石散人　アカシックファイル〈日本の「謎」を解く!〉
明石散人　真説 謎解き日本史
明石散人　大老猫《だいろうびょう》の外交術〈鄧小平秘録〉
明石散人　日本国大崩壊〈アカシックファイル〉
明石散人　日本語千里眼
浅田次郎　勇気凜凜ルリの色

浅田次郎　勇気凜凜ルリの色
浅田次郎　福音について 勇気凜凜ルリの色
浅田次郎　満天の星 勇気凜凜ルリの色
浅田次郎　ひとは情熱がなければ生きていけない〈勇気凜凜ルリの色〉
青木 玉　小石川の家
青木 玉　帰りたかった家
青木 玉　手もちの時間
青木 玉　上り坂下り坂
青木 玉　底のない袋
青木 玉　記憶の中の幸田一族〈青木玉対談集〉
浅川博忠　「新党」盛衰記〈新自由クラブから国民新党まで〉
浅川博忠　自民党幹事長〈二百億のカネ、八百のポストを握る男〉
浅川博忠　小泉純一郎とは何者だったのか
浅川博忠　政権交代狂騒曲
阿川佐和子　あんな作家こんな作家どんな作家
阿川佐和子　いい歳旅立ち
青木奈緒　うさぎの聞き耳

青木奈緒　動くとき、動くもの
赤尾邦和　イラク高校生からのメッセージ
安野モヨコ　美人画報
安野モヨコ　美人画報ハイパー
安野モヨコ　美人画報ワンダー
有村英明　届かなかった贈り物〈心臓移植を待ちつづけた87日間〉
有吉玉青　恋するフェルメール〈37作品への旅〉
新井満・新井紀子　ハイジ紀行〈ふたりで行く『アルプスの少女ハイジ』の旅〉
新井満・新井紀子　木を植えた男を訪ねて〈ふたりで行く南仏プロヴァンスの旅〉
青山 潤　アフリカにょろり旅
赤木ひろこ　ひでさん〈松井秀喜ができたわけ〉
天野 宏　〈薬好き日本人のための〉薬の雑学事典
阿部 佳　わたしはコンシェルジュ
アダム徳永　スローセックスのすすめ
歩《あゆみ》りえこ　ブラを捨て旅に出よう〈貧乏乙女の"世界一周"旅行記〉
青木 理　絞首刑

五木寛之　他力
五木寛之　こころの天気図
五木寛之　百寺巡礼　第一巻　奈良
五木寛之　百寺巡礼　第二巻　北陸
五木寛之　百寺巡礼　第三巻　京都Ⅰ
五木寛之　百寺巡礼　第四巻　滋賀・東海
五木寛之　百寺巡礼　第五巻　関東・信州
五木寛之　百寺巡礼　第六巻　関西
五木寛之　百寺巡礼　第七巻　東北
五木寛之　百寺巡礼　第八巻　山陰・山陽
五木寛之　百寺巡礼　第九巻　京都Ⅱ
五木寛之　百寺巡礼　第十巻　四国・九州
五木寛之　海外版　百寺巡礼　インド1
五木寛之　海外版　百寺巡礼　インド2
五木寛之　海外版　百寺巡礼　朝鮮半島
五木寛之　海外版　百寺巡礼　中国
五木寛之　海外版　百寺巡礼　ブータン
五木寛之　海外版　百寺巡礼　日本・アメリカ
井上ひさし　四千万歩の男　忠敬の生き方
井上ひさし　ふ　ふ　ふ
井上ひさし　ふ　ふ　ふ　ふ
池波正太郎　おおげさがきらい
池波正太郎　わたくしの旅
池波正太郎　わが家の夕めし
池波正太郎　新しいもの古いもの
池波正太郎　作家の四季
石川英輔　大江戸えねるぎー事情
石川英輔　大江戸テクノロジー事情
石川英輔　大江戸生活事情
石川英輔　大江戸リサイクル事情
石川英輔　雑学「大江戸庶民事情」
石川英輔　大江戸えころじー事情
石川英輔　大江戸番付事情
石川英輔　大江戸庶民いろいろ事情
石川英輔　大江戸開府四百年事情
石川英輔　江戸時代はエコ時代
石川英輔　大江戸省エネ事情
石川英輔　ニッポンのサイズ〈身体ではかる尺貫法〉
石川英輔　実見　江戸の暮らし
石川英輔・田中優子　大江戸生活体験事情
石牟礼道子　新装版　苦《く》海《がい》浄土《じょうど》〈わが水俣病〉
今西錦司　生物の世界
一ノ瀬泰造　地雷を踏んだらサヨウナラ
泉　麻人　ありえなくない。
泉　麻人　お天気おじさんへの道
伊集院　静　野球で学んだこと　ヒデキ君に教わったこと
伊集院　静　ねむりねこ
井上夢人　おかしな二人〈岡嶋二人盛衰記〉

講談社文庫　エッセイ&ノンフィクション作品